Karl Schüler, u. a.

Bibliothek der Unterhaltung und des Wissens

Jahrgang 1914

Karl Schüler, u. a.

Bibliothek der Unterhaltung und des Wissens
Jahrgang 1914

ISBN/EAN: 9783741130595

Hergestellt in Europa, USA, Kanada, Australien, Japan

Cover: Foto ©Andreas Hilbeck / pixelio.de

Manufactured and distributed by brebook publishing software
(www.brebook.com)

Karl Schüler, u. a.

Bibliothek der Unterhaltung und des Wissens

Bibliothek der Unterhaltung und des Wissens

Mit
Originalbeiträgen
der hervorragendsten
Schriftsteller und Gelehrten
sowie zahlreichen
Illustrationen

◆

Jahrgang 1914 ◆ Sechster Band

Union Deutsche Verlagsgesellschaft
Stuttgart ◆ Berlin ◆ Leipzig

Zu der Erzählung „Die Brieftasche“ von Karl Schüler. (S. 14)
Originalzeichnung von Th. Volz.

Inhalts-Verzeichnis.

Seite

Die Brieftasche.
Erzählung aus dem Offiziersleben. Von Karl Schüler.
Mit Bildern von Th. Volz 5

Das Rofazimmer.
Venezianischer Roman von E. v. Adlersfeld-Ballestrem
(Fortsetzung) 21

Fahrende Leute.
Von Alex. Cormans. Mit 8 Bildern 92

Die neue Präsidentin.
Eine heitere Wahlgeschichte von E. E. Weber . . . 106

Winter an der Ostsee.
Von Ernst Seiffert. Mit 12 Bildern 165

Der Jungbrunnen.
Ein Silvesterspul. Von W. Harb 181

Vom Aberglauben.
Von M. Elsner. Mit 8 Bildern 194

Mannigfaltiges:
Wehe dem, der lügt! 204

Humor in der Naturgeschichte 206

Englische Prinzen 209
    Mit 2 Bildern.

Ein historischer Kalbskopf 212

Vom Silberglanz der Sterne 214

Ein Vorläufer des Dynamitkönigs 215

Seite

Schwärmerinnen für häßliche Männer 219

Die Tretmühle als Strafmittel 220
   Mit Bild.

Eine Zugverspätung von sieben Jahren 224

Das Skelett eines künstlichen Riesen 224

Mutterliebe 226

Der Fönapparat im Haushalt 227
   Mit Bild.

Das durchschnittliche Alter des Europäers 228

Tollwutepidemien 230

Die Nähmaschinen der Königin Natalie 233

Die größte Frucht der Welt 235

Arktische Hunde 236
   Mit Bild.

Kaiser und Komiker 238

Opfer der Mode 239

Ein Vater, dessen Sohn zu wenig Geld verbrauchte 240

Die Brieftasche.

Erzählung aus dem Offiziersleben.
Von Karl Schüler.

Mit Bildern von
Th. Volz.

Als der blonde Leutnant Kurt v. Lanken seinem Regimentskameraden Elgar v. Dalwigk auf dem Anhalter Bahnhof zum Abschied die Hand drückte, schnitt er ein kummervolles Gesicht. „Paß auf, mein alter Herr läßt mich sitzen," prophezeite er, und seine blauen Augen, die sonst so übermütig blitzten, aus denen stets leckes, frohes Leben sprühte, blickten trüb.

„Reiß dich zusammen, Kurt!" ermunterte Elgar den Freund. „Stelle deinem alten Herrn vor, daß für dich alles auf dem Spiel steht, wenn du die siebentausend Emmchen nicht bis übermorgen herbeigeschafft hast. Es ist ja eine Affenschande, daß du dich von diesem Burschen, von dem man nicht weiß, von wannen er kam, noch wohin er geht, so hast ausplündern lassen, aber da du ihm nun einmal den Ehrenschein ausgestellt hast, bleibt dir nichts anderes übrig als zu zahlen."

Der Schaffner forderte zum Einsteigen auf. Kurt, der Zivil trug, stieg in ein Abteil zweiter Klasse, das gerade da hielt, wo er und Elgar gestanden hatten, obwohl er eine Karte für die erste Klasse gelöst hatte.

Noch ein Gruß aus dem Fenster, ein Händedruck, und der Zug setzte sich in Bewegung.

Kurt schmiegte sich in eine Ecke des leeren Abteils und überließ sich seinen nicht gerade angenehmen Ge-danken. Sein Vater hatte schon einmal Spielschulden für ihn bezahlt und ihm damals sein Ehrenwort ab-

genommen, nie wieder eine Karte anzurühren. Nun
war er der Versuchung doch erlegen. Das verspielte
Geld mußte bezahlt werden, oder es erfolgte die An-
zeige beim Kommandeur. Dann war er fertig. Er
hatte zu einem Wucherer gehen wollen, aber Dalwigk
hatte ihm energisch davon abgeraten, ihn vielmehr
überredet, persönlich seinen Vater aufzusuchen, diesem
seine Schuld und seine Schulden einzugestehen und
von ihm Hilfe und Rettung zu erbitten.

Kurt malte sich den Empfang aus, der ihm werden
würde, sobald er sich den Grund dieses plötzlichen Besuches von der Seele geredet hatte. Sein alter Herr
konnte verwünscht unangenehm werden. Die Mutter,
ja, die hätte ihm wohl gern geholfen, aber ihr Einfluß
war im Hause gering, und außer ihrem Wirtschaftsgeld
stand ihr kein Pfennig zur Verfügung. Es half nichts,
der Vater konnte nicht umgangen werden.

Ein Schaffner kam und teilte mit, daß er auf der
nächsten Station in die erste Klasse umsteigen könne.
Als der Zug hielt, bemächtigte sich der Schaffner der
kleinen Reisetasche Kurts und führte ihn zu dem leeren
Abteil erster Klasse eines Durchgangwagens. Fritz
gab dem gefälligen Mann ein Trinkgeld und setzte sich
auf eines der roten Plüschsofa.

Der Zug fuhr bald wieder ab. Jede Umdrehung
der ratternden Räder brachte ihn seinem Ziel näher
und immer banger wurde ihm ums Herz.

Er hatte beide Hände, rechts und links, neben sich
auf den roten Plüsch gestützt. Durch die Erschütterungen
des Wagens oder durch sonst eine von dem Willen
Kurts völlig unabhängige äußere Einwirkung veranlaßt,
glitt die rechte Hand des Leutnants in den Spalt
zwischen dem Sitz und der Rücklehne des Sofas. Kurt,
ganz mit seinen Gedanken beschäftigt, achtete zunächst

nicht darauf, bis er plötzlich zwischen den Fingern der rechten Hand einen fremden Gegenstand fühlte, den er mit Interesse hervorzog.

Was war das?

Eine schwarze Brieftasche aus feinem Saffianleder, vom Inhalt dickbauchig aufgebläht, hielt er in der Hand. Ein rotes Gummiband war um die Tasche geschlungen und hielt sie zusammen.

Er streifte das Gummiband ab, seine zitternden Finger öffneten die Tasche.

Dicke Bündel brauner und blauer Geldscheine, Tausender und Hunderter, lagen in den verschiedenen Fächern wohlgeordnet beisammen.

Einen Augenblick war Kurt v. Lanken wie betäubt. Dann blitzte ihm der Gedanke durch den Kopf, daß dieser Fund ihn aller Not überhebe. Auf der nächsten Station konnte er aussteigen und nach Berlin zurückfahren. Die peinliche Unterredung mit seinem Vater blieb ihm erspart. Er war gerettet.

Schnell streifte er das Gummiband wieder um die Brieftasche, öffnete einige Knöpfe seiner Weste und ließ den kostbaren Fund in der Innentasche der Weste verschwinden.

Dann legte er seine Reisetasche in das Netz über dem anderen Sofa und setzte sich selbst in eine der Fundstelle gegenüber gelegene Ecke. Seine Erregung niederkämpfend, schloß er die Augen und stellte sich schlafend. Den Inhalt der Tasche nachzuzählen, traute er sich jetzt nicht. Das hatte Zeit, bis er in vollkommener Sicherheit mit seiner Beute war. In der Tasche waren jedenfalls viel mehr als siebentausend Mark, vielleicht das Zehnfache. Er wollte aber nur die siebentausend Mark für sich behalten — als Zwangsanleihe. Das andere Geld wollte er dem Besitzer der Tasche zusenden.

Er wollte dem Manne mitteilen, daß er ihm die siebentausend Mark nach und nach ersetzen werde. Natürlich
wollte er nicht seinen Namen nennen, es mußte alles
anonym erledigt werden. Aber zu Schaden sollte durch
ihn der Besitzer der Tasche nicht kommen.

Während er noch durch solche Entschließungen sein
Gewissen zu beruhigen trachtete, erschien in der Tür
ein älterer Herr, der vom Speisewagen herkam und
sich anscheinend im Abteil geirrt hatte. Kurt beobachtete ihn unter seinen fast ganz geschlossenen Lidern
hervor. Der Herr war elegant gekleidet, trug einen
schwarzen Spitzbart und auf dem Kopf eine seidene
Reisemütze. Die etwas gelbliche Gesichtsfarbe ließ auf
einen Südländer schließen. Kurt sah, daß ihn ein prüfen-
der Blick des Fremden traf, dann setzte sich der Herr
auf denselben Platz, auf dem vorher Kurt gesessen hatte.
Er rutschte unruhig hin und her, und während seine
Augen auf den sich schlafend stellenden Mitpassagier
gerichtet waren, glitt seine rechte Hand, wie Kurt das
deutlich beobachten konnte, ih den Spalt zwischen Sitz
und Lehne der roten Plüschbank.

Die Hand tastete nach rechts und nach links, immer
tiefer glitt sie in den Spalt, dabei blieb das Gesicht
des Herrn unverändert, keine Muskel in ihm bewegte
sich, mit dem Ausdruck vollkommener Gleichgültigkeit
blickte er nach der Ecke hinüber, in der Kurt saß.

Keinen Augenblick war Kurt darüber im Zweifel,
was die Hand des Herrn suchte. Der Herr also war
der Eigentümer der Tasche, die er auf seiner Brust trug,
über deren Inhalt er nach freiem Ermessen verfügen
wollte. Der Blick des Mannes war ihm unangenehm.
Diese schwarzen Augen hatten etwas Stechendes. Allmählich verloren sie auch den Ausdruck der Gleichgültigkeit. Je fieberhafter die Hand in dem Versteck

nach der Brieftasche suchte, je unruhiger und miß-
trauischer wurde der Blick dieses Mannes.

Kurt fühlte, obwohl er mit dem Fremden noch kein
Wort gewechselt hatte, eine wachsende Antipathie gegen
ihn. Das schien ihm eine Entschuldigung für seine
Zwangsanleihe. Dem Kerl konnte die Lektion nichts
schaden. Warum steckte er die Brieftasche mit dem
wertvollen Inhalt zwischen die Polster eines Eisen-
bahnwagens?

Ja — warum? Die Frage, die so plötzlich bei ihm
aufgetaucht war, machte ihm zu schaffen. Hatte der
Mann das Geld in dem Versteck sicherer gewähnt als
in seiner Brusttasche? Fürchtete er Taschendiebe? Oder
— hatte er einen anderen Grund, sich für einige Zeit
des Geldes zu entledigen? Wie, wenn er das Geld
nicht auf rechtmäßige Weise erworben hätte, wenn er
eine Untersuchung fürchten mußte und darum für die
Brieftasche in diesem Abteil, das bis zum Eintritt Kurts
unbesetzt gewesen war, ein Versteck für seinen Raub
gesucht hatte? Nun war er gekommen, um zu sehen,
ob die Beute noch unberührt in ihrem Versteck lag —
und er fand sie nicht wieder. Ein anderer war ihm zu-
vorgekommen und hatte die Brieftasche weggenommen.

Aber wer war der andere?

Natürlich — nur der Schläfer dort in der Ecke konnte
es sein.

Der Fremde zog seine Hand aus der Spalte, denn
er hatte eingesehen, daß alles Suchen umsonst war.
Auf seinem Gesicht prägte sich ein Zug finsterer Ent-
schlossenheit aus. Seine rechte Hand glitt in die Hosen-
tasche, er erhob sich.

In demselben Augenblick sprang Kurt v. Lanten
auf.

Der Fremde wich erschreckt vor der hohen, sehnigen

Gestalt des Leutnants, der so plötzlich allen Schlaf abgeschüttelt hatte, einen Schritt zurück.

„Was wollen Sie hier? Was schleichen Sie in dem Abteil herum, wenn Sie sehen, daß man schlafen will?"

herrschte Kurt den Mann an. „Haben Sie eine Fahrkarte für die erste Klasse?"

Der Fremde murmelte in französischer Sprache einige Entschuldigungen, dann zog er sich zurück. Kurt blickte ihm nach und sah ihn am anderen Ende des Wagens in einem Abteil zweiter Klasse verschwinden.

Das erste Gefühl, das Kurt nach dem Fortgang
des Franzosen überkam, war das grenzenlosen Stau-
nens. Der Mann wagte es gar nicht, seine Brieftasche
zu fordern. Wie ein geprügelter Hund schlich er davon,
das verkörperte böse Gewissen. Seine Vermutung,
daß der Kerl ein Spitzbube war, hatte sich also bestätigt.

Und nun kam eine wilde Freude über ihn. Diesem
Kerl brauchte er überhaupt nichts zurückzugeben. Er
konnte nun den Fund ganz für sich behalten. Wer
weiß, wo der Mensch das Geld zusammengeräubert
hatte! Er brauchte keine Nachforschungen nach denen
anzustellen, die der Kerl begaunert hatte — er war
von der Vorsehung augenscheinlich dazu bestimmt, dem
Manne die Lehre, daß unrecht Gut nicht gedeiht, zu
Gemüt zu führen.

Kurt setzte seinen Hut auf und holte sein Täschchen
aus dem Gepäcknetz. Die nächste Station mußte gleich
erreicht werden. Er wollte hier aussteigen, auf den
Berliner Zug warten und mit ihm zurückfahren. Noch
vor Anbruch des Abends konnte er dann wieder in
Berlin sein.

Der Schaffner rief den Namen der kommenden
Station aus. Als er Kurt reisefertig sah, sagte er den
Namen der Station noch einmal recht laut und deutlich
und setzte hinzu: „Ihre Station ist erst die drittnächste.
Sie haben noch Zeit!"

„Ich will hier einen Zug überschlagen, um einen
Freund zu besuchen," antwortete der Leutnant.

Der Zug hielt und Kurt stieg aus.

Er trat auf den Bahnsteig und blickte sich nach einem
Fahrplan um, denn er wollte sich vergewissern, wie
lange er auf den Berliner Zug zu warten habe. Der
Stationsvorsteher war mit der Abfertigung des Zuges
beschäftigt, der Portier stand an der Fahrkartenkontrolle.

Kurts Blick streifte die Fenster des Zuges. Hinter einem derselben gewahrte er das gelbe Gesicht des Franzosen, der sich aber sofort scheu vom Fenster zurückzog, als er sich beobachtet sah.

Eben wollte der Stationsvorsteher das Zeichen zur Weiterfahrt des Zuges geben, als ein Schaffner noch eine alte, gebrechliche Dame vorsichtig aus dem Zug führte und einige Gepäckstücke neben sie auf den Bahnsteig stellte.

„Die Dame hat so fest geschlafen, daß sie gar nicht gehört hat, wie ich die Station ausgerufen habe," sagte der Schaffner zu dem Stationsvorsteher.

Der wartete noch einen Augenblick, dann gab er das Zeichen, und der Zug fuhr ab.

Als der alten Dame auf dem Bahnsteig die frische Luft um die weißen Locken strich, ermunterte sie sich bald so weit, daß sie einen Gepäckträger herbeiwinken konnte.

Der Mann lud sich die Gepäckstücke auf die Schulter. Da fiel aus einer Ledertasche einiges vom Inhalt heraus. Der Gepäckträger sah sich daraufhin die Tasche näher an, dann rief er erschreckt: „Die Tasche ist ja an der Seite aufgeschnitten!"

Der Stationsvorsteher und einige andere Leute traten herzu. Auch Kurt näherte sich der Gruppe. An der Ledertasche war mit einem scharfen Messer mittels eines Längsschnittes und zweier Querschnitte ein großes Stück Leder losgelöst, das jetzt wie eine offene Klappe herunterhing.

„Sie sind von einem Eisenbahndieb bestohlen worden," sagte der Stationsvorsteher zu der alten Dame.

Die stand einen Augenblick blaß und zitternd da und sah mit dem Ausdruck starren Entsetzens auf das Loch in der Tasche, dann brach sie schluchzend zusammen.

Hätte Kurt sie nicht aufgefangen, sie wäre auf dem Asphalt des Bahnsteigs zu Schaden gekommen.

„Mein Geld ist mir gestohlen worden! Mein ganzes Vermögen!" stöhnte die alte Dame.

„Sehen Sie doch zunächst in der Tasche nach, ob etwas fehlt," mahnte der Stationsvorsteher.

Die alte Dame folgte der Aufforderung. Sie schloß den Koffer auf und während ihr Tränen über die runzligen Wangen liefen, wühlte sie mit zitternden Fingern in dem Inhalt des Koffers.

„Das Geld ist fort," klagte sie. „Es lag in einer Brieftasche in der Abteilung, die aufgeschnitten ist."

Kurt v. Lanken hatte stumm den Jammer der Dame mitangesehen. Ein kurzer innerer Kampf, dann war sein Entschluß gefaßt.

„Wie war die Brieftasche geschlossen?" fragte er.

„Mit einem roten Gummiband."

Kurt zog lächelnd die Brieftasche hervor und überreichte sie der alten Dame*).

„Sie haben Glück gehabt. Dies dürfte Ihre Brieftasche sein. Ich habe sie in einem Abteil erster Klasse gefunden und wollte meinen Fund eben dem Herrn Stationsvorsteher melden."

Die alte Dame stieß einen Freudenruf aus und ergriff Kurts Hand, um ihm in abgerissenen, stammelnden Worten zu danken. Nachdem sie sich dann etwas beruhigt hatte, erzählte Kurt v. Lanken, wo und wie er die Brieftasche gefunden hatte, beschrieb auch den Herrn, der in dem Abteil nach ihr gesucht hatte.

„Der Herr hat neben mir gesessen," rief die alte Dame. „Er hat einen schwarzen Bart und spricht mit fremdländischem Akzent. Er hat sich mit mir unter-

---

*) Siehe das Titelbild.

halten, bis ich plötzlich merkwürdig müde wurde und
einschlief."

„Saßen noch andere Leute in dem Abteil?" fragte
der Stationsvorsteher die alte Dame.

„Nein, wir zwei waren allein."

„Dann hat Sie der Kerl mit Chloroform betäubt.
Während Sie schliefen, hat er die Tasche aufgeschnitten,
das Geld gestohlen und es zu seiner Sicherheit in dem
anderen Abteil versteckt."

Alle Umstände ließen vermuten, daß der Beamte
richtig kalkuliert hatte.

Der Stationsvorsteher eilte in sein Bureau, um sofort den Sachverhalt an die Station zu telegraphieren,
auf der der Zug in einer Viertelstunde halten mußte,
damit dort die Verhaftung des Eisenbahndiebes veranlaßt werden konnte.

Kurt führte die alte Dame durch das Bahnhof-
gebäude nach dem Droschkenhalteplatz. Sie wohnte in
der Stadt, war die Witwe eines Kaufmanns und war
heute in Berlin gewesen, um bei einer der großen Banken
ihre Wertpapiere zu veräußern. Den Erlös, etwa
achtzigtausend Mark, hatte sie für eine Hypothek bestimmt. Nun wäre ihr beinahe das ganze Geld verloren gegangen.

Unter Tränen, Danksagungen für Kurt und Ver-
wünschungen gegen den gewissenlosen Dieb erzählte sie
Kurt auf dem Weg zur Droschke diese Einzelheiten.
Als sie und ihr Gepäck glücklich im Wagen untergebracht
waren, verabschiedete sich Kurt von ihr und kehrte auf
den Bahnsteig zurück.

Der Berliner Zug fuhr ein.

Kurt verfolgte sein Eintreffen und seine Abfahrt
mit wehmütigem Lächeln. Mit diesem Zug hatte er
gehofft, aller Sorgen ledig, nach Berlin zurückfahren

zu können. Nun war alles so ganz anders gekommen. Nicht als ob es ihm leid getan hätte, der alten, bedauernswerten Dame sofort das Geld wiedergegeben zu haben — o nein. Daß er in dem gegebenen Fall so handeln mußte, wie er gehandelt hatte, stand für ihn fest, aber daß das Geld auch gerade der einzige Besitz einer hilflosen alten Dame sein mußte, das war Pech. Hätte der Gauner es nicht einem Rothschild stehlen können, der gern für einige Jahre siebentausend Mark entbehrt hätte, wenn er das andere Geld sofort wieder bekam?

Der Zug, den er nun benützen mußte, um zu seinen Eltern zu gelangen, fuhr erst in einer Stunde. Kurt ging in den Wartesaal, bestellte sich eine Tasse Kaffee und las in einem Lokalblatt die gleichgültigsten Dinge. Er gab sich alle Mühe, auf andere Gedanken zu kommen, aber immer wieder kehrten sie zu der Brieftasche zurück. Es war doch ein eigenes Ding um die Versuchung, in die ein Mensch geraten kann. Er hatte sich immer für einen anständigen Kerl gehalten und doch — wie schnell war er der Versuchung unterlegen! Keinen Augenblick hatte er sich besonnen, einen Teil des Geldes für sich zu verwenden, das ihm ein merkwürdiger Zufall in die Hände gespielt hatte. Seine einzige Entschuldigung war, daß er sich in einer Notlage befand. War denn die Notlage wirklich so schlimm?

Zunächst stellte er mit der ihm eigenen Offenheit fest, daß er sich selbst durch seinen Leichtsinn in diese Notlage gebracht hatte. Aber sein alter Herr mußte ihn ja am Ende doch 'rausreißen. Gewiß, es würde einige unangenehme Augenblicke für ihn geben, aber schließlich läßt ein Lanken den einzigen Sohn nicht wegen lumpiger siebentausend Mark über die Klinge springen. Also war seine Notlage gar nicht so groß. Wie aber mußte einem Mann zumute sein, der für

Frau und Kinder zu sorgen hat, dem der Ruin vor Augen stand und der durch einen solchen Fund in Versuchung geführt wurde?

Kurt warf den Gedanken in seinem Kopf hin und her. Wie oft las man in den Zeitungen von Veruntreuungen und von den Bestrafungen der Täter. Und als Gerechter freute man sich über das strenge Walten der Nemesis. Heute, als ihn selbst die Versuchung mit tausend Krallen gepackt hatte, dachte er menschlicher über die, die solchen Versuchungen zum Opfer gefallen waren.

Und dann dachte er weiter, und das Blut stieg ihm bei dem Gedanken bis in die Schläfen. Der Gedanke war ihm bisher überhaupt noch nicht gekommen. Wie nun, wenn der Diebstahl noch im Zug entdeckt worden wäre, ehe die alte Dame und er ausgestiegen waren? Wenn die Passagiere sich einer Untersuchung hätten unterziehen müssen? Wenn man die Brieftasche bei ihm entdeckt hätte?

Er preßte beide Hände gegen die Schläfen.

Der Stationsvorsteher kam in den Wartesaal und meldete ihm, daß der Dieb entwischt sei. Als der Zug in die Station eingefahren war, hatte der Franzose den Wagen auf der anderen Seite verlassen. Es war ihm geglückt, unangefochten über die Gleise zu entkommen.

„Schade!" schloß der Stationsvorsteher.

Kurt stimmte ihm bei. Innerlich aber war er froh, daß es so gekommen war. Der Gedanke, in der Sache als Zeuge vor Gericht vernommen zu werden, war ihm unangenehm, wußte er doch sein eigenes Gewissen nicht ganz rein.

Im Elternhaus war die Überraschung groß, als der

Sohn aus Berlin so plötzlich und ganz unangemeldet eintraf. Die Mutter schwamm in Freud' und Wonne, ihr fiel das Überraschende des Besuches nicht weiter auf. Warum sollte sich Kurt nicht mit seinen Eltern den Spaß machen und sie unangemeldet überfallen?

Aber der Vater machte ein etwas nachdenkliches Gesicht, und Kurt fühlte seinen prüfenden Blick öfter, als ihm lieb war, auf sich ruhen.

Beim Abendessen gab er die Geschichte mit der Brieftasche zum besten. Die äußeren Vorgänge schilderte er ganz wahrheitsgetreu, nur von seiner Absicht, mit dem Gelde seine Schulden zu bezahlen, schwieg er.

Zärtlich strich ihm die besorgte Mutter über das Haar. „In welcher Gefahr hast du geschwebt, mein Junge! Wie leicht hätte dich dieser Franzose ermorden können! Da sitzt man hier und lebt sorglos in den Tag hinein, und draußen passieren unserem Jungen solche Sachen!"

Sie küßte ihn auf die Stirn.

„Ich glaube, die Gefahr für unseren Jungen lag ganz wo anders," brummte der alte Herr und strich sich den grauen, wallenden Vollbart.

Als er nach Tisch mit Kurt in sein Arbeitszimmer ging, um mit ihm eine Zigarre zu rauchen, fragte er ihn: „Warum hast du denn nicht gleich dem Schaffner von deinem Fund erzählt? Ihr hättet doch den Gauner noch im Zug festnehmen können!"

„Bei der Größe der Summe hielt ich es für richtiger, den Fund einem höheren Beamten zu melden."

Der Baron sah seinen Sohn scharf an. „Ich reime mir die Sache etwas anders zusammen. — Wieviel Schulden hast du?"

Kurt errötete. Die Worte wollten ihm fast in der

Kehle stecken bleiben. „Siebentausend Mark, Vater,"
flüsterte er endlich, und seine Blicke senkten sich.

Der alte Herr war merkwürdig still, fast unheimlich
still. Endlich reichte er dem Sohn, ohne ein Wort zu

sagen, die Zigarrenkiste und steckte sich selbst eine Zigarre an.

Nach einiger Zeit sagte er: „Kurt, ich habe mir
Vorwürfe gemacht, daß ich dir damals das Ehrenwort
abgenommen habe. Man soll euch jungen Dachsen

gegenüber nicht immer gleich so grobes Geschütz auffahren. Die Lage war für dich knifflich. Daheim der
Alte, das Rauhbein — und da die gefüllte Brieftasche!
— Ich — ich danke dir, daß du dir die Finger rein
gehalten hast, und unserem Herrgott, daß er dir das
alte, flennende Weiblein über den Weg geschickt hat. —
Morgen früh geb' ich dir die sieben Mille. Fahr mit
ihnen nach Berlin und befriedige deinen Kartenapachen.
Wirst dir eine Lehre an der Geschichte nehmen. Hast
bös in den Nesseln gesessen, mein Junge."

Kurt beugte sich zur Hand seines Vaters herab und
küßte sie. „Ich spiele nie wieder, Vater."

„Der Himmel mag's geben, aber — kein Ehrenwort!"

Als die Mutter in das Zimmer trat, plauderten die
beiden Herren über den Italienisch-Türkischen Krieg, über
die Luftschifferei und über Berlin.

„Mutter, bewillige uns 'ne Rüdesheimer," bat der
Vater, der in ganz vortrefflicher Laune war.

Das Rosazimmer.

Venezianischer Roman von E. v. Adlersfeld-Ballestrem.

(Fortsetzung.) ✦

Die Gondel lag bereit vor dem offenen Hauptportal des Palastes, als Windmüller und sein Gastgeber die Treppe in die Halle hinabstiegen. Ersterer blieb darin stehen, scheinbar in den Anblick der malerischen Schönheit der Architektur dieses königlichen Raumes versenkt, während der letztere dem Portal zuschritt.

Agostino, der Portier, trat aus seiner Loge heraus und blieb halbwegs stehen in dem Gefühl, daß er dem Gast des Hauses die Ehre zu erweisen hatte. Er hatte nichts gegen den Gast einzuwenden; dieser fremde Herr war schon frühzeitig herabgekommen, hatte sich mit ihm über die Frau Principessa unterhalten und ganz seine Ansicht über den sonderbaren Fall geteilt. Er hatte ihm auch ein schönes, sehr schönes Trinkgeld dafür gegeben, weil er die letzte Nacht so lange seinetwegen hatte aufbleiben müssen.

Windmüller grüßte den Portier freundlich, fast vertraulich. „Ein hübscher Mensch, der Gondolier," bemerkte er, auf die schlanke Gestalt im weißen Matrosenanzug und blauer Schärpe deutend, der, das Ruder in der Hand, mit abgezogenem Strohhut auf der Poppa des Fahrzeugs stand.

„Er ist mein Sohn, Signore," erwiderte Agostino
mit einem stolzen Blick auf den schmucken Burschen.

„Ich hatte es mir gedacht, der Ähnlichkeit nach,"
meinte Windmüller treuherzig. „Hm, ja! Er hat wohl
die Frau Principessa vom Bahnhof abgeholt, als sie
vor ein paar Tagen hier ankam?"

„O nein! Es wußte ja niemand, daß die Frau
Principessa kommen würde. Altezza hatten sich eine
Gondel am Bahnhof genommen."

„Natürlich. Haben Sie zufällig — ganz zufällig
bemerkt, welche Nummer die Gondel hatte?"

„Die Nummer? Dio mio, nein, darauf habe ich
nicht geachtet," machte Agostino bedauernd. „Aber ich
kann sie leicht erfahren," setzte er dienstfertig hinzu,
„denn der Inhaber ist der Sohn von dem Obsthändler
in der Ruga vecchia, dicht neben San Giovanni Elemo-
senario. Er hat sie noch nicht lange, die Gondel, der
Mario — aus zweiter Hand gekauft, nicht neu, aber
schön hergerichtet. Und mächtig stolz ist er darauf,
gerade als ob das Ding für ihn gebaut worden wäre!"

„Nun ja, die erste eigene Gondel — das ist zu
verstehen!" sagte Windmüller verständnisvoll. „Nein,
es ist nicht nötig, nach der Nummer zu fragen. Es
war nur so eine Idee von mir."

„Er hat den Dienst jetzt an der Stazione, der Mario
Spezier — ein guter Posten, Signor," berichtete
Agostino, „manche Leute haben eben Glück, aber der
Mario wird auch nicht alle Tage eine Principessa zu
fahren bekommen, die ihn mit Gold für die paar Ruder-
schläge von der Stazione bis hierher bezahlt!"

„Mit Gold?" wiederholte Windmüller mit gut-
gespieltem Staunen.

„Mit Gold," bestätigte Agostino die unbegreifliche
Angabe. „Ich hab's gesehen. Ich wollte die Gondel

bezahlen, als die Frau Principessa damit angefahren
kam, und dem Gondolier das Trinkgeld geben, das
immer dafür ausgelegt wird, aber Altezza hatten schon
ihre Börse zur Hand und gaben dem Mario ein Goldstück. Ich hab's gesehen — ein gelbes Goldstück! Als
ob der Mario das wechseln könnte, dachte ich mir. Aber
der Mario dachte gar nicht daran, es zu wechseln! Er
steckte es einfach in die Tasche und sagte: ‚Mille grazie,
Eccellenza!‘ Er hätte das nicht gesagt, wenn Altezza
sich vergriffen und ihm einen blanken Soldo gegeben
hätte! Dann hätte er gewartet, bis Altezza im Hause
war, und ich hätte ihm den Rest nachgezahlt. Aber
er wartete nicht, sondern fuhr gleich davon, als Altezza
kaum im Hause waren. Ein Goldstück für die Fahrt
vom Bahnhof hierher! Natürlich hat er gemacht, daß
er fortkam, ehe man ihm das Sündengeld wieder ab-
jagen konnte!"

„Nun, zu verdenken ist's ihm nicht, wenn er den
guten Fang behalten wollte," meinte Windmüller, indem er dem Portal zuschritt, unter dem Don Gian
wartend stand. Er stieg in die Gondel und sagte mit
einem Blick auf die Uhr: „Wenn es Ihnen recht ist,
Herr Marchese, möchte ich doch lieber zuerst zum Palazzo
Labia, um die Fresken von Tiepolo zu sehen."

Don Gian sah seinen Gast fast fassungslos an, ehe
er dem Gondolier: „Also — Palazzo Labia!" zurief
und dann neben Windmüller Platz nahm mit der Miene
eines Menschen, der den dringendsten Verdacht hat,
neben einem Übergeschnappten zu sitzen.

„Ich hoffe, soweit ist es noch nicht mit mir," be-
antwortete Windmüller laut diesen Gedanken mit einem
leisen Schmunzeln. „Natürlich sage ich das nur mit
dem Vorbehalt, den die mangelhafte Selbsterkenntnis
jedem Menschen auferlegen sollte. Und zu Ihrer

größeren Beruhigung: ich glaube auf dem Wege zur
erſten Spur zu ſein. Mehr kann ich jetzt nicht ſagen
und muß Sie auf ſpäter vertröſten; denn nachdem Sie
mich am Palazzo Labia abgeſetzt haben werden, muß
ich Sie bitten, nach Ihrem Hauſe allein zurückzukehren.
Ihre Gegenwart würde bloß ein Hindernis ſein bei
dem Gange, den ich vorhabe. — Mir kam nämlich beim
Anblick Ihrer Gondel ein Gedanke, der mir eigentlich
ſchon früher hätte kommen ſollen. Aber was wollen
Sie? Der Menſch iſt ein Bündel von Unvollkommen-
heiten. Ich habe wieder einmal die Lehre erhalten,
daß man ſich nie auf Vorausſetzungen verlaſſen darf.
Man ſollte überhaupt nichts vorausſetzen, lieber Herr
Marcheſe, ohne ſich gleich zu vergewiſſern, ob das Kon-
krete mit dem Abſtrakten übereinſtimmt. Dieſe Betrachtung gilt natürlich nicht Ihnen, ſondern iſt nur
ein Memorandum für mich.“

„Man wird ihm die allgemeine Nützlichkeit nicht
abſtreiten können,“ erwiderte Don Gian ergeben. „Mein
Verſtand mag durch die Ereigniſſe etwas gelitten haben,
Herr Doktor, denn wenn Sie mich totſchlagen, ſo kann
ich mir nicht vorſtellen, inwiefern die Fresken Tiepolos
im Palazzo Labia Sie auf eine Spur bringen können!“

„Ah!“ machte Windmüller mit behaglichem Lachen.
„Sie wollen mir ſchmeicheln, denn ich glaube beſtimmt,
daß Sie längſt durchſchaut haben, daß der Palazzo
Labia nur ein Vorwand zum Benefiz Ihres Perſonals
iſt. Ein ſo großer Verehrer Tiepolos ich auch bin —
heute habe ich leider nicht die Muße, eines ſeiner vir-
tuoſeſten Werke zu bewundern. Ihr Gondolier und
ſein würdiger Herr Vater brauchen aber nicht gleich
zu wiſſen, was ich vorhabe, trotzdem ich dem letzteren
den Hinweis auf die Spur verdanke, die ſich hoffentlich
als eine ſolche erweiſt.“

„Capisco!" machte Don Gian, sichtlich über den
geistigen Zustand seines Gastes beruhigt. „Und ich?
Was tue ich indessen?"

„Ah, Sie, lieber Herr Marchese, kehren in Ihrer
Gondel in Ihr Haus zurück und sagen Ihren Verwandten dort guten Tag. Empfehlen Sie mich inzwischen der Frau Marchesa, der ich meine Aufwartung
machen werde, sobald ich meine Geschäfte erledigt habe."

„Die Collazione wird um ein Uhr serviert," erwiderte
Don Gian mit förmlicher Höflichkeit.

„Ich hoffe daran teilnehmen zu können, bitte aber
nicht auf mich zu warten, falls ich nicht pünktlich da
bin. Vielleicht finde ich die Persönlichkeit, nach der
ich fahnde, gleich — vielleicht erst nach langem Suchen.
Doch da mir sehr viel daran liegt, sie zu finden, so
darf ich mir eine Rast auf der Jagd nicht gönnen.
Das ist in meinem Berufe Gewohnheitsache. — Ah,
dort grüßt der Palazzo Labia ja schon herüber!"

In der Tat glitt die Gondel eben aus dem Seitenkanal heraus auf den Canale Grande, kreuzte ihn schräg
rechts, bog in den breiten Kanal des Canareggio ein
und legte, in zwei Minuten die Fondamenta von San
Geremia passierend, vor der stolzen Front des eleganten
Palazzo Labia an, in dessen seit Jahren unbewohnten
zahllosen Räumen die berühmten Kleopatrafresken
Tiepolos langsam aber sicher ihrem völligen Ruin entgegengehen.

Hier stieg Windmüller aus, nachdem er sich von
Don Gian verabschiedet, sah, auf dem Trottoir vor dem
Palaste stehend, wie einer, den die Zeit nicht drängt,
zu, wie die Gondel wieder zurückgewendet wurde, und
als sie um die Ecke bei San Geremia verschwunden war,
ging er mit einem abermaligen Blick auf die Uhr rechts
um den Palast herum, überschritt, geradeaus bleibend,

den dahinterliegenden Platz und ging ohne Hast, aber
doch stetig fürbaß schreitend, die Lista di Spagna hinab.
Diese Straße, ein im achtzehnten Jahrhundert zuge-
schütteter Kanal, führt vom Palazzo Labia aus in kurzer
Zeit vorüber an dem ehemaligen Palast der spanischen
Gesandtschaft, die ihn von der alten Patrizierfamilie
Zeno kaufte. Jetzt ist das große Gebäude ein Erziehungs-
institut. Rechts von ihm liegt noch der alte Torweg
zum Garten des Palazzo Morosini, der von den Öster-
reichern als Kaserne benützt und dadurch dermaßen rui-
niert wurde, daß er abgerissen werden mußte. So verschwand die berühmte, von Pordenone bemalte Fassade
für immer aus der Reihe der Paläste am Canale Grande.

Bald stand Windmüller vor dem Ausgang des häßlichen Bahnhofs, für den aber der Kanal selbst mit
der jenseitigen Reihe schöner Paläste, der hochragenden
grünen Kuppel von San Simeone Piccolo und dem
großen, prächtigen Garten der Grafen Papadopoli eine
Entschädigung bietet. Wo in anderen Städten die
Droschken stehen, liegen hier die Gondeln zur Beförde-
rung der ankommenden Reisenden bereit, und da in
wenigen Minuten ein Schnellzug fällig war, so waren
die Gondeln auch in großer Zahl vorhanden.

Windmüller ging langsam den Kai entlang und
musterte die mehr oder minder eleganten, mehr oder
minder sorgfältig gehaltenen Fahrzeuge und ihre Lenker
mit scharfem Blick, bis er darunter eine Gondel entdeckte, deren Hellebarde und die messingnen Seepferde*)
in der Sonne nur so funkelten, deren Kissen und Teppich
noch fast neu erschienen. Mehr noch, der auf der Poppa
hockende Gondolier war ein junger Mann, der noch
nicht lange der Gilde angehören konnte.

---

*) Halter für die Schnur, die als Armlehne dient.

„Mario — Mario Spezier?" fragte Windmüller.

Zehn Stimmen erwiderten gleichzeitig: „Eccolo! Da ist er!"

Der junge Gondolier, den Windmüller darauf taxiert hatte, der Gesuchte sein zu können, erhob sich sofort und brachte sein Fahrzeug an die Stufen. Windmüller stieg ein, machte eine Handbewegung nach der Brücke zu, und bald hatte sich die Gondel aus dem Gewirr geschickt und, ohne auch nur eines der vielen anderen Fahrzeuge zu streifen, herausgewunden.

„Palazzo Terraferma dalla Luna!" sagte Windmüller, sich auf seinem Sitze umwendend, und der Ausdruck, den er bei dieser Adressenangabe über das hübsche, gebräunte Gesicht des Gondolier fliegen sah, belehrte ihn, daß er sich nicht verrechnet hatte, als er hier eine mögliche Spur zu suchen kam. Aber dieser Ausdruck gab ihm zu raten — es war mehr wie Ärger, der sich am Ende auf die zu kurze Fahrt, die den Mann um einen besseren Verdienst gebracht, beziehen lassen konnte; die Röte, die dem Gondolier ins Gesicht gestiegen, war eine unleugbare Zornesröte, die das Aufblitzen der Augen unterstützte.

Windmüller hatte nicht viel Zeit übrig, zu reden und zu überlegen; er mußte sich, wie so oft in seinem Berufe, auf seinen Witz verlassen, namentlich aber auf seinen feinen, hochgradig entwickelten Instinkt, dem er zum größten Teil seine Erfolge verdankte.

Als die Gondel vom Canale Grande rechts in den Seitenkanal abbog, drehte er sich um. „Rudern Sie langsam, Mario — ich habe mit Ihnen zu reden," sagte er in dem Tone vertrauenerweckender Selbstverständlichkeit, der ihm so oft schon gute Dienste geleistet, und den er der vor ihm befindlichen Person entsprechend so ungemein überzeugend modulieren konnte.

„Va bene, Signor," erwiderte der Gondolier, fein
Ruder einziehend. „Ich dachte es mir, daß der Signor
mir etwas zu fagen hatte. Warum hätte er fonft gerade
mit mir fahren wollen?"

„Altro!" machte Windmüller trocken und fetzte
lachend hinzu: „Warum machten Sie dann aber ein
fo böfes Geficht, als ich Ihnen fagte, Sie follten mich
zum Palazzo Terraferma fahren?"

Mario zuckte mit den Achfeln, antwortete aber nicht,
fondern fah feinen Fahrgaft nur erwartungsvoll an.

Diefem wären ein paar Worte, die ihm einen Anhalt für die nachfolgende Unterhaltung gegeben hätten,
lieber gewefen; da Mario aber offenbar dem diplo-
matifchen Grundfatz huldigte, daß man das erfte Wort
immer von der anderen Seite erwarten müffe, fo blieb
Windmüller nichts übrig, als einen Fühler auszuftrecken.
Er zog feine Geldtafche und fagte vertraulich: „Die Frau
Principeffa ift Ihnen etwas fchuldig geblieben — nicht
wahr?"

Mario zuckte wieder mit den Achfeln und legte den
Beweis ab, daß er wirklich diplomatifches Talent hatte.
„Der Signor find beauftragt, mit mir darüber zu
fprechen?" fragte er vorfichtig.

„Gewiß!" verficherte Windmüller ohne Zögern,
wozu er auch volles Recht hatte, denn fein Auftrag
lautete, das verfchwundene Dokument zu fuchen. Dazu
mußte er natürlich erft die Principeffa finden, und zu
diefem Ende durfte kein Weg unverfucht bleiben. Daß
diefer kein Holzweg fein konnte, war fchon jetzt ziemlich
zweifellos geworden. „Die Frau Principeffa hatte Sie
beauftragt, fie zu einer beftimmten Stunde am Palazzo
Terraferma abzuholen. So war es doch?"

Jetzt gab Mario feine abwartende Rolle auf. Er
trat von der Poppa herunter und dicht hinter den

Doppelsessel der Gondel, auf dem Windmüller saß, halb nach rückwärts gekehrt.

„So war es," bestätigte er halblaut. „Die Frau Principessa hatte mir das Versprechen abgenommen, nicht darüber zu sprechen, wenigstens nicht für die nächsten Tage, und ich habe mein Versprechen gehalten. Warum auch nicht? Was geht's mich an, was geht es die Leute an, was sie tut? Es ist ihre Sache. Und wie es sich gemacht hat, liegt mir auch gar nichts daran, daß die Leute sich schadenfroh erzählen können: der Mario hat im September einen Aprilfisch gefangen. Va bene! Und weil ich doch glauben mußte, daß die Frau Principessa mich angeführt, so hat der Name des Palazzo Terraferma eben gemacht, daß ich ein wenig böse aussah. Daß der Signor es bemerkte, war nicht meine Absicht. Ich überlegte mir auch gleich, daß der Signor nicht umsonst nach meiner Gondel gefragt hatte."

„Das war gescheit," lobte Windmüller, dem die Unterhaltung nun sehr interessant wurde. „Die Frau Principessa hatte natürlich nicht die Absicht, Sie in den April zu schicken — das versteht sich von selbst. Man ist in einem Hause, in dem man nicht der Herr ist, nicht immer imstande, die Zeit einzuhalten. Es kommt dieses und jenes dazwischen, man bekommt Besuche —"

„Die Frau Principessa hatte mich nachts um zwei Uhr bestellt. Da wird sie wohl keine Besuche mehr bekommen haben," fiel Mario ein.

Das hatte Windmüller aber nur wissen wollen. „Vielleicht nicht," gab er zu. „Nun, auf alle Fälle war die Frau Principessa verhindert, sich zu der vorgesehenen Zeit nach Fu— nach Giu—"

„San Giuliano, Signor."

„Richtig — nach San Giuliano rudern zu lassen," bestätigte Windmüller, indem er sich den Kopf zerbrach,

wo in aller Welt dieser Ort liegen konnte, und was die
Principessa dort gewollt.

Eine kleine Erleuchtung über diesen Punkt, die aber
zur befriedigenden Erhellung nicht hinreichte, erhielt
er durch den Gondolier ungefragt. „Signor, das ist
alles ganz gut und schön,“ sagte Mario lebhaft, „aber
schließlich, einen kleinen Wink hätte die Signora Principessa einem schon geben können! Ich will ja nicht
davon reden, daß ich fast zwei Stunden an der Lastra
auf sie gewartet habe, ohne daß ich vom Palazzo aus
ein Zeichen erhalten hätte. Es gibt ja doch Fenster
im Palazzo, Signor, durch die man den Leuten draußen
einen Wink geben kann! Und sie hatte mich doch auch
am Nachmittag schon nach San Giuliano geschickt, um
im Albergo della Scimia das Zimmer für sie zu bestellen. Der Padrone hat auch natürlich umsonst gewartet, aber das war schließlich sein einziger Verlust.
Mir aber wollte die Frau Principessa die verlorene
Zeit am Nachmittag bezahlen und die Fahrt in der
Nacht natürlich extra — — eh, per Bacco, Signor,
wenn man denkt, um den hübschen Verdienst genarrt
worden zu sein, da kann's einem kein Mensch verargen,
wenn man ein Gesicht schneidet!“

„Nein, mein guter Mario, das verargt Ihnen kein
Mensch!“ rief Windmüller, den Geldbeutel wieder ein-
steckend und seine Brieftasche hervorholend, denn hier handelte es sich nicht mehr um ein paar Silberstücke, sondern
um Banknoten. Ob diese auf die Kostenrechnung seines
Auftraggebers oder auf das Konto des Hauses Terraferma oder aber am Ende auf das der Principessa fallen
würden, kam im Augenblick nicht in Betracht: der arme
Teufel von Gondolier durfte nicht um sein redlich ver-
dientes Geld gebracht werden. Es war ja nicht Marios
Schuld, wenn er die Arbeit dafür nicht verrichten konnte.

Mario war aber ein redlicher Menſch. Nicht, daß
er ſich ein Gewiſſen daraus gemacht hätte, einen Fremden zu überfordern: wer zu ſeinem Vergnügen reiſt,
der ſoll auch dafür bezahlen, das war ſeine Meinung.
„Ich will ja,“ ſagte er eifrig, „nicht von den hundert
Lire reden, die die Frau Principeſſa mir verſprochen
hatte. Wenn ich nur die Entſchädigung für die verlorene Zeit, wo ich am Nachmittag mit dem Dampfer
nach San Giuliano fuhr, um mit dem Pabrone der
‚Scimia‘ zu ſprechen, und für das unnötige Warten in
der Nacht bekomme, dann will ich ſchon zufrieden ſein!“

Windmüller nahm eine Banknote aus ſeiner Brieftaſche und gab ſie dem Gondolier. „Geſchäft iſt Geſchäft,“ ſagte er ernſthaft. „Es iſt nicht Ihre Schuld,
daß Sie die beanſpruchte Zeit nicht rudern, ſondern
warten mußten. Und hier ſind auch noch zehn Lire für
den Pabrone der ‚Scimia‘, die Sie ihm gelegentlich geben
können. — So, und jetzt zum Palazzo Terraferma!“

Mario bedankte ſich mit ſtrahlendem Geſichte, aber
mit Anſtand und keineswegs ſervil, und zu ſeiner
Poppa zurückkehrend, ließ er die Gondel den Reſt
des Weges ſo raſch zurücklegen, als es die zu nehmen-
den Ecken des ſchmalen Kanals nur eben erlaubten.

Dicht vor dem Sackkanal an der öſtlichen Ecke des
Palaſtes angelangt, wendete ſich Windmüller um.
„Zeigen Sie mir die Laſtra, bei der Sie auf die Frau
Principeſſa warten ſollten,“ ſagte er zu dem Gondolier.

„Va bene! Der Signor kann am Oſtportal auch
ausſteigen,“ erwiderte Mario, indem er in den Kanal
hineinlenkte. „Ecco la lastra!“

Es war eine etwa mannshohe Platte von Marmor,
auf die er hinwies, die dicht über der Fluthöhe des
Kanals, umgeben von einem Rahmen von bearbeitetem
weißem Marmor, zwiſchen dem zweiten und dritten

Fenster des darüberliegenden Geschosses in die Backsteinmauer eingelassen war und eine Inschrift trug,
die die Erbauung des Palastes behandelte und diesen
als Geburtsstätte des Dogen aus dem Hause Terraferma
feierte. Die Wassermarke von der letzten Flut war
noch deutlich am Fuße der Steinplatte sichtbar: sie
reichte gerade bis an den unteren Teil des Rahmens
der Platte, die am äußeren Rande das gezahnte
gotische Muster der Fensterumrahmungen und der Ecken
des Palastes zeigte.

Windmüller betrachtete diese Lastra mit einem
Interesse, das Mario zu der innerlichen Bemerkung
veranlaßte, sein Fahrgast könnte am Ende doch ein
Fremder sein. Aber das archäologische Interesse Windmüllers, das ihm zunächst die Frage aufgedrängt, warum
diese Gedenktafel nicht an der Front des Palastes angebracht worden war, trat sehr in den Hintergrund vor
gewissen Berechnungen, die er anstellte.

„War es gerade die Zeit der Flut, als Sie hier
warteten, Mario?" fragte er dann lebhaft.

„Si, Signor — Hochflut," erwiderte der Gondolier
und setzte auch seinerseits lebhafter hinzu: „Ich erinnere
mich, daß die Signora Principessa mich fragte, wann
in nächster Nacht die Flut einträte. Ich war nicht ganz
sicher und sagte nur, das würde gegen zwei Uhr sein,
und dann bestimmte die Signora, ich sollte um zwei
Uhr hier an der Lastra sein. Es geht mich nichts an,
Signor, aber man macht sich doch seine Gedanken, und
darum habe ich mich auch gefragt, warum ich an der
Lastra warten sollte und nicht lieber gleich dort am
Ostportal, da sie doch wahrscheinlich in die Gondel
steigen wollte!"

„Ja, vermutlich", gab Windmüller zu. „Nun,
rudern Sie mich jetzt dorthin."

Die enorme Tiefe des Palastes wurde etwa in der Mitte durch das genannte Portal unterbrochen, zog sich dann bis zum Ende des Kanals und ein Stückchen über diesen hinaus auf der Fondamenta hin und zeigte keinerlei weitere Unterbrechung der wetterfesten Backsteinmauer im Erdgeschoß als hie und da unregelmäßig angebrachte, stark vergitterte quabratische Fenster, welche die unteren Räume jedenfalls nur schwach erleuchteten, selbst wenn Staub und Spinnweben gefehlt hätten.

Tief in das immer verwickelter werdende Rätsel der Principessa Terraferma versenkt, stieg Windmüller die Treppe des Palastes hinauf, nachdem er sich freundschaftlich von Mario verabschiedet und ihm den Rat gegeben hatte, möglichst reinen Mund über die nicht stattgefundene nächtliche Fahrt zu halten. Er hatte das nur im Interesse der Familie getan, nicht, weil es sonstwie darauf angekommen wäre.

Unten beim Portier, der ihm zuflüsterte, daß der Gondolier, der ihn eben hergeführt, der nämliche sei, dem die Frau Principessa die Fahrt vom Bahnhofe mit einem Goldstück bezahlt, hatte er sich den Fahrplan der Schiffskurse für die Umgebung Venedigs geben lassen und darauf gefunden, was er gesucht: den Ort San Giuliano, der am nördlichen Ufer des Festlandes liegt, durch einen vom Rialto abfahrenden Dampfer mit Venedig und durch eine Straßenbahn mit Mestre verbunden. Daß die Principessa die letztere benützen wollte, um ungesehen dort den Zug nach Rom erreichen zu können, und zwar den Schnellzug, der in Venedig um acht Uhr abgeht, und nicht den Frühzug um fünf Uhr, war ganz klar, denn die Straßenbahn von San Giuliano ging natürlich um diese Zeit noch gar nicht. Sie wollte also im Albergo della Scimia mit Ruhe den für den Achtuhrzug passen-

den Wagen in San Giuliano abwarten. Auf keinen
Fall hatte es die Principessa für geraten gefunden, im
Palazzo Terraferma zu bleiben, und ihr Plan, sich auf
dem kleinen Umwege beizeiten mit ihrem Raube zu
entfernen, war, von ihrem Standpunkte aus betrachtet,
durchaus wohl erwogen und klug. Es war auch zu
verstehen, daß sie sich mit ihrem Koffer keinen Ballast
aufladen wollte, der sie dazu gezwungen hätte, ihre
Aufmerksamkeit zwischen diesem für eine Tagereise ent-
behrlichen Gepäck und ihrer Handtasche zu teilen, die
jedenfalls das geraubte Gut enthielt. Sie hatte an
alles gedacht und es sehr sorgfältig erwogen, wie es
von der geheimen Agentin einer Großmacht zu erwarten war — hier aber setzte das noch ungelöste Rätsel
ein, denn es stand nun fest, daß sie die bestellte Gondel
nach San Giuliano nicht benützt hatte. Der Mann
hatte nach seiner Angabe vergeblich auf die Principessa
gewartet und war dann davongefahren, ohne ein Zeichen, eine Weisung erhalten zu haben.

Wie und auf welchem Wege hatte sie sich nun aus
dem Palaste entfernt, den sie doch unbedingt verlassen
haben mußte? Welchen Zweck hatte sie mit der Wahl
des Rosazimmers für ihren kurzen Aufenthalt gehabt?
Warum mußte die Gondel, statt an eines der Wasser-
tore, gerade an der Mauer vor der Lastra warten? Wo
war sie mitsamt dem Dokumente hingekommen? Wo
sollte man sie suchen, wenn sie keine Spuren hinterlassen?

Wenn der Majordomo behauptet hatte, daß sie durch
die Luft nicht gut verschwunden sein konnte, so traf
das für unsere Tage nicht mehr zu, denn jeder Mensch
kann sich heut mit einem Aeroplan entfernen. Aber
auch dazu muß man das Haus erst auf dem ordentlichen
Wege verlassen, sintemalen eine Flugmaschine ge-
nötigt ist, sich auf einem entsprechenden Platze nieder-

zulassen, um einen Passagier aufzunehmen. Wind-
müller zweifelte daran, daß das Dach des Palazzo
Terraferma der geeignete Platz dafür sein konnte.
Ferner fliegt ein Aeroplan nicht lautlos, sondern seine
Propeller machen Lärm genug, um Leute mit leisem
Schlafe aufzuwecken; die ganze Nachbarschaft wäre so-
fort auf den Beinen gewesen, von den Bewohnern des
Palazzo zu schweigen.

Natürlich war diese Möglichkeit nur ein Phantasie-
sprung, der überhaupt nicht ernstlich in Betracht kommen
konnte, schon weil Flugmaschinen noch nicht als Luft-
broschken anzusehen sind. Auch hätte sich die Principessa
keine Gondel bestellt, wenn sie eine derartige Abholung
beabsichtigte oder vermutete.

Windmüller hielt es gleich jedem guten Feldherrn
für keine Schande, von einem ebenbürtigen Gegner
geschlagen zu werden. Während er die Treppe des
Palazzo Terraferma hinaufstieg, hatte er jedoch das
sonderbare Gefühl, daß sein Gegner, dem er einen
Raub von völkerbewegender Wichtigkeit entreißen sollte,
ein Schatten war, durch den seine sonst so sichere Hand
durchgriff — ins Leere. Nicht, weil die ganze Sache
keinen Präzedenzfall hatte — nein, weil die Spuren
so plötzlich aufhörten, wie die eines Vogels im Sande,
der sich plötzlich in die Luft hebt und davonfliegt. Dieser
Vergleich war es, der Windmüller an den Aeroplan
denken ließ. Die Principessa Terraferma hätte ihre
Spuren gar nicht erfolgreicher plötzlich unterbrechen
können, als ein davonfliegender Vogel. Da sie aber
keiner war —

In seine Gedanken versunken, hatte Windmüller gar
nicht bemerkt oder wenigstens nicht darauf geachtet,
daß jemand vor ihm die Treppe hinaufging und an
der Biegung sogar stehen blieb, um ihn mit ein Paar

großen, veilchenblauen Augen unverhohlen zu betrachten.
Dieser Jemand war eine junge Dame in einem weißen,
sehr schick gearbeiteten Leinenkleide, einem weißen
Strohhut mit einfachem, schwarzem Bande darum, aber
darunter einer Haarpracht von der seltenen Farbe, die
wie Platina in den höchsten Lichtern metallisch glänzt
und tiefgoldene Schatten hat. Und zu diesem Haar
gehörte naturgemäß ein Teint wie eine Malmaisonrose,
der obendrein noch zu einem jungen Gesicht gehörte,
das, ohne geradezu schön zu sein, so lebhafte, charakteristische Züge und eine so unwiderstehliche Anmut
hatte, daß sicher neun von zehn Personen ihnen den
Vorzug vor jedem Schönheitsideal gegeben hätten.

Diese verkörperte Göttin der Jugend blieb auf der
obersten Treppenstufe des Piano nobile stehen und
wartete es ab, bis der in seine Gedanken Versunkene
auch oben war.

„Herr Doktor Windmüller?" fragte sie mit einem
reizenden Lächeln auf deutsch.

„Zu Befehl! Aber mit wem —"

„Also hab' ich mich doch verändert!" rief sie lebhaft.
„Und die Leute sagen alle — nein, nun raten Sie mal,
Herr Doktor! Besinnen Sie sich noch vor — na, vor
einigen Jahren zum Besuch auf dem Gute des Freiherrn v. Rittersbach gewesen zu sein?"

„Ich besinne mich sehr gut darauf," erwiderte Windmüller trocken, denn dieser Besuch hatte der Entdeckung
einer hochgestellten Dame gegolten, die an „Klepto-
manie" litt und Diamanten zu ihrer Spezialität gemacht hatte.

„Schön! Besinnen Sie sich ferner darauf, unter
den zahlreichen Gästen des Hauses einen Botschaftsrat
Graf Meldeck gesehen zu haben —"

„Natürlich!" fiel Windmüller ein. „Er hatte eine

Tochter mit sich, ein halberwachsenes Ding, das mit lang herabhängenden blonden Haaren auf einem langmähnigen und langgeschwänzten, halbwilden Pony herumritt und mich mit ihrer Freundschaft beehrte — und diese junge Walküre wollen Sie doch nicht etwa sein?"

„Ob ich will oder nicht — ich bin's!" rief sie mit einem wundervoll graziösen Knids. „Wegen der aufgedrängten Freundschaft bitte ich um Entschuldigung, aber wenn man als Backfisch mal für jemand schwärmt, dann wehe dem armen Opfer! Sie hätten mich aber fast von dieser Krankheit geheilt, denn als ich Sie damals, wie ich Sie allein in der Bibliothek fand, selig über diesen Zufall, unterhalten wollte, schickten Sie mich einfach fort, indem Sie mir vorflunkerten, Papa suche mich wie eine Stecknadel! Hübsch war das nicht von Ihnen, und es hat mir damals fast das Herz gebrochen — faktisch!"

„Nein, hübsch war's nicht," entgegnete Windmüller schmunzelnd. „Aber was wollte ich machen? Ich wartete damals auf eine höchst dramatische Schlußszene mit einer höchst rabiaten Person, und da kamen Sie und fragten mich, ob ich gern kandierte Veilchen esse! Ich habe Ihnen übrigens nach meiner Abreise noch welche zum Trost und als Friedenspfeife sozusagen geschickt —"

„In einem Beutel von Goldbrokat! — Und das waren Sie? Ich hab' ihn noch — den Beutel nämlich, ohne zu ahnen, daß diese fürstliche Überraschung von Ihnen, meinem ‚Schwarm', kam! · Sie waren mir damals ganz furchtbar interessant!"

„Ich werde mich bemühen, diesen Zustand zu erhalten," sagte Windmüller, angeregt und erfrischt durch die Natürlichkeit dieses jungen Wesens. „Aber wie

kommt es, daß ich Sie hier treffe? Oh, ich verstehe —
Ihr Herr Vater ist der Mieter, der gestern hier eingezogen ist!"

„Ach du lieber Himmel! Papa wäre viel zu arm
gewesen, um diese Wohnung zu mieten," rief sie mit
größter Aufrichtigkeit, und mit plötzlich umflorten Augen
setzte sie leiser hinzu: „Mein Vater starb schon ein halbes
Jahr nach unserem Besuche bei Rittersbachs."

Windmüller ergriff bewegt ihre Hand und drückte
sie stumm, denn er hatte den Toten gekannt und geschätzt und wußte, daß seine Tochter nun eine doppelte
Waise war.

„Papa hatte zu meinem Vormund einen Jugend-
freund bestimmt," fuhr Komtesse Meldeck nach einer
kleinen Pause vertraulich fort. „Aber der konnte mich
bei sich nicht aufnehmen — er hatte keinen Platz. Da
ging ich zu einer Patin, einer wunderlichen alten Dame
— sie hatte sicher etwas von Aschenbrödels Patenfee
an sich — und blieb bei ihr, bis auch sie unlängst starb.
Nun hatte mein Vormund Platz für mich, und trotzdem
ich eigentlich — eigentlich lieber in die weite Welt
gegangen wäre, ließ ich mich doch überreden und zog
zu ihnen. Aber mein erstes war, den Onkel ‚Kumm‘
und die Tante ‚Wenn‘ zu einer Reise nach Venedig
breitzuschlagen, und hier trafen wir zufällig die Gräfin
Candiani, die ich von Rom her kannte, und als ich ihr
meine Sehnsucht vortrug, in einem richtigen alten
venezianischen Palast zu wohnen, in dem es rechtschaffen
spukt und der voll von historischen Erinnerungen ist,
da sagte sie, mir könnte geholfen werden, brachte uns
selbst hierher — und da sind wir!"

„Und da sind Sie — mit allerhand Hochachtung vor
einem Vormund, der so willig auf die Wünsche seines
Mündels eingeht."

„Ja — 's ist die Menschenmöglichkeit," sagte Komtesse Meldeck trocken — so trocken, daß Windmüller auf-
horchte: „Vielleicht kennen Sie ihn — wenigstens dem
Namen nach, denn er ist ein bedeutender Heraldiker —
Freiherr v. Krähenhausen."

„Hm, ja — mir scheint, als hätte ich von ihm gehört. Nannten Sie nicht vorher einen anderen Namen?
Onkel Krumm?"

Sie lachte lustig auf. „Nicht Krumm, sondern
Kumm! Das ist nur ein Spitzname, den ich ihm gegeben habe. Er leidet nämlich an chronischem Stockschnupfen, der Gute, und wenn ihm der in den Weg
tritt, dann erleichtert er sein Riechorgan durch einen
Stoß, den die Silbe ,Kumm!' begleitet. Und weil seine
Frau für alles und jedes in dieser schönen Welt eine
Verbesserung weiß und diese immer mit einem ,Wenn'
einleitet, so habe ich sie ,Tante Wenn' getauft. Sie
haben auch einen Sohn, der ausgerechnet Wiwigenz
heißt und Professor der Geschichte ist, und — ich kenne
ihn zwar noch nicht —.ein gräßlicher Kerl sein muß,
denn seine Eltern loben und preisen seinen Geist, sein
Wissen, seine Schönheit und die Erhabenheit seines Charakters bei jedem Quark, den wir miteinander sprechen.
Ein solcher Ausbund muß fürchterlich für einen gewöhnlichen Sterblichen zu ertragen sein — nicht?"

„Es kommt darauf an. Wenn er sich selbst für einen
Ausbund hält, dann gebe ich Ihnen recht, Komtesse,"
erwiderte Windmüller, indem er sich fragte, ob diese
Loblieder einzig und allein das Resultat einer Affen-
liebe waren oder sonst noch einen Zweck verfolgten,
was ja nicht unmöglich schien, wenn diese Leute so
reich waren, daß es nicht darauf ankam, ob ihr Sohn
ein armes Mädchen heiratete — falls er nicht schon
verheiratet war. „Hoffentlich ist seine Frau derselben

Ansicht wie seine Eltern," setzte er gewohnheitsmäßig
sonbierend hinzu.

„Hoffentlich findet er eine, die's tut — meinen
Segen hat sie," versicherte Komtesse Melbeck.

„Und wie sind Sie zufrieden mit Ihrem Quartier?"
fragte Windmüller, ein anderes Ziel verfolgend, nachdem seine berufsmäßige Wißbegier auf diesem Seiten-
sprunge befriedigt war.

„Oh, der Palast — mindestens was wir davon
haben — ist wunderbar!" ging sie mit vollem Enthusiasmus auf dieses Thema ein. „Kennen Sie ihn schon
lange? — Erst seit gestern? Dann müssen Sie unsere
Wohnung sehen — sie ist ein Traum, ein richtiger Traum
von Venedig! — Haben Sie jetzt Zeit? Onkel Kumm
und Tante Wenn sind noch auswärts — ich habe sie
schnöde verlassen, als sie auch San Marco mit Weih-
rauchwolken für ihren Wiwigenz füllen wollten. Das
war mir zu viel — ich schützte Müdigkeit vor und habe
dadurch — Sie getroffen, angefallen, dürfen wir schon
ruhig sagen, denn sonst hätte ich dieses Wiedersehen
wohl kaum feiern dürfen!"

Windmüller bestritt das sofort. „Ganz im Gegenteil — dies Wiedersehen wäre für Sie unvermeidlich
gewesen, Komtesse. Ich hatte nämlich die für mich
noch namenlosen Bewohner des Piano nobile bitten
wollen — durch die Vermittlung des Marchese Terraferma wohlverstanden — ihre Wohnung besichtigen zu
dürfen. Es soll hier ein Lift angelegt werden, und ich
als der dazu berufene Architekt —"

„Architekt?" unterbrach sie ihn verwundert. „Seit
wann sind Sie denn — Architekt geworden? Noch dazu
einer, der Lifts in die Häuser baut?"

„Das ist doch ein sehr nützlicher Beruf, Komtesse,"
erwiderte Windmüller unschuldig.

„Sehr!" wiederholte sie lachend. „Aujust, merkst
du was? Also, als Architekt sind Sie hier! Bei Rittersbachs waren Sie als ‚Privatgelehrter', was mir furchtbar imponierte. Papa hat mir aber dann verraten,
wer Sie eigentlich sind — eben der Große Windmüller,
und das hat mir nicht nur noch mehr imponiert, sondern
mir geradezu Ehrfurcht, vermischt mit angenehmem
Gruseln, eingeflößt!"

„Nun," meinte er, gleichfalls lachend, „dann brauche
ich mich vor Ihnen ja nicht erst mit technischen Gemein-
plätzen anzustrengen! Möglicherweise wissen aber Ihr
Herr Vormund und seine Gattin nichts vom ‚Großen
Windmüller', und da wäre es mir ganz lieb, wenn Sie
es beim Architekten bewenden ließen!"

Jetzt machte Komtesse Meldeck noch größere Augen.

„Oh — Sie sind also im Berufe hier!" flüsterte sie,
unbewußt und unwillkürlich die Stimme dämpfend.
„Nein, wie interessant!"

„Nun, was das betrifft, so fürchte ich, ‚es zahlt sich
net aus', wie ein Bekannter von mir zu allem sagt,
was enttäuschend auf ihn wirkt. Ich will in diesem
Hause keinen Räuber, Mörder oder gemeinen Dieb
abfassen — es ist für mich nur ein Absteigequartier in
Venedig, und vielleicht bin ich in wenigen Stunden
schon über alle Berge. Mein Interesse am Piano nobile
hier ist wirklich nur ein rein — architektonisches und
richtet sich hauptsächlich auf ein gewisses Rosazimmer
und — seine nächste Umgebung."

: Windmüller fand es etwas schwer, diese halben
Wahrheiten unter dem Blick der auf ihn gerichteten
blauen Augen glaubwürdig vorzutragen, denn diese
Augen waren nicht nur außergewöhnlich intelligent,
sondern auch so klar und rein wie ein Bergsee — das
köstliche „Blauseeli" im Kandertal kam ihm unwillkür-

lich in den Sinn bei diesen Augen, die ihn schon vor
nun fast fünf Jahren einmal fast „aus dem Text"
gebracht hatten. Sie waren noch gradeso wie damals:
man konnte bei ihnen, wie beim „Blauseeli", bis auf
den Grund sehen, und auf diesem erblickte er hier eine
ganze Herde von Schelmen, die sich königlich über seine
„Erklärung" amüsierten.

„Das trifft sich herrlich, denn das Rosazimmer und
seine nächste Umgebung bewohne ich!" rief Komtesse
Melbeck triumphierend. „Mein Vormund und Frau
v. Krähenhausen haben auf der Westseite sieben Zimmer
zu ihrer werten Verfügung — sie können darin Verstecken spielen, wenn sie wollen. Dann kommt als
neutraler Boden der Saal und an diesen stößt mein
Reich — in das ich Sie hiermit feierlich einlade."

Windmüller versprach sich zwar nicht viel von einer
jetzt notgedrungen nur sehr flüchtigen Besichtigung der
Räume, aus denen die Prinzessin Xenia Terraferma
auf einem bisher noch unerklärten Wege aus dem Palast
entschwunden war, indes durfte er die Gelegenheit nicht
vorübergehen lassen, um wenigstens einen Überblick
davon zu erhalten, und so folgte er seiner reizenden
jungen Führerin durch den von der Loggia begrenzten
Vorsaal, in dem sie bisher gestanden, zunächst in den
mit verschwenderischer Pracht ausgestatteten Saal. Den
ursprünglichen gotischen Stil hatte eine Restauration
des sechzehnten Jahrhunderts verdrängt — an die Stelle
der alten Balkendecke war eine von vergoldeter Holz-
schnitzerei getreten, wie wir sie im Dogenpalast ob ihres
Reichtums bewundern können. In ihrem zum Rahmen
sich formenden Zentrum hatte Paul Veroneses Pinsel
ein Deckenbild von unvergänglichem Farbenzauber geschaffen, den historischen Moment verherrlichend, in
der Admiral Angelo Terraferma der thronenden Ve-

nezia die eroberten Türkenfahnen mit dem Halbmond überreicht. Die Wände des Saales bedeckten Paneele von vielscheibigem Spiegelglas, in holzgeschnitzte, vergoldete Rahmen gefaßt, zwischen denen Streifen einer Tapete von Seidendamast sichtbar wurden, von jenem zarten Gelblichgrün, dessen Färbung zu den verlorenen Tönen gehört oder durch die Zeit geschaffen ist. Die Polstermöbel überspannte derselbe Stoff, der auch von der nur durch schlanke Säulen getrennten gotischen Fensterreihe als Vorhänge in reichen Falten herabhing.

„Das ist ein königlicher Saal," bemerkte Windmüller mit der andächtigen Bewunderung des Kenners. „Stören Sie vielleicht die gotischen Fenster, Komtesse? Mich nicht! Die Künstler jener Zeit, die doch heute noch maßgebend sind, scheuten die Mischung der Stilarten keineswegs, und sie hatten recht damit. Sie haben damit wunderbar malerische Effekte erreicht."

„Es ist ein wonniger Saal!" bestätigte Komtesse Meldeck, über den glatten Marmorboden hinschassierend. „Ich war in ihn verliebt, ehe das Rosazimmer mich einfach verzaubert hat. Ob Paul Veronese im grünen Wams und Mantel und in der spitzenbesetzten Halskrause, wie er sich selbst auf dem Bilde des ‚Gastmahls' in der Akademie gemalt, hier herumgewandelt ist? Gewiß! Ich kann ihn förmlich drüben in der Tür stehen sehen. Ich kann überhaupt vieles sehen, was andere nicht sehen. — Droben in der zweiten Etage ist der Saal in zwei Räume geteilt — einer davon ist der Salon der famosen alten Marchesa — sieht sie nicht aus wie ein aus dem Rahmen gestiegenes Ahnenbild? — So, und nun kommen wir hier links in das Eckzimmer, die Stanza del' Brustoloni genannt, weil dieser Meister die Ebenholzmöbel darin geschnitzt hat. Es ist mein ‚Empfangszimmer', denn um darin zu wohnen,

sind diese Möbel weniger geschaffen. Man stößt sich
Schienbeine und Knie an den Füßen der Tische zu-
schanden und schlägt sich Löcher in den Kopf, wenn
man sich in den Sesseln und auf den Sofa bequem
anlehnen will. Sonst aber sind's ja Wunderwerke —
nicht wahr?"

Windmüller konnte seiner Führerin nur recht geben:
die figürliche Plastik, aus dem eisenharten, bleischweren
Material des glänzend schwarzen Ebenholzes geformt,
war bewunderungswürdig in ihrer Kühnheit und in
ihrem Reichtum; jeder Sessel, jeder Tisch war ein
Schaustück, aber sicherlich nicht zum täglichen Gebrauch
bestimmt. Die goldfarbenen Damastbezüge und Tapeten
hoben das tiefe Schwarz zu künstlerischer Wirkung, und
auch der Mantel des Kamins war von schwarzem, mit
nur wenig weißen Adern durchzogenem Marmor. An
den Wänden hingen Porträte — Familienbilder von
Tizian, Tintoretto, Giorgione und Pordenone gemalt,
Kunstschätze, die das Auge des Fremden in Venedig
nicht einmal ahnt, geschweige denn zu sehen bekommt.

„Und nun — ,sieh her und bleibe deiner Sinne
Meister!'" zitierte Komtesse Meldeck, indem sie die Tür-
flügel zu dem folgenden Zimmer, das nach Windmüllers Berechnung unter dem Schlafzimmer des
Marchese lag, öffnete und eine einladende Handbewegung machte. „Dies ist das berühmte Rosazimmer.
Es wurde für den Besuch der Königin von Polen und
Kurfürstin von Sachsen, Maria Josepha von Österreich,
des Kaisers Joseph I. Tochter, hergerichtet, und, wie
Sie sehen, nicht daran gespart. Es war damals Sitte,
daß die großen Patrizierfamilien die fremden Sou-
veräne, die nach Venedig kamen, bei sich aufnahmen,
und daß sie sich dabei nicht lumpen ließen, dafür bürgte
der Glanz der Meereskönigin. Es kam bei solchen

Gelegenheiten gar nicht darauf an, was es kostete;
wurde doch beim Besuch Kaiser Friedrichs III. im
Jahre 1452 die Rialtobrücke einfach abgerissen, um den
‚Bucentoro‘ durchzulassen, mit welchem Staatsschiff der
Doge seinen hohen Gast von Mestre abgeholt hatte.“
Während Komtesse Meldeck mit enthusiastischer Lebhaftigkeit also plauderte, hatte Windmüller festgestellt
— was er übrigens auch erwartet hatte —, daß die
Verbindungsmauer zwischen dem Eck- und dem Rosazimmer ebenso auffallend tief war, wie oben, vielleicht
sogar noch etwas tiefer. Aber das war nur eine Annahme nach dem Augenmaß. Nähertretend sagte er
dann das erwartete: „Ah — wie schön!“ mit voller
Überzeugung.

Es war in der Tat ein Gemach für eine Königin,
die eines Kaisers Tochter gewesen — ein raffiniert aus-
gedachter und angepaßter Hintergrund für die hell-
blonde Fürstin mit dem Teint wie Pfirsichblüte. Wie
ihr bekanntes Porträt von Rosalba Carriera, der venezianischen Meisterin des Pastells, in der Dresdener
Galerie, so hing auch hier eines im silbernen Rahmen
und bewies, wie wunderbar Maria Josepha in dieses
Zimmer gepaßt haben mußte. Die Wände waren mit
rosa Brokat bespannt, in dem blassen, eigentümlichen
Rosa der alten Bilder, dem Rosa Paul Veroneses.
Der Brokat war mit großen, silbernen Sträußen bro-
schiert. Der gleiche kostbare Stoff rauschte in schweren,
knisternden, schillernden Falten als Vorhang aus einer
riesigen, vergoldeten, mit Steinen besetzten Königs-
krone, die den Baldachin bildete, über dem Bett herab,
das, gleichfalls mit einer Decke von rosa Stoff, mit
Silberstickerei bedeckt, auf einem erhöhten Tritt stand.
Die Bettstelle selbst war reich geschnitzt, versilbert und
mit zarten Malereien bedeckt; geschnitzt, versilbert und

bemalt waren die geschweiften Girandolen, der Toilettentisch mit dem Spiegel im schweren, handgetriebenen Silberrahmen, die Sitzmöbel. Nur der Mantel des Kamins zwischen den beiden Fenstern war von weißem Marmor, wie die Platten der Kastenmöbel, und über all diese von der Zeit mit einer um so reizvolleren Patina überzogenen Pracht lachte der Plafond, von Tiepolo gemalt, in unvergänglicher Farbenfrische herab: auf sonnendurchleuchteten, vom blauen Himmel durchschimmerten Wolken wand eine Schar köstlicher Amoretten Rosen zu Girlanden, schleppte sie Arme voll, Körbe voll Rosen herbei, streute Rosen herab, daß man meinte, man brauchte sie gerade nur aufzufangen.

„Es ist ein Zimmer für die Feenkönigin," meinte Windmüller mit einem Blick auf die jetzige Inhaberin, wurde aber plötzlich aufmerksam, denn er sah in den auf ihn gerichteten, sonst so klaren blauen Augen eine Wolke — etwas, wie eine leise Beunruhigung, ein gespanntes Horchen auf — auf was? „Auf alle Fälle ist dies nicht das Spukzimmer des Palastes," setzte er lächelnd hinzu.

„Ich weiß nicht — nein, es sieht nicht danach aus," erwiderte Komtesse Melbeck nachdenklich. „Das Rosa ist so freundlich, das Silber so unaufdringlich und beruhigend — nicht? Und doch habe ich die erste Nacht hier nicht geschlafen, trotzdem das Bett wirklich sehr mollig ist. Ich schlafe sonst sehr gut, auch in fremder Umgebung — aber vielleicht war meine Phantasie doch etwas zu aufgeregt. Solch alter, venezianischer Palast hat eben etwas sehr Suggestives —"

„Das hat er zweifellos für Leute, die überhaupt Phantasie besitzen, die Geschichte dieser Stadt kennen und keine Philister sind," erklärte Windmüller zustimmend. „Der Allgemeineindruck, die große Stille ferner,

die in und um diese im Herzen der Stadt liegenden
Häuser herrscht — das alles sind Faktoren, die bei
senfitiven Naturen schlafhindernd einwirken können. Es
bedarf dazu gar nicht erst eines bestimmten, sichtbaren
oder fühlbaren Spezialeindrucks, der ja in Ihrem Falle
auch gefehlt haben dürfte."

„Ich weiß nicht — ja und nein," sagte sie nach einer
kleinen Pause. „Ich habe natürlich nichts Übernatür-
liches gesehen oder gehört. Gar nichts. Aber —"
Sie stockte und zuckte mit den Achseln.
„Dummheit!" fuhr sie dann rasch fort. „Sie werden
mich ja bloß auslachen!"

„Durchaus nicht — nicht einmal in Gedanken," rief
Windmüller lebhaft. „Lieber Himmel, wenn ich zu
den Leuten gehörte, die über alles lachen, was sie selbst
nicht empfinden können, dann würde ich's in meinem
Berufe, den ich von einer sehr psychologischen Seite
auffasse, nicht so weit gebracht haben, als es tatsächlich
der Fall ist. Ich gehöre auch aus Überzeugung nicht
zu denen, die nur glauben, was sie selbst sehen, fühlen
und hören, sondern ich gestehe anderen unbedingt die
höhere Gabe zu, mehr hören und sehen zu können als
der Durchschnitt. Mir ist nicht kurzweg ‚Einbildung‘,
woran ich selbst nicht teilnehmen kann, auch wenn ich
keine sogenannte ‚natürliche‘ Erklärung dafür weiß —
schon weil ich eben nicht zu den Philistern gehöre, für
die es kein Ding zwischen Himmel und Erde gibt, das
sie sich nicht ganz leicht erklären könnten. Ich stehe
also ganz auf Hamlets Seite —"

„Gerade so meine ich es," rief Komtesse Melbeck
·lebhaft. „Es gibt so viele Menschen, mit denen einfach über diese Dinge nicht zu reden ist — zum Beispiel mein Vormund und seine Frau. Es war dumm
von mir, zu sagen, daß Sie mich auslachen würden,

denn wenn ich es nicht in Ihren Augen gesehen hätte,
daß Sie mich verstehen und — und all diese Dinge
‚zwischen Himmel und Erde‘, dann hätte ich überhaupt
nichts davon gesagt. Nein, ich habe nichts gesehen und
gehört, nur gefühlt und — gerochen!"

„Gerochen?" wiederholte Windmüller verblüfft, aber
er lachte nicht dazu.

Komtesse Melbeck nickte. „Ja. Beim ersten Male,
als wir kamen, die Zimmer anzusehen, habe ich nicht
die geringste Empfindung irgend eines besonderen Ge-
ruches gehabt, trotzdem man die Fenster erst für uns
aufsperrte. In dem ganzen Stockwerk war nur jener
leise, eigentümliche Hauch, den alle unbewohnten
Räume haben, zu spüren, aber doch nicht auffallend.
Nun, als wir gestern hier einzogen und ich dieses Zimmer
hier betrat, fiel mir auch noch nichts Sonderliches auf.
Die Fenster waren geöffnet, und der frische Hauch des
Wassers kam herein. Aber während ich meine Sachen
einräumte, fing es an, so ausgesprochen nach Gardenien
zu duften —"

„Ah — das ist leicht erklärlich!" fiel Windmüller
ein. „Das Zimmer ist vor wenigen Tagen erst von
einer Verwandten des Hauses — allerdings nur für
einen halben Tag und eine Nacht bewohnt worden.
Sie hatte ihre Sachen stark mit Gardenienduft parfümiert, der sich jedenfalls den von Ihnen geöffneten
und benützten Schubfächern mitgeteilt hat und —"

Er brach kurz ab, denn es fiel ihm ein, daß die
wenigen Wäsche- und Toilettegegenstände der Donna
Xenia dem kleinen Reisekoffer — mit Ausnahme des
Kleides — nicht entnommen worden waren, mithin
auch die Fächer nicht parfümiert haben konnten.

„Ja, das dachte ich auch und habe meine Nase darum
prüfend in alle Ecken gesteckt," sagte Komtesse Melbeck.

„Ich glaubte nun, daß der Geruch von draußen kam, und schloß die Fenster, weil Gardenienduft mich — ja, wie soll ich sagen? — mich nervös macht. Ich habe ihn nicht ungern, aber ich kann ihn schwer auf die Dauer ertragen. Der Duft wurde aber immer stärker und schließlich mischte sich ein anderer Geruch herein, der über dem Blumenduft dominierte — ich weiß nicht, welchen Namen ich ihm geben soll, denn ich habe noch nie ähnliches gerochen. Es wurde mir so übel davon, daß ich die Fenster wieder öffnete. Da wurde es besser — sogar wieder gut kann man sagen, obwohl der Gardenienduft blieb. Und letzte Nacht war's gerade so. Erst wurde dieser immer schwerer und schwüler, und dann mischte sich jener andere, namenlose Geruch darunter und wurde immer zudringlicher, den Duft erstickend, bis ich's nimmer ertragen konnte, aufstand, das Fenster hier aufmachte und mich davor setzte, bis mir besser wurde. Ich hab' dann auch geschlafen — bei offenem Fenster — Sie müssen die Gardenien doch auch riechen, Herr Doktor! Der Duft ist ja nicht sehr stark, weil die Luft von außen ihn gewissermaßen verdünnt, aber er ist doch merkbar, deutlich merkbar!"

Windmüller nickte. Er roch nichts, trotzdem er eine recht empfindliche Nase hatte, die wohlgeübt und wohlgeschult war wie die eines Polizeihundes, aber er verwarf deswegen die Mitteilung der jungen Dame nicht als „Unsinn" oder „Einbildung", eben weil er nicht zu denen gehörte, die nur gelten lassen, was sie selbst sehen und hören, fühlen und riechen können, und neben sich keinen Platz lassen für die, deren Sensitivität in einem höheren Grade entwickelt ist, die einen sogenannten sechsten Sinn besitzen.

Zudem war ja auch noch eine andere Theorie möglich.

„Sie sagten, Sie hätten auch etwas gefühlt," erwiderte er statt einer direkten Antwort.

„Ja, aber das kann — kann vielleicht Autosuggestion sein," sagte Komtesse Meldeck. „Ich meine, durch das Bewußtsein, sich in einem uralten venezianischen Palast zu befinden, in dem man die Geister der Vorzeit gewissermaßen erwartet. Ich wenigstens, die ich eine solch enthusiastische Liebe zu dieser wunderbaren Stadt habe! — Gefühlt? Ich fühle es eben jetzt, jeden Augenblick, den ich in diesem Zimmer bin — ein klein wenig auch nebenan, aber nicht so deutlich. Was es ist? Oh, ich denke, die Gegenwart von etwas, von jemand, um präziser zu sein, der den Raum mit mir teilt, jemand, der mich im Vorübergehen jeden Augenblick streifen kann. Das Herz schlägt mir wild bei dem Gedanken, daß es geschehen könnte, und doch wär's vielleicht ganz gut, wenn es geschähe, damit man doch weiß, was es ist!"

Windmüller antwortete nicht gleich. Sein Blick wanderte rings um das wundervolle Zimmer, jedes Detail in sich aufnehmend. „Sie sollten diese rosigsilberne Pracht mit einem anderen Raume vertauschen," meinte er danach.

„Es fällt mir nicht im Traume ein, mich auslachen zu lassen, nachdem ich mir dieses Zimmer mit solcher Begeisterung auserkoren habe!" rief sie mit einem Lachen, das nicht recht gelang. „Wenn mein Vormund, seine Frau und die Jungfer die Gardenien gerochen hätten, so würden sie ja etwas darüber gesagt haben. Oder sie halten den Duft für etwas Zugehöriges — und er ist's ja auch. Das andere ist natürlich nur Einbildung. Warum sagen Sie es denn nicht gerade heraus, Herr Doktor?"

„Wenn es nur das wäre, was Sie von mir erwar-

teten, so hätten Sie mir die Geschichte ja nicht erzählt,"
erwiderte Windmüller fein. „Lassen Sie mich mit der
Antwort noch etwas warten — sie ist gar nicht so einfach, weil ich mir einbilde, kein Philister zu sein. Aber
wirklich und aufrichtig: bleiben Sie auf Kosten Ihrer
Nerven nicht in diesem Zimmer. Der Preis wäre ein
zu hoher im Vergleich gegen das bißchen Neckerei oder
auch Schelten wegen scheinbarer Launenhaftigkeit. Die
Last einer ständigen Furcht —"

„Nein, nein — ich habe keine Furcht!" fiel sie lebhaft ein. „Ich weiß ganz gewiß, daß das Klopfen
meines Herzens, von dem ich eben sprach, keine Furcht
im eigentlichen Sinne des Wortes ist, sondern mehr
die Erwartung von etwas, das sich offenbaren will,
das hinter einem Vorhang sich bewegt, ohne daß man
weiß, was es ist. Verstehen Sie mich? Ich habe nicht
die Empfindung, daß etwas mich bedroht, daß eine
persönliche Gefahr mir nahe ist!"

„Nun, ich taxiere Sie auch nicht darauf, daß Sie
furchtsam sind und vor einer Gefahr davonlaufen würden," erwiderte Windmüller mit einem freundlichen
Blick auf die junge Dame, in deren klaren blauen Augen
er in der Tat keine Furcht las, aber ein Etwas, das
man nicht oft zu finden pflegt: die Fähigkeit, zu sehen,
was den meisten unsichtbar bleibt. „Es ist keine Feig-
heit und auch keine Schande, die Waffen vor den Dingen
,zwischen Himmel und Erde' zu strecken."

„Also meinen Sie —"

„Ah, es soll dies keine Meinung sein, sondern nur
ein Vorschlag. Ich bin noch gar nicht in der Lage,
eine Meinung zu äußern. Vielleicht reden wir noch
einmal darüber, falls ich länger in Venedig bleiben
sollte — für den Augenblick fürchte ich, daß ich mich
Ihnen empfehlen muß. — Dies Zimmer nebenan ist

das letzte in der Flucht, die Sie bewohnen, nehme ich
an. Ganz recht. Und diese schmalen Türen rechts und
links von dem Bette, in dem man eigentlich königlich
schlafen müßte, führen in den Vorsaal?"

„Nicht direkt. Diese rechts geht in die Garderobe,
die links in das Badezimmer. Von der ersteren aus
gelangt man unmittelbar in den Vorsaal und in das
Treppenhaus."

Windmüller interessierte sich sehr für beide Räume
und besichtigte sie so eingehend, daß Komtesse Meldeck
nur mit Mühe ein paar Fragen zurückhielt, die sich ihr
aufbrängten. Aber sie hielt sich zurück und bewies
damit, daß sie über ihre jungen Jahre hinaus takt-
voll war.

Die Garderobe war ein geräumiges Gelaß, dem
darüberliegenden, zur Wohnung des Marchese gehörigen
entsprechend, und wie dieses künstlich beleuchtet. Die
weißlackierten, reich mit Gold verzierten Schränke, ein
mit Spitzen über Seidenfutter elegant arrangierter
Toilettentisch, ein hoher Spiegel in geschnitztem und
vergoldetem, verstellbarem Rahmen entsprachen ganz
der Pracht des Rosazimmers. Auch das Badezimmer,
in Weiß und Gold gehalten, machte den Eindruck einer
Rokokobonbonniere; es hatte noch einen zweiten, mas-
kierten Ausgang nach der Garderobe, in die es gewissermaßen eingebaut war, bot sonst aber, wie die
letztere, keinen Anhalt für die Möglichkeit eines geheimen Zutritts.

Der Salon, dessen Nachbarschaft Windmüller am
Morgen bei Besichtigung des unbewohnten Teils des
Piano nobile für die Verhandlungen mit dem Majordomo beanstandet hatte, war von Komtesse Meldeck
als Wohnzimmer erwählt worden und machte durch
die mitgebrachten Bücher und Bilder, mit seinen kost-

baren alten Wandteppichen und bequemen Möbeln aus der Empirezeit einen sehr behaglichen Eindruck.

Windmüller schien es zu überhören, daß Komtesse Melded ihn darauf aufmerksam machte, man könne von diesem Salon aus in das Vestibül gelangen, denn er nahm den Weg wieder zurück durch das Rosazimmer, das ja den Schlüssel zu dem Rätsel der Donna Xenia enthalten mußte. Wenn diese früher behauptet hatte, daß die ganz eigentümliche rosa Farbe ihr nicht kleidete, so konnte er ihr, falls sie eine Brünette besonderer Art mit klarem Oliventeint war, nicht unrecht geben. Warum also diese plötzliche Vorliebe für das Rosazimmer? Warum mußte es für sie bei diesem plötzlichen, kurzen Besuch hergerichtet werden, wenn doch ihr Absteigequartier im obersten Stock immer für sie bereit gehalten wurde?

Windmüller wußte sehr gut, daß es Frauen mit ganz unberechenbaren Launen gab, in dieser aber schien doch Methode gewesen zu sein. Es war erwiesen, daß Don Gian das Dokument bei verschlossenen Türen geraubt wurde, erwiesen schien auch, daß Donna Xenia den Palast zu einer Zeit verlassen hatte, in der darin noch alles schlief. Im Rosazimmer mußte und mußte also die Lösung des Rätsels zu finden sein.

Windmüller zog auch die Möglichkeit in Betracht, daß die Bestellung des Gondolier einfach eine Ableitung von der richtigen Spur sein konnte. Wahrscheinlich hatte sie die Absicht, den Mann später irgendwie zu entschädigen, und wenn das bisher noch nicht geschah, so war dies ein Beweis mehr, daß Donna Xenia entweder vorläufig für besser fand, ihre Spur zu verwischen, oder — daß sie von anderen verwischt worden war.

Windmüller klopfte im Vorübergehen mit dem Griff

seines Stockes an die weißlackierten und mit reicher
vergoldeter Schnitzerei verzierten Paneele des so auffallend tiefen Türrahmens, der das Rosazimmer von
dem Eckzimmer mit den Ebenholzmöbeln trennte.

„Elegant bis ins kleinste war doch die von Stil-
fanatikern so gern geschmähte Rokokoepoche, für die
ich eine Schwäche bekenne," meinte er, indem er auch
der linken Seite ein paar leichte Schläge gab.

„Ich auch," erwiderte Komtesse Melbeck im gleichen
Ton. „Ich habe alle diese Paneele auch schon sorgfältig
abgeklopft, denn diese Mauer ist wirklich unvernünftig
dick. Ich hatte mich schon darauf gefreut, ein mysteriöses
verborgenes Gemach zu entdecken, wie es sich eigentlich in solch einen Palast gehört, aber es ist nichts damit,
denn es klingt überall ganz solid. Indes gebe ich die
Hoffnung noch nicht auf, denn einen Zweck muß diese
eine dicke Mauer doch haben — nicht wahr? Ich nehme
nämlich an, daß ihr das architektonische Interesse gilt,
dessen Sie vorhin erwähnten."

Windmüller war stehen geblieben und sah mit einem
leichten Schmunzeln auf das junge Menschenkind an
seiner Seite. Junge Damen, selbst wenn sie wußten,
wer und was er war, pflegten seine Tätigkeit meistens
nicht auf leblose Dinge zu beziehen, sondern ihn für
eine Art von Floh zu halten, der von Person zu Person
sprang — ängstigend, beißend, Blut saugend und hin
und wieder Handschellen anlegend. Und dieses Mädchen
mit den Blauseeaugen vermeinte ihm nicht nur rein
architektonische Interessen, sondern fixierte ihm dieselben sogar auf einen ganz bestimmten Punkt. „Und
was der Verstand der Verständigen nicht sieht, das
findet in Einfalt ein kindlich Gemüt!" dachte er, wenn
schon das Zitat nicht ganz korrekt war, denn die besagte
Mauer, von Komtesse Melbeck sehr richtig „unvernünftig

did" genannt, hatte ihn längst beschäftigt, und „ein-
fältig" war die Tochter des Diplomaten sicher nicht
zu nennen.

Mit diesen Einschränkungen stimmte es sonst.

„Es kann sein," sagte er nach einer Pause, „daß
diese ‚unvernünftige' Mauer nichts oder — alles mit
meinen architektonischen Interessen an diesem Palaste
zu tun hat. Setzen Sie immerhin Ihre Forschungen
fort — aber reden Sie darüber besser mit niemand
und erwähnen Sie namentlich nicht, daß ich mir diese
Zimmer näher angesehen habe, als sich mit der Neu-
gierde des Amateurs verträgt. Nicht wahr, Sie verstehen mich?"

„Annähernd!" versicherte sie. „Und darüber reden?
Du lieber Himmel, mit wem denn? Mit meinem Vormund und seiner Frau? Die besorgen das Reden allein,
und zu den Damen Terraferma oder zu der Gräfin
Canbiani, die verwandt mit ihnen ist, werde ich doch
sicher nicht davon anfangen."

*   *   *

In seinem Zimmer fand Windmüller einige De-
peschen vor, die ihm von Nord und Süd wiederum nur
die Nachricht gaben, daß die Principessa Terraferma
weder in Rom noch sonstwo aufgetaucht war, noch auch
hatten sich Zeichen bemerklich gemacht, die Ursache zu
einer Beunruhigung nach dieser Richtung geben konnten, während „man" über das Verschwinden der Agentin
selbst auf der Botschaft in Rom direkt von Unruhe in
Alarm übergegangen war. Also berichtete der „Kron-
leuchterputzer", und Windmüller wußte, daß er sich auf
ihn verlassen konnte.

Windmüller sah sich nun vor einer doppelten Aufgabe: erstens das Dokument zu suchen, das, selbst wenn

es hinfällig geworden, nicht in unberufene Hände fallen
durfte, und zweitens dem Verbleib der Donna Xenia
nachzuforschen, von der er nicht mehr zweifelte, daß
sie ihrem gefährlichen Berufe zum Opfer gefallen war.

In dieser Betrachtung störte ihn das erste Zeichen
zur „Collazione", und nach wenigen Minuten betrat er
den Salon der Marchesa, die er dort mit ihren beiden
Enkeln vorfand.

Die alte Dame trat dem ihr noch unbekannten Gast
des Hauses nicht ohne eine leichte Befangenheit entgegen; Don Gian hatte ihr zwar versichert, daß der
berühmte Detektiv ein Doktor der Jurisprudenz und
ein Gentleman obendrein sei, der in Rom von „aller
Welt" — worunter die Dame natürlich nur einen sehr
beschränkten Teil der Menschheit verstand — empfangen
würde, aber sie hatte sich den Beruf doch nicht so recht
damit zusammenreimen können. Der erste Blick auf
die schlanke, hohe Gestalt mit dem ausdrucksvollen Kopf
ihres Gastes beruhigte sie jedoch sofort und völlig; sie
erhob sich lebhaft bei seinem Eintritt und reichte ihm
die immer noch schöne, schlanke Hand.

„Ich heiße Sie doppelt willkommen, Herr Doktor,"
sagte sie ernst, aber in der gewinnenden Art, die ihr
eigen war. „Zuerst als Gast im Hause Terraferma
und dann als Retter in schwerer Not."

Windmüller küßte die ihm gereichte Hand in vollendeter weltmännischer Weise — respektvoll, wie es
dem Alter und dem Range der Dame zukam, aber nicht
servil und kriechend.

„Eccellenza müssen das Wenige, das ich in dieser
Angelegenheit bisher habe tun können, nicht über-
schätzen," sagte er abwehrend und doch erfreut wie
immer, wenn er der Unschuld zu ihrem Rechte verholfen.

Don Gian fiel ihm sofort ins Wort. „Das

Wenige!" wiederholte er. „Herr Doktor, Sie haben
von mir den Verdacht genommen, ein Vaterlands-
verräter zu fein. Ohne Sie wäre der Beweis dafür
wohl kaum jemals ans Licht gebracht worden!"

„Nein — vielleicht nicht, wenigstens nicht gleich,"
gab Windmüller lachend zu und fuhr fort: „Sie haben
hoffentlich auch eingestanden, Herr Marchese, daß meine
Methoden dabei Ihr starkes Mißfallen erregt haben."

„Ich nehme das feierlich zurück," versicherte Don
Gian, Windmüller die Hand reichend. „Wie stünde ich
jetzt da, wenn Sie sich daran gekehrt hätten!"

„Ich kehre mich nie an die Einwände derer, die
meinem Berufe nicht angehören," versicherte Windmüller sanft und mit einer Miene, als beklage er damit einen eigenen, leider unüberwindlichen Defekt, was
auf den drei Gesichtern ein flüchtiges Lächeln hervor-
rief: Denn was auch dem Italiener im Auge des Aus-
länders fehlen mag — der Humor gehört nicht zu diesem
Manko.

„Herr Doktor, ich fürchte durch Ihre Methoden
unwissentlich einen Strich gemacht zu haben, indem
ich unseren Majorbomo in den Zweck Ihres Kommens
einweihte," begann die Marchesa mit einer leichten
Verlegenheit. „Gian hat mir wenigstens Vorwürfe
darüber gemacht. Nun hat aber Sebastiano durch seine,
seines Vaters und Großvaters treue Dienste längst das
Vorrecht erworben, Leid und Freud mit seiner Herr-
schaft teilen zu dürfen, ist eingeweiht in unsere Familien-
angelegenheiten und hätte es als Zurücksetzung betrachtet, in dieser Sache ausgeschlossen zu werden."

„Solange er reinen Mund hält, kann er großen
Schaden ja kaum mit seiner Mitwisserschaft anrichten,"
entgegnete Windmüller trocken.

„Sebastiano ist kein Schwätzer — durch ihn werden

unsere Familiengeheimnisse sicher nicht an die große
Glocke kommen," sagte die Marchesa mit Würde. „Glauben Sie mir, es ist wirklich besser, wenn er weiß, was
vorgeht. Verfügen Sie ganz über seine Dienste!"

„Und über meine," fiel Donna Loredana lebhaft
ein. „Meine Großmutter und mein Bruder haben
zwar ganz vergessen, uns förmlich miteinander bekannt
zu machen, Herr Doktor; nun, so tue ich es eben selbst.
Es ist so erfrischend, einmal unkonventionell zu sein.
Alles in allem genommen, hat meine Schwägerin sich
doch auch über das Konventionelle hinweggesetzt und
ist ihre eigenen Wege gegangen. Mögen wir diese nun
richtig finden oder nicht, so dürfen wir ihr die Aner-
kennung nicht versagen, daß sie Mut bewiesen hat. Es
ist etwas Großes um den Mut, zu tun, was man für
recht findet!"

„Gewiß. Die Frage wäre nur noch die: hat Ihre
Durchlaucht die Prinzessin Terraferma in der Tat das
Bewußtsein gehabt, recht zu handeln?" entgegnete
Windmüller scharf. „Ihr jetziges Vaterland ist das
ihres verstorbenen Gatten, und ob es recht ist, dieses
zu verraten und den Bruder ihres Gatten hinterlistig
zu berauben und seine bürgerliche Ehre, seine Existenz
damit nicht nur aufs Spiel zu setzen, sondern mit
größerer Wahrscheinlichkeit ein für allemal zu ver-
nichten — darüber dürfte das Urteil eigentlich ziemlich
abgeschlossen sein!"

„Ich verteidige sie nicht — wie könnte ich's auch
wohl, wenn doch mein eigener Bruder auf dem Spiele
steht!" rief Donna Loredana. „Man kann aber jemandes
Richtung verwerfen und doch vorurteilslos genug sein,
ihm ein Ideal — sein Ideal zuzugestehen."

„Das Ideal des Judas — die dreißig Silberlinge!"
fiel Don Gian bitter ein. „Xenia hatte nicht genug,

um ihre Sucht zum Luxus zu befriedigen, und da ging
sie hin und — verkaufte ihres Gatten Vaterland, ihre
eigene Seele! Ich — mein Leben, meine Ehre waren
nur ein Zwischenfall dabei! Es ist gewiß edel von dir,
daß du Xenia mit einem ‚Ideal‘ zu verteidigen suchst,
aber du verschwendest deine eigenen Ideale an einen
Götzen mit tönernen Füßen. Warum auch nicht? Du
bist ja noch jung genug dazu!“

„Xenia ist durchaus nicht mein Ideal — ich sprach
nur von dem Rechte eines jeden, seine eigenen Wege
zu gehen, und erkenne den Mut dazu an!“ entgegnete
Donna Loredana leidenschaftlich. „Ich glaube es nicht,
daß sie es des Geldes wegen tat — ich glaube es einfach nicht! Laßt mir doch diesen Glauben! Besonders
da ja nichts geschehen und es jetzt erwiesen ist, daß du,
Gian, das Dokument nicht genommen hast!“

Windmüller hätte über diese jugendliche Logik fast
gelacht; aber er unterdrückte es wohlweislich, schon um
diese kleine Enthusiastin des „eigenen Weges“ nicht zu
weiterer Opposition anzustacheln. Er nickte daher nur,
murmelte ein leises „Bravo!“ und fügte dann hinzu:
„Wir dürfen nicht übersehen, Donna Loredana, daß
das Dokument verschwunden ist, und solange es nicht
wieder gefunden wird —“

Er hielt ein und zuckte mit den Achseln.

„So lange hängt diese Wolke über meiner Ehre,“
vollendete Don Gian. „Natürlich, was ist dieser un-
bedeutende Umstand gegen Xenias Menschenrecht, ihre
eigenen Wege gegangen zu sein!“

„Gian!“

Donna Loredana war rot und blaß geworden —
ein kurzer Kampf, und dann siegte ihre Liebe zu dem
Bruder. Unbekümmert um die Anwesenheit des Fremden schlang sie die Arme um seinen Hals und küßte

ihn, wie nur die Italiener ihre Verwandten küssen
können, rechts und links mit erstaunlicher Energie.
„Giannino mio!" schluchzte sie. „Wie konnte, wie
konnte sie dir das nur antun, dir, der Nonna, uns
allen — unserem Namen! Das Dokument — wir
müssen das Dokument finden, ich werde es suchen — ich!"

„Nicht nötig, Lore, dazu ist ja der Herr Doktor
gekommen!" erinnerte die Marchesa mit Betonung,
aber Donna Lorebana hatte einen anderen Ausgangs-
punkt für ihren Enthusiasmus gefunden und nahm mit
klingendem Spiel und fliegenden Fahnen Besitz davon.

„Ich werde dem Herrn Doktor helfen," erklärte sie
mit dem Feuereifer, der ihre falsche erste Stellungnahme
entschuldigen und gutmachen sollte.

Windmüller hatte aber, gestützt auf alte Erfahrungen,
eine eingewurzelte Abneigung gegen die „Hilfe" von
Dilettanten, und er stand in solch einer Gefahr nicht
einen Moment an, derartige Helfer geschickt und effekt-
voll „kalt zu stellen".

„Bravo! Bravo!" rief er, mit großer Begeisterung
in die Hände klatschend. „So ist es recht, Donna Lorebana! Ja natürlich können Sie mir helfen! Sie haben
doch ein Archiv im Haus? Natürlich — das habe ich
angenommen! Nun wohl, so durchsuchen Sie es recht
sorgfältig nach einem Wink über einen etwaigen geheimen Ausgang des Palastes. Sie würden uns damit einen immensen Dienst leisten!"

Donna Lorebana war gleich Feuer und Flamme
für eine Arbeit, die ihrer Neigung so sehr entsprach,
und gelobte, gleich nach der Collazione zu beginnen.

„Die ist besorgt und aufgehoben!" dachte Windmüller befriedigt, und auf die Frage der Marchesa, ob
er wirklich glaube, daß Donna Xenia einen solchen
Ausgang benützt haben könnte, erwiderte er zur wei-

teren Anstachlung von Donna Loredanas Eifer, daß nach
den vorliegenden Tatsachen eine derartige Annahme die
einzige Möglichkeit zur Lösung des Rätsels sei.

„Und das Rosazimmer muß in irgend einem Zusammenhang damit stehen!" rief die alte Dame. „Ich
habe es hin und her überlegt — Xenias plötzliche Vorliebe für diesen Raum war mehr als eine Laune und
hätte uns gleich verdächtig sein müssen. Aber wer
denkt denn an solche unmöglichen Dinge? Und nun
habe ich auch noch durch die Aufnahme dieser Fremden
den Weg zu dem Rosazimmer abgeschnitten!"

„Aber ganz und gar nicht, Eccellenza," sagte Windmüller beruhigend. „Ich war eben darin — es ist
wirklich ein Raum, einer Königin würdig und wie
geschaffen für seine jetzige Inhaberin."

Don Gian sah seinen Gast mit einem fast drolligen
Staunen an. „Wie in aller Welt —" begann er, hielt
dann aber ein und setzte resigniert hinzu: „Ich glaube,
Sie kommen in einen verschlossenen eisernen Kassen-
schrank, wenn Sie wünschen, hineinzugelangen."

„Nichts einfacher als das!" erwiderte Windmüller
lachend. „Übrigens hat mich die Inhaberin des Rosazimmers selbst und ganz freiwillig hineingeführt. Wir
sind nämlich alte Bekannte. Es war also gar keine
Hexerei dazu nötig. Sie sehen, Herr Marchese, daß
bei einem Menschen wie mir nicht alles Geschicklichkeit
und Geisteskraft, sondern auch sehr, sehr viel Glück ist,
so was man im Deutschen ,Dusel' nennt."

„Nein, wie interessant, daß Sie die Komtesse auch
kennen!" rief Donna Loredana enthusiastisch. „Sie ist
das schönste Wesen, das man sehen kann — viel schöner
wie Xenia. — Ich sage dir, Gian, sie hat Haare wie
— wie gesponnenes Gold? Nein, das ist noch zu gelb
— wie Gold mit einem Silberschleier darüber —"

„Ja — wie Platina!" bestätigte Don Gian unter
dem Eindruck einer Erinnerung. „In ganz kleinen,
gerippten Wellen dahinfliegendes Platina, das oben
wie poliertes Silber aussieht und tiefe, goldene Schatten
hat. Solche Haare sind, glaube ich, sehr selten."

„Ich habe sie nur einmal zuvor in meinem Leben
gesehen — bei einer Florentinerin," bemerkte die Marchesa sinnend. „Das war vor vielen, vielen Jahren.
Aber dieses Mädchen hatte dunkle, fast schwarze Augen,
und die junge Dame unten hat blaue — so blaue, durch-
sichtig blaue, wie ich sie noch nie zuvor gesehen habe. —
Sie also bewohnt das Rosazimmer? Nun ja, sie hat
den weißen, alabasterartigen Teint dazu, wie ihn die
Königin von Polen hatte, falls Rosalba Carriera ihr
nicht schmeichelte. Dieses Rosa unten ist wirklich nur
für veronesische Blondinen —"

Der Eintritt Sebastianos, der die Collazione zu
melden kam, unterbrach das Gespräch, das sich natürlich in Gegenwart der Dienerschaft nur um ganz allgemeine Dinge drehen konnte.

Als Windmüller sich nach beendeter Mahlzeit von
den Damen verabschiedete und der Einladung des
Marchese zu einer Zigarre in dem Zimmer des letzteren
folgte, fragte dieser, kaum, daß sich die Tür hinter ihnen
geschlossen, ob über den Verbleib von Donna Xenia
etwas in Erfahrung gebracht worden sei.

Windmüller stand nicht an, das Wenige, das er erfahren, zu erzählen. „Also entweder war die Bestellung des Gondolier überhaupt nur eine Finte, oder
Donna Xenia hat in der Zwischenzeit Nachrichten erhalten, die es wünschenswert erscheinen ließen, sich
auf einem anderen Wege aus dem Palast zu entfernen.
Diese Nachrichten können mit der Post gekommen sein.
Es ist aber natürlich nicht ausgeschlossen, daß sie auch

auf einem anderen Wege zu ihr gelangt sind — durch
eine vorüberfahrende Gondel, durch mündliche Mitteilung eines Boten. Daß sie selbst während ihrer kurzen
Anwesenheit im Palazzo Terraferma diesen nicht verlassen hat, scheint durch die Aussagen des Portiers erwiesen. Vielleicht fragen Sie noch einmal nach, ob
Briefe, Telegramme, Botschaften irgendwelcher Art
für sie eingetroffen sind. Das Verschwinden Ihrer
Schwägerin wird, wenn es in den nächsten Stunden
nicht aufgeklärt werden kann, vielleicht morgen schon
von allen Zeitungen gemeldet und kommentiert werden — es liegt also keine Veranlassung mehr vor,
offiziell ihre Privatangelegenheiten mit Diskretion zu
behandeln. Im Gegenteil — jede, auch die kleinste
Einzelheit kann zum wichtigen Schlußsteine werden."

„Gut — ich werde Agostino und Sebastiano fragen.
Der erstere nimmt zwar die Briefe von dem Postboten
in Empfang, aber ich zweifle, daß er sich die Adressen
besonders ansieht — er ist kein Schriftgelehrter. Sebastiano aber holt die Post selbst und allein vom Portier
ab, der sie nur ihm auszuhändigen hat, sortiert und
verteilt sie dann. — Nehmen Sie indes Platz, Herr
Doktor — hier sind die Zigarren!"

„Freilich — ich bin ja nur hergekommen, um Zigarren zu rauchen," brummte Windmüller, nachdem
der Marchese das Zimmer verlassen, und gleichzeitig
stand er auch schon in dem Türrahmen zwischen Wohn-
und Schlafzimmer — vielmehr er kauerte sich darin
nieder und betrachtete, mit dem Finger den Paneel-
füllungen nachgehend, diese auf das allergenaueste.

„Hier — rechts oder links muß der Haken unbedingt
sitzen," murmelte er. „Daß hier wie unten im Rosazimmer nichts hohl klingt, ist kein Beweis — gar keiner.
Wenn man schon geheime Verbindungen oder Schlupf-

winkel hergestellt hat, dann ist auch bombensicher dafür
gesorgt worden, daß nicht jeder, der mit dem Ellbogen
dagegenstößt, sofort heraus hat: aha! hier kannst du
suchen, wenn du Lust hast! Man darf auf hundert
gegen eins wetten, daß die, so hier zu suchen kamen,
jede Wand, jedes Paneel hübsch abgeklopft haben.
Also mit Klopfen ist nichts zu holen. Suchen, suchen
und wieder suchen —"

Als Don Gian nach kaum viertelstündiger Abwesenheit in sein Zimmer zurückkehrte, fand er seinen Gast
der Länge lang auf dem Boden zwischen der Tür nach
dem Schlafzimmer liegen, anscheinend bemüht, den
Ritz zu betrachten, der zwischen Schwelle und Füllung
an der rechten, der Fensterseite, deutlicher sichtbar war,
als auf der gegenüberliegenden.

„Holz verhält ja natürlich nicht gleichmäßig; eins
zieht sich mehr zusammen als das andere, je nachdem
es trocken und abgelagert war, und je nachdem die von
außen eindringende Feuchtigkeit es berührt," sagte er,
ohne seine Stellung zu verändern. „Dieser Ritz braucht
in keiner Weise anders entstanden sein, als der da
drüben. Aber er ist suggestiver. Haben Sie ein Wachs-
zündholz bei sich, Marchese?"

Don Gian reichte Windmüller die ganze Schachtel,
die auf dem Tische stand. „Es sind leider keine dicken,"
sagte er bedauernd. „Darf ich fragen, was Sie da
suchen? Ich meine, ist Ihnen etwas heruntergefallen?"

Windmüller hörte die Frage nicht, oder er über-
hörte sie. Ohne sich zu erheben, strich er ein Wachs-
lichtchen an und leuchtete damit die Spalte ab. Dann
bat er Don Gian, dasselbe für ihn zu tun, und während
der venezianische Patrizier und Diplomat ohne Wider-
rede gleichfalls auf dem Boden lag und diese Arbeit
verrichtete, führte Windmüller die lange, dünne Klinge

seines Taschenmessers in den Ritz hinein und diesem
entlang.

„Ich habe auch schon versucht, ob sich das Paneel
mit der Messerklinge nicht heben läßt, und die Spitze
dabei abgebrochen," sagte Don Gian mehr mit der
Absicht zu warnen, als Windmüller von seinem Bemühen abzubringen. „Auf der anderen Seite ist das
Messer nicht so tief eingedrungen, wie hier."

„Natürlich mußte die Spitze beim Hebenwollen ab-
brechen," murrte Windmüller. „Ich habe gar nicht
die Absicht, dies gute Messer einem offenbar frucht-
losen Versuche zu opfern — auch eigentlich nicht die,
Ihre Spitze wieder ans Tageslicht zu befördern. Oder
haben Sie zwei abgebrochen?"

Don Gian verneinte, und Windmüller kratzte und
schippte mit seiner Klinge im Ritz entlang mit einem
„Nun, also!" den darin angesammelten und fest gewordenen Staub heraus, den er sodann abermals mittels
des Messers auf ein Stückchen Papier zusammenfegte,
das Don Gian ihm reichen mußte.

Hierauf richtete er sich aus seiner unbequemen Stellung auf, begab sich sodann ans Fenster und unterzog
den Staub einer sehr eingehenden Untersuchung.

„Da haben Sie Ihre Messerspitze!" sagte er, das
Partikelchen mit seinem Instrument herausholend. „Und
hier," fuhr er fort, auf ein kreisrundes, glänzendes
Plättchen deutend, das er aus dem Staube ausgeson-
dert, „hier haben Sie den Beweis, daß Donna Xenia
an jenem Abend, in jener Nacht in Ihrem Zimmer
war. Ein sehr, sehr wertvolles Stück, Herr Marchese!"

Don Gian sah den winzigen Gegenstand an, dann
seinen Gast und schüttelte den Kopf. „Ich verstehe
nicht —" begann er befremdet.

Windmüller aber blies, den Finger auf die kleine

Scheibe legend, den Staub zum Fenster hinaus und
betrachtete dann liebevoll seinen Fund. „Es ist eine
Paillette im allgemeinen, eine Stahlflitter im besonderen, und mit solchen ist das schwarze Kleid bestickt,
das wir heute früh hier aus dem Koffer nahmen, das
Kleid, das Donna Xenia an jenem Abend getragen
und dann nebst einigen interessanten Spinngeweben
eingepackt hat. Verstehen Sie nun? Die Nadel und
der Faden, mit dem diese Flitterchen durch das darin
bemerkbare Loch dem Stoffe aufgestickt werden, sind
auch spinnendünn, der Rand des Loches aber ist scharf
und schneidet den Faden leicht durch, und das Flitterchen fällt herab und wird zum Verräter einer Gegenwart, für die sich ein Beweis sonst schwer oder gar nicht
führen ließe. Darum ist diese kleine Stahlpaillette,
die im Lichte aufleuchtete, ein stummer Zeuge, der be-
redter ist als vielleicht zehn lebende. Ein neuer Beweis, Herr Marchese, daß man auch an seine Toilette
denken muß, wenn man auf den Pfaden wandelt, die
das Licht scheuen oder scheuen müssen! Freilich, wer
denkt an eine Paillette, die den sie haltenden Faden
durchschneidet, damit ein Unschuldiger nicht leiden muß!
Glauben Sie, daß es ein ‚Zufall‘ war, der diesen Faden
gerade in dieser Stunde und an diesem Orte reißen
ließ? Ich nicht, denn es gibt überhaupt keinen Zufall.
Ein törichteres, gedankenloseres Wort als dieses ist nie
gemünzt worden. Die Frage, wie diese Paillette dort
in den Ritz zwischen Schwelle und Türrahmen gekommen ist, tritt mit jener, wie Donna Xenia des
Nachts in Ihr Zimmer gelangte, für den Augenblick
in den Hintergrund. Genug, daß die Paillette da ist,
um für die Gegenwart der Dame zu zeugen. Wahrscheinlich ist der Gegenstand in den Ritz hineingefegt
worden, ohne von dem reinigenden Mädchen bemerkt

worden zu ſein. Nun, und hat ſie ſich nach dem glitzern-
den Dinge gebückt, dann hat ſie ſich dabei entweder
gar nichts oder allerlei gedacht. Das hängt von der
geiſtigen Veranlagung dieſer Zimmerfee ab, und Sie
werden mir zugeben, daß eine Paillette von der Toilette
einer Dame, im Zimmer eines Junggeſellen gefunden,
mindeſtens eines Fragezeichens wert iſt. Haben Sie
ein Stückchen Seidenpapier? Wir wollen dieſe koſt-
bare Paillette darin ſorgſam einpacken und das wichtige
Beweisſtück zunächſt in meiner Brieftaſche verwahren.
— Ihre Nachfrage wegen Briefen an Donna Xenia
war natürlich reſultatlos?"

„Gänzlich," erwiderte Don Gian. „Der Portier
und ſein Stellvertreter verneinen ferner mit Entſchie-
denheit, daß jemand mit einer Botſchaft an meine
Schwägerin dageweſen iſt. Sie hat übrigens während
des Nachmittags ihrer Anweſenheit hier das Haus nicht
verlaſſen."

„Das hatte ich ſchon feſtgeſtellt," bemerkte Windmüller. „Übrigens — wer wohnt hier gegenüber in
dieſem großen Palaſte?"

Er deutete auf den langen Seitentrakt des Re-
naiſſancegebäudes jenſeits des Sackkanals, das mit
ſeinen verſchloſſenen Fenſterläden einen verlaſſenen
Eindruck machte. Nur im Mezzanin waren ein paar
Fenſter geöffnet, mit Blumenſtöcken beſetzt und mit
zum Trocknen aufgehängten kleinen Wäſchegegenſtänden
dekoriert.

„Nur der Beſitzer wohnt darin, Conte Aſolo," antwortete Don Gian mit leichtem Erſtaunen über dieſen
Seitenſprung. „Er iſt noch auf ſeinem Landgut bei
Padua. Die Nordſeite des Palaſtes, der zwar faſt ſo
tief iſt wie der meine, aber im Verhältnis ſehr ſchmal,
iſt als Magazin vermietet, ſonſt hat aber Aſolo — glück-

licher Mensch! — sein Haus für sich behalten. — Wobei
mir einfällt, daß meine Großmutter unsere Mieter
heute zum Diner erwartet. Sie sagten ja, daß Sie
die Leute kennen — nicht wahr?"

„Nur die junge Dame," erwiderte Windmüller zerstreut, den Blick auf das Haus gegenüber heftend, an
dessen einem offenen Fenster im Mezzanin jetzt eben
eine behäbige Frau die aufgehängte Wäsche auf ihren
Trockengrad prüfte.

„Ich bin ihr eben auf der Treppe begegnet," erzählte Don Gian, ebenso zerstreut. „Meine Großmutter
hat recht — ich habe auch noch nie solche eigentümliche
blaue Augen gesehen, wie die ihrigen. Und solch blonde
Haare," setzte er in der Erinnerung an die Vision der
vergangenen Nacht hinzu. „Und solch einen — einen
muschelähnlichen Teint!" schloß er mit der Energie der
Überzeugung.

„Wie?" fragte Windmüller, der nur mit einem Ohr
sozusagen zugehört hatte. „Oh — Sie reden von
Komtesse Melbeck! Ja, sie ist auffallend hübsch und
nett, aber das ist leider heutzutage keine Mitgift. Sie
hat nichts. Damit ist ihr Urteil gesprochen, es ist gewissermaßen die Warnungstafel gegen das Verlieben."

„Es scheint so, denn Tante Candiani hat sie auch
schon hier aufgestellt und selbst meine sonst ganz ideal
veranlagte Nonna hat sich verpflichtet gefühlt, mir den
Text gut einzuprägen," sagte Don Gian achselzuckend.
„Schon weil mein Bruder eine gänzliche Nichtachtung
davor bewiesen hat. Womit wir wieder bei der brennen-
den Frage, meiner Schwägerin, angelangt sind. Der
Fund dieser Paillette ist ja gewiß ein sehr wertvoller;
denn er beweist, daß Xenia in meiner Wohnung war,
aber sie kann das Ding auch verloren haben, ehe ich
in jener Nacht meine Wohnung betreten, während ich

droben bei meiner Schweſter verweilte. Da ſtanden
ihr noch die Türen offen, durch die ſie kommen und
gehen konnte. Der Beweis dafür, daß ſie nachts kam —
auf einem geheimen Wege —, während ich im tiefen,
künſtlichen Schlaf einfach ausgeſchaltet war, iſt alſo dieſe
Paillette eigentlich nicht! Ich meine: nicht für jene,
die für dieſe meine Ausſage eine Erhärtung verlangen
können, wollen oder — müſſen.“

Windmüller nickte. „Sie haben den Finger auf
den einen ſchwachen Punkt gelegt, der dieſen kleinen
und doch ſo großen Zeugen für Ihre Ausſage angreif-
bar machen könnte. Daß der Einwand von Ihnen ſelbſt
erhoben wird, erfüllt mich mit neuem Eifer für Ihre
Sache, denn Leute, die einen Schatten zu zerſtreuen
haben, pflegen ſich nicht ſelbſt vor das Licht zu ſtellen,
das ihnen angezündet wird. So — und nun laſſen Sie
mich wieder an die Arbeit gehen. Ich ſehe eine Möglichkeit für eine Spur und darf die Zeit, um ſie zu
finden, nicht vergeuden.“

*　*　*

Kurz darauf verließ Windmüller den Palaſt auf der
Landſeite durch die eine für den Verkehr benützte Tür,
die in die Calle Terraferma hinausführte. Daß die
Fenſter des Piano nobile auf dieſer Seite mit kunſtvoll
gearbeiteten, zum Teil vergoldeten ſchmiedeeiſernen
Gittern verſehen waren, mochte ſich in der beſſeren
Angreifbarkeit der Landfront begründet haben, doch da
dieſe Sicherheitsmaßregel im allgemeinen nicht gebräuchlich war, ſo hatten vielleicht auch andere Bedenken Veranlaſſung dazu gegeben.

Windmüller ging die Calle nach Norden zu hinauf,
bog um die Ecke und erreichte den großen, palaſtum-
ſäumten Platz, auf dem der Landeingang zu dem

Palazzo Asolo liegt, denn der Winkel, den dieses Gebäude am Ende des Sackkanals macht, bildete den
Teil, der als Magazin vermietet worden war.

Er kannte genügend die Geschichte des venezianischen
Patriziats, um sich zu erinnern, daß die Familie Asolo
nicht zu den „Tribunen" der Republik gehört, sondern
erst im siebzehnten Jahrhundert eingewandert war
und sich — wie viele andere — durch reiche Geschenke
die Eintragung in das „Goldene Buch" erkauft hatte.
Windmüller wußte das wohl, konnte sich hingegen nicht
erinnern, den Palazzo Asolo jemals als reich an Kunst-
werken rühmen gehört zu haben, trotzdem läutete er
an der verschlossenen Tür und fragte die behäbige Frau,
die zu öffnen kam — es war dieselbe, die vorhin die
Wäsche aufgehangen — mit der ganzen Harmlosigkeit
des Touristen, ob es erlaubt sei, den Palazzo zu besichtigen.

Die Frau, der diese Frage wahrscheinlich zum ersten
Male im Leben gestellt wurde, machte schon den Mund
zu einer ablehnenden Bemerkung auf, Windmüllers
Erscheinung war aber eine so entschieden „herrschaft-
liche", und der Gedanke an ein gutes Trinkgeld daher
so naheliegend, daß die Frau die verneinende Antwort
wieder hinabschluckte und dafür etwas zögernd zugab,
daß der Signor Conte zwar nie ein Verbot gegen die
Besichtigung des Palazzo durch Fremde erlassen habe,
daß aber auch dafür nicht viel zu sehen sei, worauf Windmüller meinte, sie sei da offenbar viel zu bescheiden,
denn ein venezianischer Palast, selbst wenn er leer sei,
sei immer noch sehenswerter als irgend einer anders-
wo, und wenn es nicht zuviel Mühe mache — er
würde sich gern erkenntlich zeigen —

Und so folgte er denn alsbald seiner Führerin die
Hintertreppe hinauf ins Piano nobile und durch-

wanderte mit ihr, die die Fensterläden zu öffnen vor-
ausging, eine Reihe recht hübscher Räume, die hauptsächlich mit Familienbildern geschmückt waren, namentlich aber wertvolle, eingelegte Möbel enthielten und
sicherlich einen durchaus vornehmen Eindruck machten.
Windmüller nahm indes davon nur sehr flüchtig Notiz,
während er sich von der Frau des Portiers, als welche
er sie sehr richtig vermutet hatte, die Familiengeschichte
der Asolo erzählen ließ. Das war eine seiner „Speziali-
täten", daß er die Leute durch geschickt gestellte Fragen
und Bemerkungen zum Plaudern brachte, und es gab
nur wenige, bei denen diese Kunst versagte.

Nachdem der große Salon, der die Front des Hauses
einnahm, gebührend bewundert worden war, gelangten
sie dahin, wohin Windmüller von vornherein gestrebt,
in eine lange, schmale Galerie der Westseite, die mit
alten, wertvollen Gobelins behangen, mit Waffen und
Büsten auf Marmorkonsolen geschmückt war. Diese
scheinbar mit besonderem Interesse betrachtend, trat
Windmüller wie von ungefähr an eines der geöffneten
Fenster nach dem Sackkanal.

„Ah, der Palazzo Terraferma — nicht?" fragte er
hinüberdeutend. „Ich kenne nämlich den Marchese —
von Rom her. Schade, daß er sein schönes Haus hier
nicht bewohnt. Ein liebenswürdiger Herr — und seine
Schwägerin, die Principessa, eine so schöne Dame!"

„Sicher — sicher!" gab die Frau eifrig zu. „Und
so jung schon Witwe! Nun, man sagt, sie tröstet sich
ganz gut in Rom. Sie ist jetzt zum Besuch der alten
Marchesa hier — oder war da, was weiß ich. Es ist
ihr wohl zu still in dem einsamen Haus. Nun, schließlich will die Jugend auch ihr Recht haben."

„Das will sie — das will sie!" bestätigte Windmüller. „So, so! Also die Frau Principessa war hier!

Wohl erst unlängst? Ich sah sie doch erst vorige Woche
in Rom!"

„Eh — wie lange ist's her? Zwei — drei Tage erst,
da sah ich sie dort an jenem Fenster im Piano nobile,"
plauderte die Frau, indem sie auf eines der offenen
Fenster des Rosazimmers deutete. „Es war am frühen
Nachmittag, und sie hatte den Hut auf, einen schönen,
schillernden, grauseidenen Reisemantel an und zog sich
gerade die Handschuhe aus. Wahrscheinlich war sie
eben angekommen, und ich wunderte mich, warum
sie gleich in die unbewohnten Zimmer gegangen ist."

„Nun, sie wird wohl dort immer wohnen, wenn
sie nach Venedig kommt," meinte Windmüller unschuldig.

„Wer wird denn in den Prunkzimmern wohnen!"
wehrte die Frau diese unerhörte Zumutung ab. „Die
Frau Principessa hat ihre Wohnung drüben auf der
anderen Seite, im dritten Stock, gerade über den
Zimmern der alten Marchesa! Sie hatte aber doch
wohl gewechselt, denn ich sah sie am Abend, gerade
als ich schlafen ging und das Fenster schloß, im zweiten
Stock am Fenster. Sie hatte ein schwarzes Kleid an,
ganz mit Flittern bestickt, die im Mondschein nur so
funkelten. Ich hatte das Licht schon ausgelöscht und
stellte mich hinter den Vorhang, um sie anzusehen.
Madonna mia! Was sah sie prächtig aus! Ich konnte
sie gut sehen, denn sie bog sich zum Fenster heraus und goß dann eine Wasserflasche in den Kanal,
und ich sah dabei die Ringe an ihrer weißen Hand
funkeln —"

„Dio mio!" machte Windmüller. „Eine so große
Dame und gießt selbst ihre Wasserflasche aus!"

„Ja, ich meine, sie muß eine Vorliebe dafür haben,
denn ich sah sie's noch zweimal in derselben Nacht und

an demselben Fenster tun," rief die Frau mit gut-
mütigem Lachen.

„Nein, so etwas!" rief Windmüller mit gutgespiel-
tem Staunen. „Zweimal noch?"

„So ist's, Signor! Es war eine heiße Nacht, und
ich konnte nicht schlafen und dachte mir, wenn das
Fenster offen wäre, könnte es auch meinem Mann
nicht schaden, der zwar fest, aber unruhig schlief. Es
war der Schirokko, Signor, der Schirokko! — Also,
ich stand leise auf, und wie ich ans Fenster trete, sehe
ich drüben, oben in der zweiten Etage, Licht und das
Fenster offen stehen. Und wer steht darin? Die Frau
Principessa wieder mit der Wasserflasche in der Hand
und gießt sie aus! Dann trat sie ins Zimmer zurück,
und nach einer kleinen Weile kommt sie wieder und
schüttet dieselbe Flasche nochmals aus, indem sie sie
schwenkte, wie um sie auszuspülen. Dann machte sie
den Fensterladen wieder zu."

„Ah — sie hat vielleicht auch nicht schlafen können —"

„Sie war ja noch angezogen, Signor, nicht mehr
in dem funkelnden schwarzen Kleide, sondern in einem
anderen Straßenkleide — mich dünkt, es war grau.
Und es muß doch Mitternacht vorbei gewesen sein.
Nun, es geht mich ja nichts an. Mein Mann pflegt
immer zu sagen: Filomena, sagt er immer, laß die
Leute tun, was sie wollen, und halte den Mund dazu."

„Ein sehr weiser Mann, Ihr Gatte, Signora!" lobte
Windmüller mit einem leisen Lächeln über den Erfolg
dieser Lehre.

„Er ist ein Mann, der die Welt gesehen hat, denn
er war schon einmal in Mailand," verkündete Filomena
mit berechtigtem Stolze. „Ebbene, er war der Ansicht, daß ich entweder geträumt oder mich geirrt haben
müßte, und wir haben uns fast darüber gestritten.

Nicht darüber, daß ich die Frau Principessa die Flasche
ausgießen sah, sondern wo! Als ob ich nicht wüßte,
was der zweite Stock und was der Piano nobile ist! Das
merkwürdigste dabei ist bloß, daß ich selbst ganz irre
geworden bin. Ich lag nämlich, nachdem ich die Frau
Principessa eine Weile den Laden schließen gesehen
hatte, immer noch auf den Schlaf wartend, in meinem
Bette — bei offenem Fenster, Signor —, da höre ich
wieder über den Kanal herüber einen Laden aufmachen.
Madonna mia, denke ich mir, will sie schon wieder die
Flasche ausgießen? Ich mußte über den Gedanken
lachen, und weil ich doch gern wissen wollte, ob das
wirklich eine Liebhaberei von ihr ist, stehe ich also leise
auf und schaue hinüber so, daß man mich nicht sehen
konnte; denn man will doch nicht, daß jemand von
einem glaubt, daß man spioniert! Nun, ich denke wirklich, ich sehe nicht recht, denn der Laden droben ist fest
zu und der darunter im Piano nobile halb offen, und
die Signora Principessa lehnt sich zum Fenster heraus,
den Hut auf dem Kopfe und den Mantel an, gerade
wie ich sie am Nachmittag zuvor gesehen habe. Es
war eine so helle Nacht, Signor, der Mond am Himmel,
wenn schon er jetzt hinterm Hause war, daß ich ihr
weißes Gesicht unter dem großen schwarzen Hute ganz
deutlich sehen konnte, und es war auch Licht im Zimmer
hinter ihr. Sie schaute um den halboffenen Fensterladen herum nach dem Kanal, machte dann schnell den
Laden wieder zu und das Licht, das durch die Ritzen
schimmerte, erlosch gleich darauf. Ich trat nun bis an
mein Fenster heran, denn ich war nun doch neugierig
geworden, was mir keiner verdenken kann, Signor —
Sie hätten es auch nicht anders gemacht —"

„Sicher nicht," flocht Windmüller ermunternd ein.

„Nun ja, wenn eine so große Dame in der Nacht

— es muß schon fast zwei Uhr gewesen sein — im Hut
und Mantel zum Fenster herausschaut! Va bene, wie
ich also am Fenster stehe — am halbgeschlossenen hinter
dem Vorhang, denn man will doch nicht zeigen, daß
man ein bißchen neugierig ist — da sehe ich eine ge-
schlossene Gondel am Palazzo entlang kommen! Aha,
denke ich mir, jetzt wissen wir ja, warum sie den Hut
aufhat — sie will abreisen. Nun, hatte ich soviel gesehen, wollte ich auch noch zuschauen, wie sie in die
Gondel drüben am Portal steigt — eine Principessa
sieht man nicht alle Tage abreisen, das ist für unser-
eins gerade so, als ob man im Theater wäre. — Nun,
Signor, mögen Sie mir's glauben oder nicht — die
Gondel fuhr nicht zum Portal, sondern legte zwischen
den beiden Fenstern dort, gerade wo die Lastra ist, an!
Und dort blieb sie wie festgenagelt liegen — ein, zwei
Stunden, was weiß ich! Nun, ich warf einen Rock
über, denn mich fing an zu frieren trotz der warmen
Nacht, und blieb am Fenster und wartete, denn wer
kann denn einsteigen, wenn keine Tür da ist, um heraus-
zukommen, und wer durch eine Mauer kann, dem muß
der Leibhaftige schon helfen! Es war mir ganz unheimlich dabei, Signor! Und was hatte die Gondel
hier in der Nacht sonst zu tun, wenn sie nicht auf jemand
wartete, so frage ich! Aber niemand kam, der Gondolier
saß auf seiner Poppa und gähnte zum Erbarmen —
ich dachte mir aber, du bleibst auf deinem Posten und
wartest, und wenn die Sonne drüber aufgehen sollte,
denn wer hatte je schon so etwas gesehen? Wie ein
Steinbild stand ich hinter dem Fenster und wartete,
hörte, wie der Gondolier leise vor sich hinfluchte, und
endlich fuhr er wieder davon! Nun, mein Mann hat
auch den Kopf geschüttelt, wie ich's ihm erzählte, und
wir stritten uns fast darum, und dann sagte er: Filomena,

sagte er, lasse die Leute tun, was sie wollen, und halte den Mund dazu! Das habe ich dann auch getan, Signor, das habe ich redlich," schloß sie mit einem Seufzer der Erleichterung.

Windmüller lobte die bewiesene Enthaltsamkeit, indem er sich fragte, ob die ganze oder nur die halbe Nachbarschaft eine Stunde später die Geschichte schon gewußt — die halbe sicherlich, falls der brave und weise Mann nicht dem Grundsatz huldigte, daß man sich nach seinen Worten und nicht nach seinen Taten zu richten habe. Er, Windmüller nämlich, besah dann den Rest der Ca' Asolo mit scheinbar ungemindertem Interesse und verabschiedete sich von Frau Filomena mit vielem Dank und einem warmen Händedruck, dessen Betrag einen sehr tiefen Knicks von seiten der würdigen Dame und ein halbes Dutzend „Mille grazie, Signor Eccellenza" auslöste.

Windmüllers erwiderndes Lächeln aber verschwand sofort von seinem Gesicht, nachdem die Hintertür des Palazzo Asolo hinter ihm zugefallen war, und wich einem sehr, sehr nachdenklichen Ausdruck. Er ging, ohne sich weiter aufzuhalten, zurück in den Palazzo Terraferma, erreichte in diesem sein Zimmer, ohne jemand zu begegnen, und versank dort in tiefes Nachdenken.

*　　*　　*

Eine halbe Stunde vor Beginn der Tafel klopfte der Marchese an Windmüllers Tür und fand seinen Gast in Hemdärmeln am Schreibtische sitzend, sonst aber auch schon für die feierliche Stunde gerüstet.

„Ah!" sagte er aufsehend und seinen Wirt mit Wohlgefallen betrachtend, „schon im Kriegschmuck? Mein Grundsatz, nie ohne das grausige Kleidungsstück, Frack

genannt, zu reiſen, hat ſich, wie ich ſehe, wiederum
bewährt. Es ſteht Ihnen aber gut, ſehr gut ſogar —
was entſchieden von der Figur abhängt, die einem der
Himmel auf dieſe irdiſche Pilgerfahrt mitgegeben hat,
und — vom Schneider. Nur die Gardenie in Ihrem
Knopfloch — — hm! Sehen Sie, eine gütige Fee,
wie ich ſie in Ihrer Frau Großmutter vermute — ſie
hat entſchieden etwas von ſolch einem Weſen —, hat
einen Nelkenſtrauß in mein Zimmer ſtellen laſſen.
Suchen Sie ſich eine davon aus, und laſſen Sie die
Gardenie dafür zurück.“

„Ja warum denn in aller Welt?“ fragte Don Gian
erſtaunt, von ſeinem Gaſt auf die wachsweiße, exotiſche
Blume herabſehend, die ſeinem tabelloſen Frack eine
beſondere Diſtinktion verlieh.

„Ich kenne jemand in unſerem heutigen Kreiſe,
dem der Gardenienduft zu ſchwül iſt und Unbehagen
macht,“ erwiderte Windmüller mit leiſem Lächeln.
„Idioſynkraſie, wenn Sie wollen, aber ſolche Ab-
neigungen kommen vor und ſind ſchwer zu bekämpfen.
Das kann Ihnen freilich ganz gleichgültig ſein und
iſt ja auch nur ein Vorſchlag von mir, weil ich dieſe
kleine Eigentümlichkeit meiner jungen Freundin zufällig kenne.“

Don Gian zog ohne ein Wort zu ſagen die Gardenie
aus ſeinem Knopfloch und ſteckte eine gelbe Nelke aus
dem Blumenſtrauß, der auf dem Tiſche in einem ſchlan-
ken venezianiſchen Glaſe ſtand, an. „Ecco,“ ſagte er,
„und beſten Dank. Verzeihen Sie, Herr Doktor, wenn
ich Sie ſtöre, aber ich habe Sie den ganzen Nachmittag
nicht mehr geſehen und möchte doch nun gern wiſſen,
ob Sie in unſerer Angelegenheit weiter gekommen
ſind.“

„Das iſt mit Ja oder Nein nicht ohne weiteres zu

beantworten," erwiderte Windmüller nach einer Pause, während welcher er seine Papiere wegschloß. „Ich wollte noch ein paar Nachrichten abwarten, ehe ich Sie aufsuchte. Diese Nachrichten habe ich erhalten. Sie sind, um es kurz zu sagen, alle auf demselben Punkt wie die früheren: Ihre Frau Schwägerin ist nirgends aufgetaucht und gesehen worden, das Dokument scheint mit ihr verschwunden zu sein, denn nicht das geringste Zeichen, daß es in die — unrechten Hände geraten sei, hat sich in dem diplomatischen Verkehr zwischen Ihrem Vaterlande und der Pforte bemerkbar gemacht —"

„Gott sei Dank!" fiel Don Gian inbrünstig ein.

„Die Gefahr, die damit verbunden war, darf also als vorübergegangen betrachtet werden," fuhr Windmüller fort. „Die drei Tage, die seit dem Verschwinden des Vertrages vergangen sind, haben mehr als genügt, um die Sache auszugleichen, und sollte das Dokument jetzt noch irgendwo auftauchen, so kann es einen Schaden nicht mehr verursachen. Die Gefahr lag ja nur in der unmittelbaren Ablieferung in die Hände derer, die ein Interesse daran hatten, dem Abschluß des Vertrages entgegenzuarbeiten, der inzwischen — dank Ihrem sofortigen Bericht — erfolgt ist. Diese Tatsache liegt vor und schließt jede Gefahr aus — nur ihre Verhinderung konnte eine werden. Doch das wissen Sie so gut wie ich. Es sollte nur erwähnt werden, um Sie durch die Kenntnis von dem Fehlschlagen des Anschlags zu beruhigen, das im übrigen nicht die Schuld des Gegners war."

„Gott sei Dank!" sagte Don Gian noch einmal und dann fuhr er mit unwillkürlich gedämpfter Stimme fort: „Aber was ist dann aus meiner Schwägerin geworden? Glauben Sie, daß sie einer Gegenintrige zum Opfer gefallen, vielleicht gar —"

Er hielt mit einem Schauder ein, denn so wenig

er seines Bruders Witwe liebte, so war das Unaus-
gesprochene doch zu furchtbar, um ihm Worte zu geben.

„Sie meinen, ob sie entweder entführt oder gar
ermordet worden ist?" vollendete Windmüller ernst.
„Nein. Ich bin von diesen beiden Möglichkeiten deshalb stark zurückgekommen, weil in jedem der beiden
Fälle das Dokument längst zum Kauf benen angeboten
worden wäre, für die es entwendet worden ist. Wer
seinen Wert so kannte, daß er es durch das Äußerste zu
erlangen suchte, würde nicht bis heute gewartet haben, es
um hohen Preis zu verkaufen. Ich glaube auch nicht,
daß Ihre Schwägerin damit das Weite gesucht hat, denn
es wäre ja einfach Wahnsinn, sich mit ihren — Brot-
gebern zu entzweien. Man könnte zwar noch den Fall
setzen, daß ihr plötzlich das Gewissen geschlagen hat —
unterwegs, auf der Fahrt zum Verrat, und daß sie,
diese unterbrechend, sich verborgen hält, bis etwas Gras
über die Sache gewachsen ist. Jedoch halte ich dafür,
daß erstens Ihre Frau Schwägerin, nachdem sie schon
soweit gegangen war, ihr Gewissen längst über Bord
geworfen, und dann müßte sie auf dem Wege von hier
nach Rom irgendwo gesehen worden sein. Das ist aber
nicht der Fall. Was ich zu glauben anfange, ist, daß
Donna Xenia auf einem noch unaufgeklärten Wege
die Nachricht von einer ihr drohenden Gefahr erhalten
hat — nach der Tat, wohlverstanden — und daß sie,
da sie nicht wagen darf, das Haus zu verlassen, und
doch den Boden darin zu heiß für sich verspürt, einen
Schlupfwinkel darin gefunden hat — mit anderen
Worten, daß sie noch unter diesem Dache weilt und
zu bleiben gezwungen ist, bis sie glaubt oder weiß, sich
mit Sicherheit entfernen zu können."

Don Gian war so starr vor Überraschung über diese
mögliche Lösung, daß er Windmüller wie geistes-

abwesend ansah, und das war viel für eine so intelli-
gente Physiognomie wie die seine. Dann aber machte
er eine abwehrende Handbewegung. „Herr Doktor,“
begann er und fand damit seine Haltung wieder, „nehmen wir an, dieses Haus hat solche Schlupfwinkel —
wahrscheinlich sogar hat es welche. Wenn meine Schwägerin einen mir unbekannten Weg kennt, um in mein
Zimmer bei verschlossenen Türen und Fenstern zu gelangen, so wird sie schon noch mehr von den Geheimnissen dieses Hauses wissen, aber — ein Mensch kann
doch nicht tagelang ohne jede Nahrung leben!“

„Sicher nicht,“ gab Windmüller sofort zu. „Es ist
aber möglich, sich nachts, wenn alles schläft, heimlich
zu verproviantieren, oder jemand hier im Hause besorgt dieses Geschäft. Ich neige der letzteren Ansicht zu.“

„Per Bacco!“ machte Don Gian verblüfft. „Aber
wer? Tatsache ist, Herr Doktor, daß meine Schwägerin
bei den Dienstboten im Hause nicht beliebt ist. Sie
hat eine von der unseren stark abweichende Art, mit
ihnen umzugehen und —“

„Lieber Herr Marchese, Ihre Schwägerin ist, soviel
ich weiß, nicht knauserig, und Geld hat die unleugbare
Eigenschaft, selbst Unbeliebtheit erträglich zu machen
— in den Sphären wenigstens, in denen wir zu suchen
haben, falls — falls der jugendliche Enthusiasmus von
Donna Loredana für die Rechte eines jeden, seine
eigenen Wege gehen zu dürfen, sie nicht zur Ver-
bündeten ihrer schönen und, wie es scheint, sehr be-
wunderten Schwägerin gemacht hat,“ schloß Windmüller liebenswürdig.

Don Gian war von dem Sessel, auf dem er Platz
genommen, aufgesprungen, als ob er von einer Natter
gestochen sei. „Das ist — das ist zu weit gegangen!

Meine Schwester, meine eigene Schwester, die weiß,
was für mich auf dem Spiele steht —"

„Verzeihung, Herr Marchese, ich hatte den Eindruck,
daß sie das, bis heute mittag wenigstens, nicht wußte!
Donna Loredana ist noch sehr jung und sehr enthusiastisch
— sie ist wie weiches Wachs in den Händen einer so
gewandten Dame wie Ihre Schwägerin, der sicher alle
Töne zur Verfügung stehen, sie zu einer — natürlich
anscheinend ganz unschuldigen kleinen Intrige zu be-
geistern. Herr Marchese, glauben Sie mir, es ist für
jemand wie Ihre Frau Schwägerin nicht schwer, den
Eingang in solch jugendliches Gemüt zu finden."

Don Gian hatte sich, während Windmüller sprach,
wieder gesetzt. „Nein," sagte er finster, „da haben Sie
recht. Wenn ihr die Brücke nicht zu unsicher war, so
ist sie gewiß mit ihren infamen Absichten darauf getreten. Soll ich meine Schwester fragen?"

„Überlassen Sie das mir," erwiderte Windmüller.
„Ich kann das mit ein paar geschickten Wendungen
unauffällig, ohne Schwierigkeiten und ohne die junge
Seele aufzuregen oder zu verletzen, besorgen und ver-
traue meiner Übung in solchen Dingen, sehr bald zu
wissen, wie die Dinge liegen. Denn sehen Sie: ist
Ihre Schwester ahnungslos, dann würde der bloße
Verdacht einen Sturm in ihrem Gemüt erregen, dessen
Nachwehen wir ihr ersparen müssen. Die Jugend will
mit sehr schonenden Händen angefaßt werden."

Don Gian reichte seinem Gast die Hand. „Sie sind
ein sehr guter, sehr zartfühlender Mann, Herr Doktor!"

„Nun, man hat sich nur das Verständnis für die
Regungen der Seele zu bewahren gewußt," entgegnete
Windmüller freundlich. „Der Gedanke an diese Möglichkeit ist mir übrigens erst in letzter Stunde gekommen,
und wenn ich Ihnen überhaupt Mitteilung davon

machte, so geschah es nur, um Sie vorzubereiten. Ich
halte übrigens für mein Teil die Beihilfe von jemand
aus Ihrer Dienerschaft für wahrscheinlicher. Ist aber
Ihre Schwester in ihrer Unschuld benützt und zum
Hehler gemacht worden, dann ist sie heute mittag sehr
kräftig alarmiert worden, und dann werden wir gut
tun, heute nacht dem entfliehenden Vogel den Weg zur
Freiheit zu vertreten. — Ah — das Tamtam ruft uns
— nicht? — Oh, es ist nur das erste Signal! — Nun,
so bleibt noch Zeit, um Ihnen mitzuteilen, daß Donna
Xenia die kleine Stahlflitter in Ihrem Zimmer verloren hat, als sie Ihnen den Schlaftrunk zurechtmachte."

„Wie in aller Welt wollen Sie das wissen?" fragte
Don Gian erstaunt, als Windmüller eine Pause ein-
treten ließ und dann kurz erzählte, was er im Palazzo
Asolo erfahren.

„Es ist möglich — wahrscheinlich sogar, daß Donna
Xenia in der Zeit zwischen ihrem zweiten Besuche
bei Ihnen und ihrer beabsichtigten Abreise eine Warnung erhalten hat," fuhr er fort. „Sie war dann
gezwungen, die Gondel im Stich zu lassen, die gerade
in den Sackkanal einbog, als sie unten im Rosazimmer
am Fenster gesehen wurde. Daß sie dabei den Hut auf
hatte, ist kein Beweis, daß sie trotzdem beabsichtigte, abzu-
reisen; sie mußte aber ihre Abreise markieren und durfte
den Hut nicht zurücklassen. Warum sie ihren Koffer jedoch
nicht mitnahm oder daraus wenigstens die notwendigsten
Dinge, die der Kulturmensch nun einmal nicht entbehren
kann, ist schon schwerer verständlich. Sie hat vielleicht
nicht gedacht, daß ihr Versteck von Dauer sein würde,
und als sie sich dann notgedrungen jemand im Hause hier
offenbaren mußte, war der Koffer diesem Jemand nicht
mehr zugänglich. — Das sind natürlich alles nur Ver-
mutungen, die jedoch zur Konstruktion des Bildes ge-

hören — und auch alle unrichtig sein können. Es bleibt aber freilich noch eine zweite Möglichkeit für Donna Xenias Verschwinden, die jedoch mit der vergeblich auf sie wartenden Gondel nicht übereinstimmt: daß sie das Dokument vor der drohenden Gefahr entweder verborgen und vernichtet hat, und daß der Anschlag auf ihre Person fruchtlos war. — Wie gesagt — das stimmt nicht mit der unbenützten Gondel überein und ist nur deshalb erwähnt, um keine Möglichkeit aus den Augen zu lassen. — Nun aber dürfen wir nicht länger zögern und Ihre Exzellenz die Frau Marchesa warten lassen!"

* * *

Die beiden Herren fanden die alte Dame und ihre Enkelin noch allein, als sie eintraten, bevor das Tamtam zum zweiten Male ertönte. Aber auf dem Fuße folgte ihnen, feierlich von Sebastiano angemeldet, der Freiherr v. Krähenhausen mit seiner Frau und seiner Mündel, deren Erscheinung den Vergleich mit einer weißen Taube zwischen zwei Krähen förmlich herausforderte. Ihnen folgte fast gleichzeitig die Contessa Candiani, die die Fremden im Palazzo Terraferma eingeführt hatte, eine ältere, lebhafte, elegante Dame, und damit war der Kreis geschlossen.

Herr v. Krähenhausen war ein älterer, überschlanker Mann mit schneeweißem Vollbart, der ihm im Verein mit seinen wallenden, weißen Locken das Aussehen eines altbiblischen Patriarchen in sehr schlechtsitzendem Frack hatte. Die Augen zu beiden Seiten der enormen Adlernase, beschattet von buschigen Brauen, hatten indes einen gutmütigen, fast kindlichen Ausdruck, der von Geduld und Nachgiebigkeit zeugte.

In einem violettseidenen Kleide, das die unverkennbare Etikette „gefärbt" trug und mit billigen weißen

Spitzen beſetzt entſchieden „aufgebonnert" ausſah,
machte ſeine kleine, dürre Frau mit dem ſcharfen
Wieſelgeſichte und den ſchwarzen, ſtechenden Augen den
weniger ſympathiſchen Eindruck. Der Menſchenkenner
hätte freilich in ihren zugeſpitzten Zügen den Kampf
eines Lebens mit den Sorgen des Daſeins leſen können,
die ihre Runen der Phyſiognomie ja ſehr verſchieden
aufprägen. Auch ihr ſichtliches Beſtreben, um jeden
Preis die Merkzeichen ihrer ariſtokratiſchen Geburt
und Stellung aufrechtzuerhalten, hätte etwas Pathe-
tiſches gehabt, wenn ſie es nicht in Äußerlichkeiten ge-
ſucht hätte: in einer gezierten Überlegenheit, einer
hohen, flötenden Stimme und in ſo langen Finger-
nägeln wie ein chineſiſcher Mandarin. Und je natür-
licher die Andern ſich gaben, um ſo gezierter wurde ſie
in der Meinung, daß es ſo der Freifrau v. Krähenhauſen geborenen Freiin v. Ebingen zukam.

Die Unterhaltung wurde, da das Paar des Ita-
lieniſchen nicht mächtig war, franzöſiſch geführt, aus
welcher Sprache Herr v. Krähenhauſen ein Kauder-
welſch machte, das zwar der Klarheit entbehrte, dafür
aber recht erheiternd wirkte, woran er gutmütig und
ohne falſche Scham am herzlichſten teilnahm. Seine
Frau ſprach Franzöſiſch korrekt, aber wie auf den Stelzen
des höheren Töchterſchulunterrichts einherſchreitend,
und man merkte ihr an, daß ſie wie ein Schießhund
aufpaſſen mußte, um der raſch fließenden Unterhaltung
folgen zu können.

„Dieſe Deutſchen ſind doch eine komiſche Raſſe," raunte
Conteſſa Candiani der Marcheſa zu. „Solch reiche Leute,
die euch den Piano nobile abmieten und dabei aus-
ſehen, als ob ſie nichts zu beißen und zu brechen hätten!"

„Nun, vielleicht ſind ſie erſt unlängſt in den Beſitz
gelangt und wiſſen ihn noch nicht anzuwenden."

„Hm — ja, wahrscheinlich ist es so," gab die Contessa
zu. „Oder es ist ihnen ganz egal, wie sie aussehen.
Geiz ist es nicht, denn der Mietpreis hat ihnen kein
Zucken mit den Wimpern abgelockt. — Die kleine Meldeck
ist süß — nicht wahr? Dies einfache weiße Kleid so
schick, als ob Paquin in Paris es gemacht hätte. Und
diese blauen Augen — hoffentlich verliebt Gian sich
nicht in sie, denn sie hat nichts — absolut nichts, sage
ich dir! Die Meldecks sind arm wie die Kirchenmäuse!
Ich habe den Vater ja so gut gekannt, als mein guter
seliger Mann Gesandter in — o, carissima mia," fuhr
sie liebenswürdig nach der anderen Seite herum, als
sich das Objekt dieser Mitteilungen eben nahte. „Ich
erzählte meiner Tante eben von deinem lieben Vater!
Du hast ganz seine Augen und — was für eine köstliche Toilette du hast!"

Komtesse Meldeck lachte und strich mit ihrer schmalen
Hand im weißen, gutsitzenden Handschuh an ihrem
schlichten Empirekleid entlang, das ihren schlanken
Körper wie eine Schlangenhaut umschloß.

„Was du für einen Blick hast, zia mia! Paquin in
Paris hat nämlich das Kleid gemacht!" sagte sie vergnügt.

Contessa Candiani stieß einen leisen Schrei aus.
„Du kleine Verschwenderin!" rief sie gutmütig scheltend.
„Wart, ich werde dir den Kopf waschen! Trägt das
Mädchen Kleider von Paquin, dem größten, aber
natürlich auch dem teuersten Schneider! Wohl ein
Geschenk von deinem Vormund, liebste Fiore?"

„Wie heißen Sie, Contessina?" sagte die Marchesa,
die lächelnd zugehört, mit einem Interesse, das ihren
großen dunklen Augen einen ganz eigenen Ausdruck
gab und Don Gian, der eben zu der kleinen Gruppe
getreten war, seine Großmutter erstaunt ansehen ließ.

„Ich heiße Fiore, Eccellenza," erwiderte Komtesse Melbeck harmlos. „Eigentlich Fiorenzia, aber der Name ist zu lang zum Aussprechen und wurde immer in Fiore abgekürzt!"

„Das ist ein italienischer Name!" sagte die Marchesa zögernd, erwartungsvoll.

„Gewiß. Meine Mutter war eine Italienerin, und ich bin nach ihr genannt worden."

„Also darum sprechen Sie so gut Italienisch, Contessina!" fiel Don Gian mit einer Begeisterung ein, die entschieden darauf schließen ließ, daß er auf dem besten Wege war, das zu tun, was die Gräfin Candiani vor ein paar Minuten für nicht wünschenswert gehalten hatte. „Dann sind wir ja halbe Landsleute!"

Weder die Gräfin noch die Marchesa achteten auf die an ihrem Verwandten sonst ungewohnte Lebhaftigkeit. Die erstere machte ein merkwürdig verlegenes Gesicht, und die letztere schien ihre Augen von dem jungen Mädchen nicht losreißen zu können.

„Eine Italienerin!" wiederholte sie. „Es ist eigen — Sie erinnern mich besonders jetzt, ohne den Hut, an eine junge Dame, die — die ich vor Jahren kannte. Sie hieß seltsamerweise auch Fiorenzia und war eine Florentinerin."

„Meine Mutter war auch eine Florentinerin!" rief Fiore überrascht. „Wer weiß, vielleicht war sie es, Eccellenza, die Sie kannten! Sie hieß mit ihrem Mädchennamen Fiorenzia Crespolo und war die Tochter des Herzogs von Rifreddi —"

Sie hielt ein, denn die Marchesa hielt ihr beide Hände entgegen und zog sie bewegt an sich. „O cara mia!" murmelte sie mit feuchten Augen. „Ja, ja — sie war's, die ich kannte und sehr, sehr lieb hatte! Darum also! Sie haben ihre Haare, Fiore — nur sind

die Ihren noch ein wenig heller! Und ganz die Züge
der armen Fiorenzia haben Sie. — Doch hatte sie dunkle,
sehr dunkle Augen. — Dio mio! Dio mio — nach so
viel Jahren! Ist sie — ist sie schon lange von Ihnen
gegangen?"

„Sie starb, als ich noch kaum laufen konnte," sagte
Fiore leise.

Dann folgte sie, begleitet von Don Gian, eigentlich
nur ungern einem Rufe von Donna Loredana, denn sie
hätte die alte Dame gern über die Mutter befragt, von
der sie so wenig wußte.

„Hast du das — das gewußt?" fragte die Marchesa,
während auch sie sich erhob, denn Sebastiano war eben
eingetreten, um zu Tisch zu bitten.

Gräfin Candiani hustete. „Natürlich habe ich es
gewußt," tuschelte sie zurück. „Wozu hätte ich es dir
aber sagen sollen? Du hattest Fiorenzias Frauennamen
längst vergessen. Warum an alten Wunden rühren?
Ich dachte auch kaum, daß du mit deinen Mietern Verkehr pflegen würdest. Es ist das eigentlich nicht gebräuchlich."

„Nein, es ist sonst wohl nicht gebräuchlich," erwiderte
die Marchesa mit einem Blick auf ihre Gäste. „Es
war das Mädchen, das mich dazu bewog. Ich dachte
mir, vielleicht wäre es ein Verkehr für Loredana."

„Ah ja!" machte die Contessa verständnisvoll. „Sie
ist in der Tat ein passender Verkehr für Loredana,
darüber ist kein Zweifel. Und sie ist so frisch und natürlich, Loredana aber solch ein Bücherwurm, dem es ganz
gut täte, wenn jemand ihn aus seinen dummen Gedanken, die er sich in den Kopf pfropft, herausrisse,
und —"

Das Herantreten des Freiherrn v. Krähenhausen
machte der sich überstürzenden Mitteilung ein Ende.

Er verbeugte sich altmodisch, aber würdevoll vor der Marchesa und reichte ihr den Arm, wobei sein Frack eine Wasserfalte auf dem Rücken schlug. „Kumm!" machte er, und nachdem er durch diesen Laut seiner Nase Luft verschafft, fuhr er galant fort: „J'ai l'honneur de — de — de tirer Votre Excellence sur la table."

„Um Gottes willen!" murmelte die Contessa, über diese fürchterliche Ankündigung, auf die Tafel gezogen zu werden, fast ihr Gleichgewicht verlierend.

Die Marchesa unterdrückte aber heroisch ein verdächtiges Zucken ihres Mundes, und als sie neben ihrem Gast bei Tische saß, äußerte sie ihm in liebenswürdigen Worten ihre Freude, daß er ein so junges, frisches Wesen wie Fiore Meldeck bei sich haben dürfe, und fragte ihn, ob er selbst Familie habe.

Von der ganzen Rede verstand Herr v. Krähenhausen indes nur den freundlichen Ton, und seine guten Augen strahlten die Freude darüber zurück, während er sich darauf beschränkte, ein paarmal mit besonderer Energie „Kumm!" zu machen.

Die Marchesa, die nicht wußte, daß es ein chronischer Stockschnupfen war, der ihn zu diesem eigentümlichen Laute zwang, beschloß sich zu erkundigen, was die Silbe „Kumm!" in einer ihr sonst doch bekannten Sprache bedeutete. Frau v. Krähenhausen aber, die nahe genug an der Seite des Marchese saß, um hören zu können, was des letzteren Großmutter redete, kam ihrem Gatten zu Hilfe und erzählte in gewählten Worten, daß sie einen Sohn hätte, der Professor der Geschichte an der Universität ihrer Heimatprovinz sei und eine glänzende Laufbahn vermöge seiner noch um vieles glänzenderen Geistesgaben vor sich hätte. Er sei ja so schnell vom Privatdozenten zum außerordentlichen Professor befördert worden. „Wir erwarten unseren Wiwigenz in

den nächsten Tagen hier in Venedig. Er hat einen
außergewöhnlichen Urlaub zum Studium im Staats-
archiv erhalten," schloß sie mit einem Rundblick des
Triumphes.

„Wie sagten Sie, daß Ihr Herr Sohn heißt?" fragte
die Marchesa.

„Wi—wi—genz!" skandierte die stolze Mutter. „Es
ist ein alter, uralter Familienname."

„Oui, oui — un nom très vieux — kumm!" fiel
Herr v. Krähenhausen ein. „Tout mes ânes s'appellent
Wiwigenz."

Die arme Marchesa wußte wirklich nicht, ob sie sich
mehr darüber wundern sollte, daß ihr Gast so viele
Esel besaß, oder warum sie alle Wiwigenz heißen. Zum
Glück klärte seine Frau sie darüber auf, indem sie mit
einem vernichtenden Blick auf die arbeitenden Gesichts-
muskeln des anderen scharf und ohne Lächeln verkündigte,
ihr Mann habe natürlich ancêtres sagen wollen, was
auf deutsch „Ahnen" hieße — eine Erklärung, die nun
auch die Marchesa hart an den Rand einer unauslösch-
lichen Heiterkeit brachte.

Dank solchen wiederholten Zwischenfällen, der Unter-
haltungsgabe der überwiegenden Mehrzahl des kleinen
Kreises und dem echt germanischen Bedürfnisse Herrn
v. Krähenhausens, eine Rede halten zu müssen, in der
er seine Gastgeber leben ließ, verlief das Mahl recht
angeregt und heiter, besonders da der besagte Toast
grammatikalisch und wörtlich fehlerlos zum Ausbruch
kam, was jedem ohne weiteres die Vermutung auf-
drängte, daß sie von der besseren Hälfte des Paares
redigiert und von der stärkeren vorher auswendig gelernt und von der Gattin gründlich überhört worden war.

Im Hause Terraferma war die englische Sitte eingeführt worden, nach der die Damen die Tafel auf

ein Zeichen der Wirtin verlassen, während die Herren
bei einem Glase Wein zu einer Zigarette zurückbleiben,
was den Vorteil hat, daß die Gesellschaft in absehbarer
Zeit wieder vereint ist und das stärkere Geschlecht für
den Rest des Abends nicht durch seine Abwesenheit im
Rauchzimmer glänzt, wodurch der Zweck eines gemein-
samen Beisammenseins bei uns in Deutschland meist
hinfällig gemacht wird.

Die Marchesa erhob sich also mit einem einladenden
Rundblick auf ihre weiblichen Gäste, indem sie zu ihrem
Tischherrn: „Vous fûmez certainement, Monsieur?"
sagte.

„Oui, Madame," erwiderte Herr v. Krähenhausen
mit dröhnender Stimme, „je suis un grand fumier"*).

Die Marchesa mußte sich im ersten Schrecken über
dieses Geständnis noch einmal niedersetzen, erhob sich
aber schnell wieder und verließ, das Taschentuch vor
dem Munde und mit zuckenden Schultern, den Tisch
mit einer Eile, die auf ihre schwindende Selbstbeherr-
schung einen traurigen Schluß zuließ. In derselben
Verfassung folgten ihr die anderen Damen, deren
jüngerer Teil mit schlecht unterdrückten Lachkrämpfen
rang — ja selbst Frau v. Krähenhausen machte ein ganz
merkwürdiges Gesicht, als ob sie niesen wollte, und
ehe die Damen den Vorsaal gekreuzt und wieder im
Salon der Marchesa angelangt waren, hörten sie im
Speisesaal ein herzhaftes männliches Lachterzett er-
tönen, was darauf schließen ließ, daß Doktor Windmüller wahrscheinlich übernommen hatte, Herrn
v. Krähenhausen darüber aufzuklären, was er eigentlich gesagt hatte.

„Wenn mein Mann mehr Gelegenheit gehabt hätte,

---

*) fumier = Misthaufen; fumeur = Raucher.

die französische Sprache zu üben, so würden ihm solche
— hm — Verwechslungen nicht passieren," erklärte
Frau v. Krähenhausen scharf, als sie kaum auf dem
Sofa neben der Marchesa saß. „Wir leben — der
ungestörten Studien meines Mannes wegen — in
einer kleinen Stadt, in der das Interesse selbst der
höheren Kreise, in denen wir natürlich ausschließlich
verkehren, für fremde Sprachen ein sehr geringes ist.
Ich muß das mit größtem Bedauern eingestehen, um
so mehr, als sich in den Kreisen der Bourgeoisie ein ganz
unpassender Geist eingeschlichen hat und sogar ein Lese-
kränzchen existiert, in dem diese Leute klassische Dramen
mit verteilten Rollen lesen!"

Sie schloß diese etwas unklare Rede, die mit den
französischen Entgleisungen ihres Gatten eigentlich
nichts zu tun hatten, mit einem aristokratisch sein sollen-
den Zurücklehnen, indem sie ihre Hände so auf ihren
Schoß legte, daß man die Mandarinennägel daran in
ihrer vollen Glorie bewundern konnte.

(Fortsetzung folgt.)

Fahrende Leute.
Von Alex. Cormans.

Mit 8 Bildern. ♦

Die Zeiten sind vorüber, da unsere Phantasie das Leben der „fahrenden Leute" mit einem Schimmer geheimnisvoller Romantik umwob und da wir beim Anblick eines von müden Rossen gezogenen Gauklerwagens von der „Poesie der Landstraße" träumten. Wenn es für die, deren ruheloses Leben auf der Landstraße anfing und endete, eine solche Poesie jemals gegeben hat, so ist sie im Zeitalter der Eisenbahnen und der Automobile jedenfalls bis auf das letzte Restchen verloren gegangen.

Wie die liebe, trauliche Postkutsche mit dem gefühlvoll blasenden Schwager verschwunden ist, wie man statt des fröhlich wandernden Handwerksburschen nur noch dem landstreichenden Vagabunden begegnet, so schrumpft auch die Zahl der „Fahrenden" immer mehr zusammen, und unsere Urenkel werden von ihnen vielleicht nur noch als von einer Erscheinung vergangener Zeiten reden.

Ob dies unausbleibliche Aussterben des fahrenden Volkes zu bedauern oder als ein Kulturfortschritt zu begrüßen ist, mag dahingestellt bleiben. Wahrscheinlich wird die Mehrzahl der Beurteiler sich der letzteren Auffassung zuneigen, denn die besten Elemente sind es ja naturgemäß nicht, die ein unstetes und ungeregeltes Wanderleben der Seßhaftigkeit vorziehen.

In sonderlich gutem Rufe haben die „Fahrenden"
wohl niemals gestanden. Ihre ältesten Vorfahren vielleicht ausgenommen, als die wir die Barden, Harfen-
spieler und Volkssänger des frühen Mittelalters an-
sprechen müssen. Je mehr die wandernden Sänger

Der „Salonwagen" des Schaustellers.

und Musikanten zu unterhaltlichen Spaßmachern wurden, desto mehr schwand die Wertschätzung, die man
ihnen entgegengebracht, solange sie den Ehrgeiz gehabt
hatten, Dichter und Künstler zu sein. Unter die Sänger,
Erzähler und Spielleute mischten sich jetzt in immer
größerer Zahl die Gaukler und Taschenspieler, die mit

beſtem Erfolg auf die niedrigen und niedrigſten In-
ſtinkte ihres Publikums ſpekulierten.

Die Puppenſpiele und die halsbrecheriſchen gym-
naſtiſchen Kunſtſtücke bildeten das hauptſächlichſte Be-
tätigungsgebiet der fahrenden Leute, und je freudiger
man allerorten, in den einſam gelegenen Schlöſſern
wie in den Dörfern und den volkreichen Städten ihr
Erſcheinen begrüßte, je lebhafter man ihnen zujubelte,
deſto geringer wurde die Achtung, die man ihnen zollte.
Sie gehörten zu den „unehrlichen“ Leuten, die von
dem Schutz der Geſetze ebenſo ausgenommen waren
wie von den Segnungen der Kirche, obwohl ſeltſamer-
weiſe hie und da der Geiſtlichkeit geradezu die Pflicht
auferlegt war, den wandernden Gauklern Herberge und
Verpflegung zu gewähren. Das Sakrament aber durfte
ihnen nicht gereicht werden, und es war ihnen ſtrenge
verboten, ſich in die Tracht des freien Mannes zu
kleiden.

Als ſich nach den Kreuzzügen eine ganze Flut
arbeitſcheuer, aller Zucht und Ordnung entwachſener
Geſellen über die deutſchen Lande ergoß, gab es unter
den fahrenden Leuten zahlloſe Scholaren im bunteſten
Gemiſch mit Landsknechten, Söldnern und Zigeunern,
wodurch der ohnedies wenig angeſehene Stand vollends
der allgemeinen Verachtung anheimfiel.

Die Folge dieſes Ausgeſtoßenſeins war, daß ſie
nach möglichſtem Zuſammenſchluß untereinander ſtreb-
ten und in einer Art von karikierter Geheimbündelei
allerlei wunderliche Formen und Vereinbarungen ein-
führten, von denen wir hier nur das „Königtum der
fahrenden Leute im Elſaß“, das Pfeiferrecht und den
Pfeifertag zu Rappoltsweiler erwähnen wollen, bei
dem die Herren von Rappoltſtein als Pfeiferkönige dem
Pfeifergericht präſidierten.

Eine befonders harte Zeit für die Fahrenden war es, als man ihrer bisherigen Ungebundenheit mit allerlei drakonifchen polizeilichen Maßnahmen energifch zu Leibe ging. Während des Dreißigjährigen Krieges aber und nach feiner Beendigung wuchs ihre ftark zu-

Bei den Vorbereitungen für die Vorftellung.

fammengefchmolzene Zahl wieder ins Ungemeffene. Einzeln und truppweife durchzogen nicht nur Gymnaftiker, Tafchenfpieler, Komödianten und Bärenführer, fondern auch Alchimiften, Schatzgräber und Geifterbefchwörer das Land, und der Prozentfatz der ausgefprochen verbrecherifchen Elemente in diefer bunt zufammengewürfelten Gefellfchaft war naturgemäß nicht gering. Die obrigkeitliche Fürforge hat ja dann

während der folgenden Jahrhunderte diese gemein-
gefährlichen Beimischungen mehr oder weniger gründlich auszuscheiden gewußt, und die Seiltänzer, Gym-
nastiker, Kunstreiter und Schmierenkomödianten, die

Wandernde Korbflechter.

heute noch im Wohnwagen das Land durchziehen, um
in Dörfern oder kleinen Ortschaften ihre zweifelhaften
Künste zu produzieren, sind in der überwiegenden Mehrheit durchaus harmlose und ordentliche Leute.

Aber das Brot, das sie essen, wird immer härter.
Es sind eigentlich nur noch die kleinsten Siedlungen, in
denen sie auf ein dankbares Publikum rechnen dürfen,
und allerlei strenge polizeiliche Vorschriften, auf deren

Beobachtung die Gendarmerie ein ſehr ſcharfes Auge hat, verbittern ihnen überdies das Leben. Von irgendwelcher Poeſie oder Romantik iſt in ihrem kümmerlichen Daſein längſt keine Rede mehr; Not und Sorge um den kommenden Tag ſind beinahe jedem Gauklerwagen ſtändige Gefährten, und es geſchieht immer ſeltener, daß die nachwachſende Generation das Gewerbe der Eltern weiter betreibt. Wie die letzte mit Pferden

Das „Helm" des Keſſelflickers.

beſpannte Poſtkutſche, ſo wird in nicht ſehr ferner Zeit wohl auch der letzte grüngeſtrichene Wohnwagen einer wandernden Akrobatenfamilie zu einer Kurioſität geworden ſein.

Einem anderen „Stamme" des fahrenden Volkes
gehören außer den Hausierern, von denen hier nicht
weiter die Rede sein soll, weil sie zumeist nicht
die Landstraße, sondern die Eisenbahn für ihre ge-
schäftlichen Wanderungen benützen, jene Handar-
beiter an, die — um bei der Ausdrucksweise des
Gesetzbuches zu bleiben — ihr Gewerbe im Umherziehen betreiben.

Den Bewohnern der abseits größerer Verkehrswege
gelegenen Dörfer sind diese Korbflechter, Drahtbinder,
Kesselflicker und Schirmmacher noch immer nicht un-
willkommene Besucher, zumal die Entlohnung für
ihre Arbeiten zum guten Teil in Naturalien ent-
richtet werden kann, die den Bauern wenig oder gar
nichts kosten. Aber auch diesen Fahrenden ist die
neue Zeit mit ihrem Streben nach gesetzmäßiger Rege-
lung aller Verhältnisse nicht sehr freundlich gesinnt.
Die deutsche Gewerbeordnung schreibt für die Aus-
übung des Wandergewerbes nicht nur die Lösung eines
Legitimationsscheines oder Wandergewerbescheines vor,
sondern sie unterwirft sie auch mancherlei Beschrän-
kungen im Interesse der Gesundheit, Sicherheit und
Sittlichkeit. Der Wandergewerbeschein ist gewissen,
nicht ganz einwandfreien Personen unbedingt, anderen in der Regel zu versagen, und kann außerdem
unter bestimmten Voraussetzungen wieder zurück-
genommen werden. Eine Reihe von Waren und Ar-
beitsleistungen ist von diesem Gewerbebetrieb überhaupt von vornherein ausgeschlossen. Minderjährigen
kann die Beschränkung auferlegt werden, daß sie das
Gewerbe nicht nach Sonnenuntergang, und Minderjährigen weiblichen Geschlechts die weitere, daß sie es
nur auf öffentlichen Straßen, Wegen oder Plätzen,
nicht aber von Haus zu Haus betreiben dürfen. Die

Mitführung von Kindern unter vierzehn Jahren zu gewerblichen Zwecken ist verboten.

Durch diese und andere, ohne Zweifel sehr nützliche und notwendige Bestimmungen hat der Gewerbebetrieb im Umherziehen während der letzten Jahre in

Der fahrende Schirmmacher.

Deutschland bereits eine sehr starke Verminderung erfahren, während er in den österreichischen Ländern noch in ziemlich bedeutendem Umfange geübt wird.

Natürlich kann man nicht von fahrenden Leuten reden, ohne auch der Zigeuner zu gedenken, jenes eigenartigen und geheimnisvollen Wandervolkes, das sich im Verlaufe der letzten fünf Jahrhunderte über fast alle

Länder Europas verbreitet hat. Zwar hat die Sprach-
forschung ziemlich einwandfrei festgestellt, daß die
eigentliche Heimat der Zigeuner in Indien zu suchen
ist, aber wir sind über ihre Rassenzugehörigkeit noch
ebenso im Dunkeln wie über ihre Geschichte vor dem
ersten Erscheinen in Europa. Wahrscheinlich sind sie
als ein Mischvolk anzusehen, das man nur mit starkem
Vorbehalt zu den Ariern rechnen darf.

Die ersten Nachrichten über ihr Auftreten in Deutschland stammen aus dem Jahre 1417. Seitdem sind wir
sie nicht mehr losgeworden, wenn sie es auch bei uns
niemals zu so großer Kopfzahl gebracht haben wie in
Österreich, Ungarn oder Rumänien. Daß sie in keiner
Gegend Deutschlands zu den gern gesehenen Gästen
gehören, haben sie lediglich sich selber zuzuschreiben,
denn ihrer üblen Eigenschaften sind so viele, daß sie mit
gutem Grund als eine Landplage bezeichnet werden
dürfen. Auch wenn man sie von dem lange gehegten
Verdacht freisprechen darf, Liebhaber von Menschen-
fleisch und gewerbsmäßige Kindesräuber zu sein, bleibt
ihr Sündenregister noch immer lang genug.

Obwohl es ihnen weder an Intelligenz noch an
Geschicklichkeit zu mancherlei Handarbeit mangelt, gewinnen die umherziehenden Zigeuner ihren Lebens-
unterhalt doch am liebsten durch Betteln, Stehlen und
Betrügen. In der Kunst, den Aberglauben und die
Einfalt des Landvolkes auszunützen, sind sie unüber-
troffene Meister. Ihre Wahrsagekniffe, Beschwörungen
und namentlich ihre stets auf schamlose Ausbeutung
berechneten Wunderkuren an Mensch und Vieh be-
kunden zumeist eine so dreiste Spekulation auf die Leicht-
gläubigkeit ihrer bäuerlichen Opfer, daß man ihnen
eine eindringende Menschenkenntnis gewiß nicht ab-
sprechen darf.

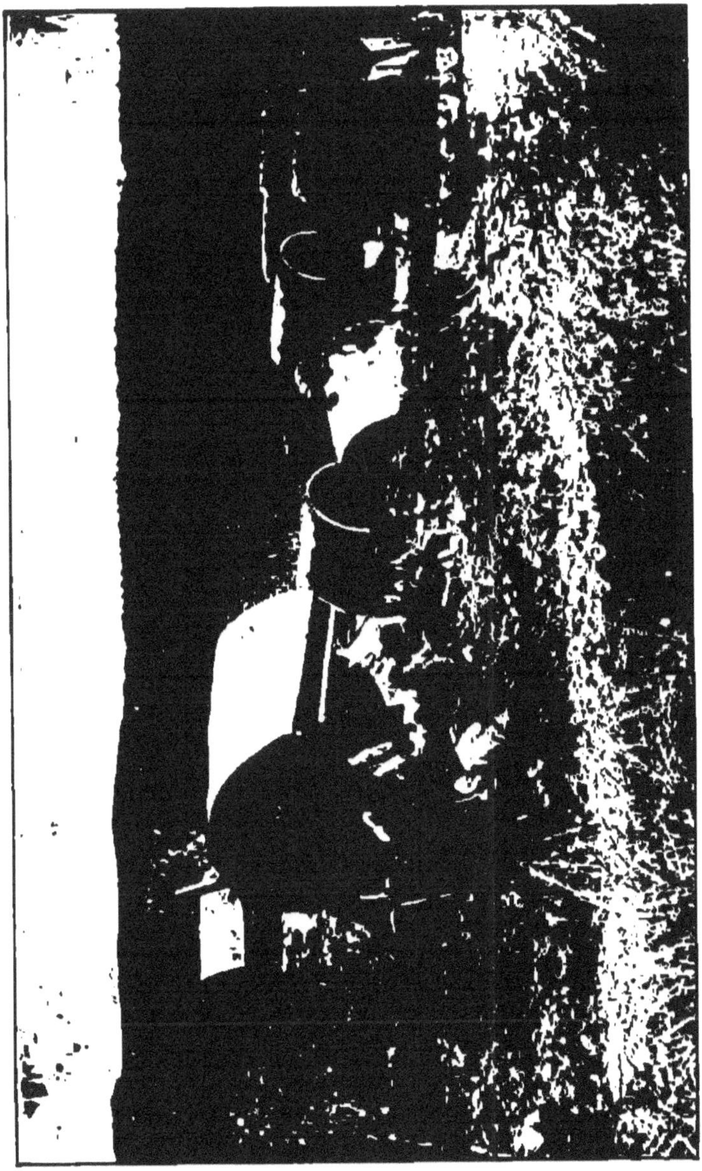

Die Wagenburg eines Zigeunerlagers.

Auf der anderen Seite aber werden ihre geistigen Fähigkeiten doch in der Regel weit überschätzt. Jeder

Besuch eines Zigeunerlagers muß uns vielmehr sofort
von dem erschreckenden Tiefstand ihrer Kultur überzeugen. Durch die oft geradezu bestechende Erscheinung der Männer und Kinder wie der jüngeren weiblichen Wesen darf man sich ebensowenig täuschen lassen

Familienidyll im Zigeunerlager.

wie durch ihre öfter zutage tretende künstlerische Veranlagung, namentlich für Musik und Tanz. Ihre
geistige Begabung äußert sich eben zumeist nur in jener
bereits erwähnten Verschlagenheit, und auch da, wo
es gelungen ist, sie teilweise seßhaft zu machen, wie in
Rumänien, Ungarn und Rußland, bedeuten sie einen

nichts weniger als nutzbringenden und erfreulichen Be-
völkerungszuwachs.

Mit wenigen Ausnahmen sind die Lebensgewohn-

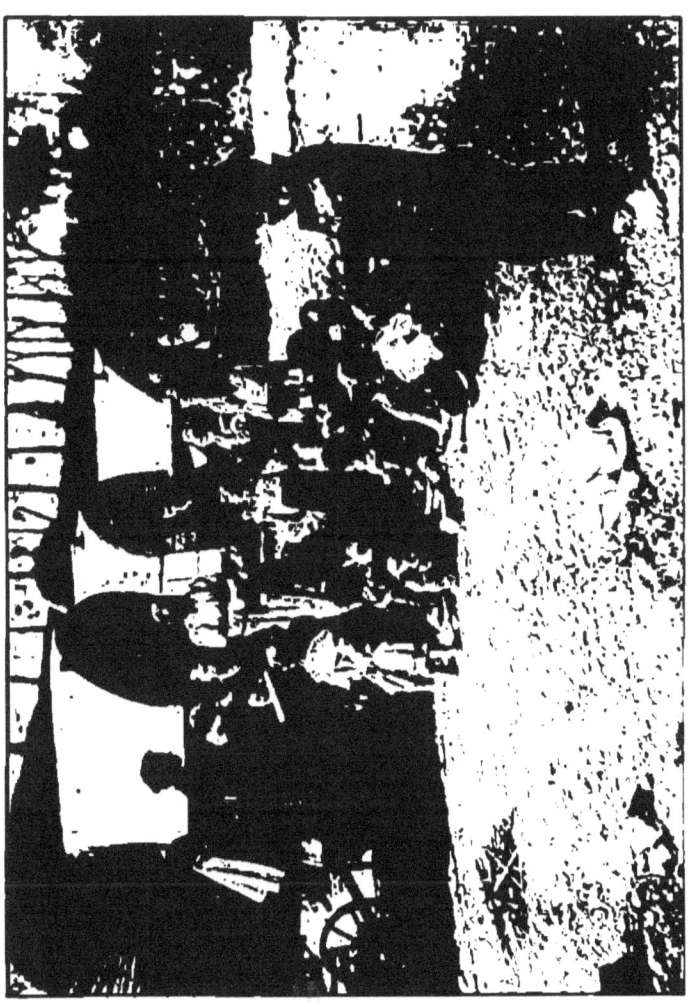

Zigeunernachwuchs.

heiten der wandernden Zigeuner heute wohl noch dieselben wie zur Zeit ihres ersten Erscheinens. In
Lumpen gekleidet, für die sie allerdings mit Vorliebe

recht schreiende Farben wählen, ziehen sie auf elenden
Wagen durch das Land, zufrieden mit der allereinfach-
sten Nahrung, sind aber leidenschaftliche Verehrer des
Alkohols und des Tabaks, der von beiden Geschlechtern
in gleichen Mengen konsumiert wird. Der in Lehm
gebackene Igel ist noch immer ihre Leibspeise, wenn-
gleich sie auch gestohlenes Geflügel und fettes Schweine-
fleisch keineswegs verschmähen.

In der Regel heiraten die Zigeuner sehr jung, und
der vielfach gegen sie erhobene Vorwurf der Sitten-
losigkeit ist einer von denen, die sie nicht verdienen. Sie
erfreuen sich gewöhnlich eines sehr reichen Kinder-
segens, und schon aus diesem Grunde ist nicht recht
erfindlich, weshalb sie auch noch auf den Raub fremder
Kinder ausgehen sollten. Die Frauen altern unver-
hältnismäßig früh und nehmen dann in auffallendem
Gegensatz zu ihrer einstigen Schönheit gewöhnlich ein
überaus abstoßendes, hexenhaftes Aussehen an. Aber
gerade das kommt ihnen als Wahrsagerinnen und
Wunderärztinnen bei den Landbewohnern vielfach zu-
statten, und sie wissen aus der schreckhaften Häßlichkeit
ihres Alters oft noch mehr Kapital zu schlagen als aus
der Anmut ihrer Jugend.

Während es früher sehr schwer, ja beinahe unmöglich
war, einen verbrecherischen Zigeuner, den man nicht
auf frischer Tat hatte festnehmen können, nachträglich
zu ermitteln und dingfest zu machen, ist neuerdings
durch die Schaffung einer sogenannten Zigeuner-
zentrale bei der Münchener Polizei ein sehr wirksames
Hilfsmittel zur nachdrücklichen Bekämpfung des Zi-
geunerunwesens gewonnen worden. Auf Grund des
hier gesammelten Materials ist es in jüngster Zeit
wiederholt gelungen, von wandernden Zigeunern be-
gangene Missetaten, unter denen es auch an Kapital-

verbrechen nicht gefehlt hat, zu gesetzlicher Sühne zu
bringen, und die Söhne des braunen Nomadenvolkes
verlieren auf deutschem Boden mehr und mehr jenes
Gefühl der Sicherheit, das ihnen bisher aus der
Schwierigkeit, ihre Personalien festzustellen, erwuchs.

Darauf ist es denn auch wohl zurückzuführen, daß
sich die Zahl der umherziehenden Einzelfamilien und
größeren Banden mehr und mehr verringert. Auf
großen Gebieten des Reiches, wie zum Beispiel in
Preußen, kommen sie einem nur noch höchst selten zu
Gesicht, und es ist anzunehmen, daß sich zur Freude der
Behörden und zum Vorteil der von einer häßlichen
Plage befreiten Landbevölkerung eines Tages auch der
letzte Zigeunerwagen gastlicheren Gefilden zugewendet
haben wird.

Die neue Präsidentin.

Eine heitere Wahlgeschichte von C. C. Weber.

In dem grüngetäfelten, von goldumfranſten elek-
trischen Deckenbirnen erleuchteten Vortragsſaal
des „Klubs der Eigenen" in Lake Foreſt, einem von
wohlhabenden Familien bewohnten Vorort Chicagos,
ſaßen gegen dreißig gewählt gekleidete Damen. Duf-
tiger Zigarettenrauch ſtieg aus ihren Reihen auf.
Jüngere mit friſchen Wangen und modiſchen Friſuren
wechſelten mit älteren ab, aus deren ſcharfen Zügen
Strenge und Entſchloſſenheit ſprachen. Alle blickten
geſpannt nach dem Rednerpult.

Auf ihm ſtand eine kleine, dürftige Geſtalt mit
bleichem, magerem Geſicht und grauen, ſtechenden
Augen. Sie reckte ſich angeſtrengt in die Höhe und hob
die Hand empor.

„Meine Damen," rief ſie mit erhobener Stimme,
„ich bin mit meinem Vortrag über die Ziele des Klubs
der Eigenen und die heutige Männertyrannei zu Ende.
Bevor ich aber dieſen Platz verlaſſe, werde ich das
Ergebnis meiner Betrachtungen in Leitſätzen zuſammen-
faſſen, die uns allen im Denken und Handeln als feſte
Richtſchnur zu dienen haben.

Erſter Leitſatz. Der Klub der Eigenen, das heißt
unſere Vereinigung von ſtarken, unbeeinflußbaren Per-
ſönlichkeiten eigener Prägung, hat ſich, wie die neuzeit-

liche Frauenwelt überhaupt, die Aufgabe gestellt, die würdelose Gewaltherrschaft der Männer zu brechen.

Zweiter Leitsatz. Der Klub der Eigenen erreicht für seinen Teil dieses Ziel dadurch, daß er sich körperlich durch Sport aller Art so stählt, daß er das morsche Männergeschlecht unnachahmbar überflügelt.

Dritter Leitsatz. Der Klub der Eigenen hat sich des dargelegten Zweckes wegen in alle Wissensgebiete einzuleben, damit die bisher männlich-rohen Wissenschaften geistig und weiblich veredelt werden.

Vierter Leitsatz. Die Angehörigen des Klubs der Eigenen haben danach zu trachten, den Männern in den verschiedenen Berufszweigen mitleidlose Konkurrenz und ihnen in ihren engen und befangenen Anschauungen grundsätzliche Opposition zu machen.

Fünfter Leitsatz. Alle Mitglieder des Klubs der Eigenen haben diese Grundsätze persönlich dadurch zu erhärten, daß sie dem verkommenen Männergeschlecht ihre Überlegenheit allzeit zum Ausdruck bringen."

Von dem Beifallsklatschen der Zuhörerinnen umrauscht, stieg die Rednerin nach einer gemessenen Verneigung die Stufen hinab.

Hinter dem langen, mit blauem Tuch überzogenen Diplomatentisch auf der rechten Seite erhob sich eine zarte, ältere Dame, der etwas Leidendes anhaftete. Sie warf einen unsicheren Blick auf die neben ihr sitzende Frau, die den energischen Kopf gesenkt hielt und hastig in dem Protokoll schrieb, und fragte: „Haben Sie die Leitsätze Miß Bunchs stenographiert, Mrs. Chatterer?"

„Ich bin sofort fertig, Miß Wood," antwortete die Sekretärin.

Miß Wood, die zweite Vorsitzende des Klubs, räusperte sich leise. „Verehrte Klubmitglieder! Der

vortreffliche, wohldurchdachte Vortrag unserer Miß
Bunch bot eine Fülle von Anregungen und hat die
Ziele unserer Bestrebungen und unser Verhältnis zu
der Männerwelt in mustergültiger Weise umrissen. Ich
spreche Miß Bunch meinen aufrichtigen Dank aus. Der
Beifall, den Sie dem Vortrag gespendet haben, beweist mir, daß Sie in seiner Bewertung mit mir einig
sind."

Ein zustimmendes Raunen ging durch die Versammlung.

„Aber nicht nur aus diesem Grunde," fuhr die
Rednerin fort, „habe ich das Wort ergriffen. Der
Kampf, den wir auszufechten haben, ist schwer. Wir
brauchen dazu viele Mitkämpferinnen. Je mehr sich
um unsere Fahnen scharen, desto leichter und schneller
werden wir siegen. Darum ermahne ich Sie: Werben
Sie eifrig, werben Sie unablässig für unseren Klub!

Die Zeit dazu ist gegenwärtig besonders günstig.
Miß Knight, unsere bisherige verdienstvolle Präsi-
dentin, hat ihren Wohnsitz nach Baltimore verlegt.
Infolgedessen steht unserem Klub in wenigen Tagen
ein hochwichtiger Akt bevor, die Wahl der neuen
Präsidentin.

Die Aufmerksamkeit von ganz Lake Forest wird
dabei auf uns gelenkt sein, und deshalb wird sich jetzt
für neue Werbungen die reichste Gelegenheit bieten.

In unserer Mitte selbst werden wir gewissenhaft
darüber zu Rate zu gehen haben, wer von uns zu diesem
verantwortungsvollen Amt berufen ist.

Ich weiß, es gibt unter uns mancherlei Strömungen
und Gegensätze. Die Parteien werden heftig aufein-
anderprallen, eine jede wird den Sieg an sich zu reißen
suchen. Gerade dieser Reibungen wegen halte ich es
für meine Pflicht, Sie zu einer ruhigen Prüfung aller

der Umstände, die bei der Neuwahl in Betracht zu ziehen sind, aufzufordern. Ich selbst kann die Arbeitslast, die die Geschäftsführung bedingt, nicht auf mich nehmen. Wohl aber wird sie von anderer Seite freudig geleistet werden."

Miß Wood sah auf die Sekretärin neben sich herab.

„Wir haben ein Mitglied, dessen Geeignetheit für das Amt einer Präsidentin durch jahrelange Mühewaltung gewährleistet ist."

Die Sekretärin Mrs. Chatterer blickte befriedigt zu Miß Wood auf. Ein Teil der Klubmitglieder nickte der zweiten Vorsitzenden zu.

„Ich schließe," begann Miß Wood nach einer kleinen Pause von neuem, „mit der dringenden Bitte: Geben Sie bei der Wahl Ihre Stimme zugunsten dieser vorzüglichen Kraft ab, damit unser Klub auch weiterhin grünt, blüht und Frucht bringt."

Damit war die Sitzung geschlossen. In lebhafter Unterhaltung verließen die Klubmitglieder den Vortragsaal.

Vor dem Klubhaus blieben zwei junge Damen noch einen Augenblick beieinander stehen.

„Die Strömungen und Gegensätze," sagte die eine lächelnd, „waren auf mich gemünzt. Morgen früh kommst du doch zum Bogenschießen zu mir, Daisy?"

„Bestimmt, Grace."

* * *

Das ausgedehnte Rasenviereck, auf dem sich die beiden Freundinnen, Grace Peyton und Daisy Lawrence, im Bogenschießen versuchten, gehörte zu dem Park, der die vornehme Villa von Graces Mutter umschloß. Grace Peytons Vater, einer der ersten Getreidehändler Chicagos, war seit drei Jahren verstorben.

Die Firma hatte John Ampthill übernommen. Mutter und Tochter wohnten nach dem Verkauf der großen städtischen Geschäftsbaulichkeiten ständig in der Villa. Graces Freundin, Daisy Lawrence, war Malerin und große Sportliebhaberin.

„Ich finde ihn anmaßend," sagte Grace Peyton, legte einen langen Teakholzpfeil auf ihren mannshohen Bogen, sprang einen Schritt vorwärts, so daß sich das weiße Sportkleid bauschte, und schnellte den Pfeil auf die lebensgroße Indianerscheibe ab, die unter einer breitästigen Buche aufgestellt war.

Zischend flog der Pfeil an der Schulter vorbei und bohrte sich in den Rasen des Parkes.

„Ich finde ihn im Gegenteil sehr nett," erwiderte Daisy Lawrence.

Grace sah die Freundin argwöhnisch von der Seite an. „Wirklich?"

„Gewiß. Er hat etwas unwillkürlich Gewinnendes in seinem Wesen."

Jetzt ergriff Daisy den Bogen, legte einen neuen Pfeil auf die Sehne, straffte sie und schoß. Der Pfeil drang dem Indianer in den rechten Arm.

„Ein guter Schuß!" lobte Grace. „Bist du vielleicht heimlich in ihn verliebt, Daisy?"

Daisy nestelte an ihrer Blusenschleife. „Mir gefällt vor allem seine geistreiche Schreibweise."

„Schreibweise? Ja, wen meinst du denn?"

„Den, von dem wir soeben sprachen — Edward Hearst."

Grace lachte belustigt auf. „Wir sprachen doch nicht von Edward Hearst, sondern von Reginald Wingfield. Den meinte nämlich ich."

„Nun, auch ihn nanntest du nicht im Ernst anmaßend. Im Gegenteil, du hast ihn gern."

„Was du nicht alles weißt! Nein, er ist mir zu
sehr Kraftmännchen und hat Anlage zum Haustyrannen.
Zunächst müßte er sich freundlicher zu unserem Klub
stellen, und jedenfalls wünsche ich, daß ich mich nie
von ihm behandeln zu lassen brauche."

„Seine Praxis ist schon einträglich genug, liebe
Grace. Besonders, wie du weißt, bei den unverheirateten
Damen. — Mich wundert übrigens, daß er noch nicht
vorbeigekommen ist. Er macht doch um diese Zeit seine
Krankenbesuche. Hübsch ist dieser Wingfield. Das
mußt du ihm zugestehen. Unser Klub wird aber auch
ohne sein Wohlwollen noch weiter wachsen."

„Zumal wenn ich zur Präsidentin gewählt
werde."

„Das ist ja doch nur eine Laune von dir, Grace.
Würdest du in den nächsten vier Jahren, in denen du
Präsidentin wärest, wirklich nicht heiraten wollen?"

Grace zeigte lachend die blanken Zähne. „Du denkst
stets an die letzte Konsequenz. Genau wie Edward
Hearst. Ihr beide paßt vortrefflich zusammen. Das
habe ich schon neulich in der Kunstausstellung beobachtet,
als er deine Bilder bewunderte. Er hat sie ja dann
auch im ‚Herald' als Meisterwerke gepriesen."

„Edward Hearst ist in seinen Besprechungen immer
sachlich. Andere Redakteure könnten sich an ihm ein
Beispiel nehmen. Hat er meine Bilder gelobt, so werden
sie es auch verdient haben."

„Liebe Daisy, ich freue mich aufrichtig über deine
Erfolge. Kränken wollte ich dich nicht. Also schließen
wir wieder Frieden!"

Grace Peyton prüfte eben die Straffheit der Bogen-
sehne und wählte aus dem Köcher, der an einen der
weißen Korbsessel lehnte, einen Pfeil aus.

Sie spannte den Bogen. Im Sonnenlicht blinkend,

schwirrte der Pfeil ab. „Ah, mitten ins Herz! So müßt' es auch Wingfield treffen!"

„Welch unbarmherziger Wunsch!" Über dem Eisengitter des Parkes erschien von der Straße her der Kopf eines hochgewachsenen Mannes.

Grace wandte sich überrascht um. „Ah, Sie selbst, Mr. Wingfield?"

„Mit allen Vorzügen und Fehlern. — Guten Morgen, meine Damen!" Der Arzt lüftete den Hut. Seine blauen Augen, die auf Grace gerichtet waren, strahlten. „Warum soll ich mitten ins Herz getroffen werden?"

„Weil Sie ein so abscheulicher Mensch sind."

„Sind Sie der gleichen Ansicht, Miß Lawrence?"

„Ich habe mir darüber noch kein festes Urteil gebildet."

„Ein desto bestimmteres aber über Mr. Hearst," fiel Grace lachend ein.

„Über meinen Freund Edward? Er ist doch einer der liebenswürdigsten Menschen in den Vereinigten Staaten."

„Ähnlicher Meinung ist Daisy," sagte Grace und trat an das Parkgitter heran. „Sie hat ihn eben für besonders geistvoll erklärt."

„Aber Grace!" wehrte Daisy ab, während ein helles Rot über ihr Gesicht huschte.

„Dann beruht die Wertschätzung auf Gegenseitigkeit," warf Wingfield heiter ein. „Edward Hearst ist Ihnen, Miß Lawrence, ehrlich zugetan," fuhr er mit Wärme fort. „Er findet Sie reizend und talentvoll. Ihre wohlwollende Gesinnung werde ich ihm nicht vorenthalten. — Wer wird übrigens," wandte er sich an Grace, „im Klub der Eigenen Präsidentin werden? Die Neuwahl steht doch vor der Tür!"

„Haben Sie vielleicht einen Vorschlag zu machen?"

fragte Grace, indem sie dem Arzt einen schelmischen
Blick zuwarf.

„Zunächst kommt wohl Mrs. Chatterer in Betracht.
Sie ist seit fünf Jahren Sekretärin Ihres Klubs. Oder
spüren Sie selbst das Verlangen, das hohe Amt zu
bekleiden?"

„Ja, gerade das möchte ich."

„Das sollten Sie lieber nicht."

„Sie hegen für unsere Bestrebungen natürlich keine
Sympathie!"

„Sie übertreiben. Nur das Überschreiten gewisser
Grenzen ist mir zuwider."

„Sie sind ein Pedant."

„Danke sehr. — Aber jetzt wünsche ich den Damen
gute Unterhaltung, ich muß mich leider empfehlen.
Auf mich wartet ein Kranker."

„Doch nicht Mr. Hearst?" rief Daisy übermütig.

„Nein. Er ist zwar leidend, aber sein Herzleiden
kann meine Kunst nicht kurieren."

Als Doktor Wingfield ihren Blicken entschwunden
war, kicherte Grace vergnügt vor sich hin. „Ich glaube,
er teilt wirklich Mr. Hearst deine Äußerungen über
ihn mit."

Daisy Lawrence wurde etwas verlegen, dann aber
rief sie: „Meinetwegen!"

*   *   *

Den von vollwipfligen Linden eingefaßten gelben
Kiesweg, der von der Villa zum Sportplatz hinführte,
schritten eine grauhaarige, mit einer lila Seidenrobe
bekleidete Dame und neben ihr ein rotbackiger, beleibter
Herr in tadellosem Pikeeanzug herab.

„Ich stehe völlig auf Ihrer Seite, Mr. Ampthill,"
sagte die Dame. „Ich würde es reizend finden, wenn

der Nachfolger in unserem Geschäft nun auch Nachfolger in unserer Familie würde. Aber Grace ist heikel, sehr heikel."

„Weiß ich," stieß John Ampthill kurz hervor.

„Sie müssen sehr diplomatisch zu Werke gehen."

„Werde ich."

„Sie hat zuweilen höchst eigentümliche Einfälle."

„Ich werde sie samt und sonders als die geistvollsten Offenbarungen bewundern. Was ich für mich darüber denke, steht auf einem anderen Blatt."

Grace sah ihre Mutter mit ihrem Begleiter die Lindenallee herabkommen. „Daisy, dort naht mein von Mam heimlich gewünschter Ehegemahl."

„Könntest du ihn tatsächlich heiraten?" ·

„So übel ist er ja nicht. Er wird auf jeden Fall ein sehr gefügiger Lebensgefährte. Aber heute kitzelt es mich, ihn einmal tüchtig aufzuziehen. Geh, bitte, auf meinen Scherz ein, Daisy."

„Meinst du, daß er dich nicht durchschaut? Ich halte Mr. Ampthill für einen sehr gerissenen Herrn."

„Er muß sich vor mir drehen wie ein Tanzbär, sonst —"

Mrs. Peyton und Mr. John Ampthill betraten den Sportplatz. Der Großhändler grüßte die beiden jungen Damen, die eben vor das Sprungbrett traten, verbindlich. „Wollen Sie einen Sprung ins Ungewisse wagen, Miß Grace?"

„Ins Ungewisse? Wieso?"

„Wissen Sie bestimmt, wo Sie landen werden?"

„Nein. Aber ich lande stets so, daß ich festen Grund und Boden unter den Füßen behalte."

„Das ist bei Ihrer Selbständigkeit selbstverständlich."

„Aber ich," mischte sich Mrs. Peyton in die Unterhaltung, indem sie sich in einem Korbsessel niederließ,

„habe unter dieſer ſelbſtverſtändlichen Selbſtändigkeit
recht oft zu leiden.“

„O Mam!“ rief Grace, eilte auf die Mutter zu
und umarmte ſie. „Ich komme doch immer deinen
Wünſchen nach.“

„Ja, ſolange ſie deinen eigenen Wünſchen nicht
widerſprechen.“

„Was ſind das für Wünſche?“ fragte Mr. Ampthill.
„Darf man nicht den einen oder den anderen erfahren?“

„Zunächſt möchte ich Präſidentin vom Klub der
Eigenen werden.“

„Eine ſchwierige Sache. Was bezwecken Sie damit?“

„Ich will meine Reformideen zur Verwirklichung
bringen.“

„Aber Grace,“ fiel Daiſy ein, „ſei nicht ſo grauſam!
Verrate doch Mr. Ampthill deine Zukunftspläne.“

„Es wäre mir wertvoll, Näheres darüber zu hören,“
ſagte der Großhändler mit Nachdruck.

Um Graces Lippen ſpielte ein übermütiges Lächeln.
„Zunächſt würde ich für eine Neutralkleidung eintreten.“

„Neutralkleidung? Was heißt das?“

„Eine Kleidung, die nicht ſofort das Geſchlecht kenn-
zeichnet.“

„Würdeſt du ſie wirklich ſogleich nach deiner Wahl
tragen?“ fragte Mrs. Peyton lachend.

„Du greifſt mir vor, Mam. Ich wollte dies eben
hinzufügen.“

„Sie kennen vielleicht,“ wandte ſich Ampthill an
die Malerin, „die Grundzüge der Zukunftskleidung?“

„Ja. Mir erſcheint ſie ſehr erwägenswert.“

„Und was wollen Sie damit erreichen, Miß Grace?“

„Es iſt lächerlich, daß man auf der Stelle aus der
Kleidung erſieht, ob man ein weibliches oder männ-

liches Wesen vor sich hat. Es trübt das Urteil über die einzelnen Personen und ihre Fähigkeiten. Dieser veraltete Fehler würde durch die Neutralkleidung beseitigt. Außerdem gibt es ja schon jetzt viele Weiber in Männerkleidung."

„Stimmt. Aber auch die Umkehrung ist häufig."

„Die ebenfalls."

„Ohne Zweifel haben Sie, Miß Grace," fuhr der Großhändler fort, „sich schon einen Weg zur allmählichen Einführung der Neutralkleidung ausgesonnen."

„Freilich. Würde ich zur Präsidentin des Klubs der Eigenen gewählt, so würde ich den Paragraphen in unsere Satzungen einfügen lassen: Alle unverheirateten Damen des Klubs verpflichten sich, daß sie bei der Verlobung ihrem Bräutigam den Schwur abverlangen, als Ehemann die Neutralkleidung anzulegen. — Würden Sie diese Bedingung annehmen, Mr. Ampthill?"

„Ohne die geringste Überwindung."

„Aber, lieber Freund," mahnte Mrs. Peyton, „wie können Sie gegen diesen Tollkopf nur so nachgiebig sein."

„Ich sehe Sie," versetzte Daisy launig, „schon leibhaftig in der schönen Neutralkleidung vor mir."

„Die mir sicherlich ausgezeichnet stehen wird. — Haben Sie," wandte er sich an Grace, „noch andere ebenso vortreffliche Reformideen?"

Grace blickte ihn zweifelnd an. Dann faßte sie sich. „Ja, eine der gewichtigeren wäre die, daß fortan den Frauen die Vermögensverwaltung eingeräumt und den Männern nur ein Taschengeld ausgezahlt wird."

„Nicht übel. Aber warum?"

„Bisher haben die Frauen in Abhängigkeit von ihren Männern gelebt. Die neue Epoche fordert zum Ausgleich gebieterisch, daß die Männer die Qualen

der pekuniären Unfreiheit an sich selbst verspüren
lernen."

„Sehr gerechtfertigt," stimmte er zu. „Die Auffassung hat vieles für sich. Indessen —"

„Oh," unterbrach ihn Grace, „ich habe noch eine
tiefere Begründung für meine Reformidee. Nach der
Ansicht der Männer sind alle Frauen Wesen, die zwar
zu den Erwachsenen zählen, sich aber stets nur von ihren
Gefühlen leiten lassen. Kühler Verstand und strenge
Logik sollen ihnen fehlen. Übernehmen aber die Frauen
die Vermögensverwaltung, so werden auch sie sich ruhige
Sachlichkeit und nüchterne Urteilskraft aneignen müssen.
Sie reifen demnach in ihrer geistigen Entwicklung, was
zum allgemeinen Fortschritt der Menschheit notwenbig
beitragen muß."

„Sehr überzeugend."

„Würden Sie bereit sein, Ihrer Frau die Vermögensverwaltung zu überlassen?"

„Sofort. Ich wäre glücklich, von dieser Last befreit
zu sein. Lernten doch dadurch die Frauen wenigstens
rechnen."

Grace beobachtete den Großhändler argwöhnisch,
aber sein Mienenspiel verriet nicht die leiseste Andeutung
von Spott. „Dieses und noch manches andere," fuhr
sie fort, „würde ich als Präsidentin durchzusetzen suchen."

„In den vier Jahren Ihrer Präsidentschaft könnten
Sie aber nicht heiraten. Wollen Sie so lange warten?"

„Das ist keine Vorschrift unseres Klubs, sondern nur
ein stillschweigender Brauch."

„Der jedoch bisher immer streng eingehalten worden
ist. Eine Abweichung werden die älteren Mitglieder
nicht erlauben. — Wenn Sie nun aber nicht gewählt
werden, was dann?"

„Oh, ich habe viele Anhängerinnen. Es muß nur

tüchtig für mich gearbeitet werden. Werde ich trotzdem nicht gewählt, so heirate ich auf der Stelle einen Eskimo."

Daisy Lawrence und Mrs. Peyton lachten laut auf.

„Wahrscheinlich weil diese Lebertranschlucker schon gewissermaßen eine Neutralkleidung besitzen," sagte Ampthill, ohne eine Miene zu verziehen.

„Sie haben einen ausgebreiteten Bekanntenkreis, Mr. Ampthill. Würden Sie unter den Damen, die zu unserem Klub gehören, für meine Wahl Propaganda machen?"

„Mit dem stärksten Hochdruck."

„Ich erwarte, daß Sie Wort halten."

„Aber wenn Sie nun, was ich nicht hoffe, nicht gewählt werden, würden Sie es dann nicht vorziehen, Ihre schöne Hand statt an einen fetttriefenden Eskimo an einen Landsmann zu verschenken?"

Grace verneigte sich scherzhaft. „Ah, eine versteckte Werbung! Denn der Landsmann, den Sie für mich in Aussicht zu nehmen belieben, sind doch sicher Sie selbst!"

„Ich hatte im Augenblick eigentlich nicht an mich gedacht."

„Eine rührende Uneigennützigkeit!" rief Daisy.

„Aber," fuhr der Großhändler fort, „wenn Sie sich für mich als Notbehelf entscheiden sollten, brauchen Sie keine Absage zu befürchten."

„Sehr gnädig!"

„Ich werde," sagte John Ampthill fest, „bei den Damen meiner Bekanntschaft, soweit sie zu Ihrem Klub zählen, und namentlich bei meiner Base Bentinck, alle Räder in Gang bringen, daß Sie gewählt werden. So weitreichenden Ideen, wie Sie sie im Sinn haben, muß jeder fortschrittlich denkende Mann die baldigste Ausführung wünschen."

„Ich hätte Ihnen eine solche Aufopferungsfähigkeit gar nicht zugetraut."

„Mein Mißgeschick ist es von jeher, verkannt zu werden."

„Nicht von allen, lieber Ampthill," wandte Mrs. Peyton ein. „Auch Grace wird Ihren Wert noch zu würdigen wissen. — Und nun," setzte sie hinzu, „leisten Sie wohl den Damen noch weiter Ihre liebenswürdige Gesellschaft. Ich muß jetzt in die Stadt fahren. — Oder wollen Sie sich mir anschließen?"

„Wenn Ihnen meine Begleitung willkommen ist, so bitte ich Sie, mich mit zur Stadt zu nehmen." John Ampthill reichte Grace und Daisy die Hand. „Ich empfehle mich, meine Damen. Ich bin durch unser Abkommen in einer vorzüglichen Stimmung."

* * *

„Sie wissen nun," begann Mrs. Peyton zu John Ampthill, während sie die Lindenallee nach der Villa zurückgingen, „wie Sie sich Graces Gunst gewinnen können. Ihr Bestreben muß sein, daß sie in der Wahl —"

„Unterliegt."

Mrs. Peyton blieb betroffen stehen. „Höre ich recht?"

„Durchaus. Ich werde mit allen Mitteln ihre Wahl hintertreiben."

„Aber Sie beteuerten ihr doch vorhin ausdrücklich, ihre Wahl fördern zu wollen? Wie soll ich mir diesen Widerspruch erklären, bester Ampthill?"

„Sehr einfach. Ich bin Geschäftsmann und nütze jederzeit die aussichtsreichste Konjunktur aus. Agitiere ich für Miß Grace, und sie wird gewählt, so ist sie mir zwar zu Dank verpflichtet, aber sie hat zugleich den besten Vorwand, mich noch vier Jahre zappeln zu lassen.

Sie wird sich darauf stützen, daß es ihr der Brauch verwehrt, sich als Präsidentin zu verheiraten. Agitiere ich aber im stillen gegen sie, während sie wähnt, daß ich für sie eintrete, und sie wird infolgedessen nicht gewählt, so wird sie mir für meine vermeintlichen Bemühungen ebenfalls Dank wissen. Sie steht aber dann unter dem Eindruck der Niederlage. Halte ich jetzt bei ihr an, so wird sie meine Werbung ohne langes Besinnen annehmen, um ihren Gegnerinnen zu zeigen, daß sie guter Dinge ist und sich von der Schlappe keineswegs getroffen fühlt. Wie ihre Gemütsverfassung sein wird, wenn sie durchgefallen ist, hat sie selbst durch den famosen Scherz mit dem Eskimomann angedeutet."

„Sie sind wirklich ein smarter Geschäftsmann," bemerkte Mrs. Peyton bewundernd. „Was gedenken Sie jetzt zu tun?"

„Heute über acht Tage ist die Wahl. Ich werde sofort meinen Feldzug gegen Miß Grace einleiten. Die Niederlage muß für sie so vernichtend sein, daß sie in die hellste Verzweiflung gerät. — Eine besondere Erhöhung der Mitgift," fügte er mit einem lustigen Augenzwinkern hinzu, „verlange ich indessen für diese Operation von Ihnen nicht."

Mrs. Peyton lächelte. „Sie sind ein edelmütiger Mensch."

„Nur das eine bedinge ich mir als selbstverständlich aus, daß Sie, wie scharf auch der Angriff sein mag, gegen Grace völliges Stillschweigen bewahren."

„Da wir Verbündete sind, wird kein Ton über meine Lippen kommen."

* * *

Doktor Reginald Wingfield hatte eben seine Patientenbesuche beendet und war in seinem Arbeitszimmer mit den Eintragungen in das Tagesjournal beschäftigt, als sich das Telephon meldete. Der Diener aus der Villa Peyton teilte mit, daß sich Miß Grace beim Springen den Fuß verletzt habe und um sein sofortiges Erscheinen bitte.

Der Arzt war ebenso erschrocken wie besorgt, während er sich zum Ausgang rüstete.

Grace Peyton lag bei seinem Eintritt in ihrem in zarten Rosatönen gehaltenen Boudoir mit schmerzlich verzogenem Gesicht auf der Chaiselongue und wandte sich erglühend ab, als er sich mit einem vorwurfsvollen Blick neben ihr niederließ.

„Wie haben Sie sich die Beschädigung zugezogen, Miß Grace?" fragte er mit warmem Ausdruck in der Stimme.

„Wir übten den Weitsprung. Plötzlich, als ich auf dem Boden ankam, fühlte ich im linken Fußgelenk einen heftigen Schmerz. Ich sank um, und für einen Augenblick schwand mir das Bewußtsein."

Wingfield untersuchte das stark geschwollene Gelenk. „Hm," sagte er, „ein Knochen ist nicht gebrochen. Es handelt sich um eine Verstauchung und Sehnenzerrung. Wir werden also kühlen müssen und eine Woche fein ruhig liegen."

„Eine ganze Woche?" fuhr Grace auf.

„Es kann auch noch etwas länger dauern. Ist das so schlimm?"

„Gewiß. Wie soll ich, wenn ich an das Zimmer gefesselt bin, für meine Wahl eintreten?"

„Ach ja, die Wahl! — Nun, Sie können sich ja auch schriftlich an die Damen wenden, von denen Sie glauben, daß sie Ihnen ihre Stimme geben."

„Schriftlich? Nein — niemals! Werde ich nicht gewählt, so halten sie mir zeitlebens meine Briefe vor, in denen ich sie um ihre Stimme bat."

„Ist das weibliche Geschlecht wirklich so kleinlich? Und gar unter den ‚Eigenen‘, die doch einen ganz modernen Frauentyp darstellen wollen, sollten sich derartig minderwertige Elemente vorfinden?"

„Sie werden anzüglich, Wingfield!"

„In dem Versuch, eine Bewegung auf ihren wahren Kern zu prüfen, kann nichts Verletzendes liegen. Die Mitglieder Ihres Klubs wollen sich doch sozusagen vermännlichen. Dann dürfen sie bei der gewünschten Gleichberechtigung nicht auf jede männliche Kritik die weibliche Empfindlichkeit herauskehren. Am wenigsten Sie als Kandidatin für das Präsidentinnenamt."

„Sehr offenherzig sind Sie. Wollen Sie vielleicht auch mein Seelenarzt werden?"

„Gern." Reginald Wingfield ergriff Graces Hand. „Aber ich befürchte leider, Sie sind schon zu sehr eine ‚Eigene‘."

„Die bin ich. Um so mehr, als Sie daran schuld sind, wenn ich nicht Präsidentin werde."

„Ich?"

„Haben Sie mich nicht soeben zu einer Woche Haft verurteilt? Und bei dieser Abgeschlossenheit soll ich für meine Wahl werben können?"

„Das tat nicht ich, sondern Ihr Fuß. Haben Sie denn keinen Stellvertreter, der für Sie auf den Stimmenfang ausgehen kann?"

Grace war im Begriff, die Unterhaltung mit John Ampthill zu erwähnen. Dann aber zuckte um ihre frischen Lippen ein verschmitztes Lächeln. „Wer sollte denn das sein?" fragte sie.

„Zum Beispiel ich."

„Ihnen sind doch die Bestrebungen unseres Klubs sehr wenig sympathisch?"

„Um Ihnen einen Wunsch zu erfüllen, könnte ich meine Antipathie schon unterdrücken."

Graces Schwarzaugen blitzten freudig auf. „Aber wenn ich wirklich durch Ihre Hilfe gewählt würde, was würden Sie dann als Lohn verlangen?"

„Nicht mehr und nicht weniger als das Gegenstück von dem, weshalb Sie mich hierhergerufen haben."

„Das Gegenstück? Ich verstehe Sie tatsächlich nicht."

„Nun, das Gegenstück zum Fuß ist doch die Hand."

Grace schloß die Augen. Ihre Stimme bebte, als sie sagte: „Sie wollen, ehrlich gesprochen, also wirklich meine Wahl durchzusetzen suchen?"

„Von Herzen gern."

„Sie sagten, die ‚Eigenen' hätten die Absicht, sich zu vermännlichen. Fürchten Sie nicht, wenn Sie sich in meinen Dienst stellen, sich zu verweiblichen?"

„Ich fürchte es nicht, ich ersehne es vielmehr. Bei wahrhafter Liebe soll sich das Weib dem Mann und der Mann sich dem Weib anähneln. Ihre Anschauungen müssen sich im Zusammenleben gegenseitig ausgleichen."

„Spott oder Ernst?"

„Wohlbedachtester Ernst."

„Ich betrachte unsere Unterhaltung als eine unverbindliche Erörterung. Denn nach der Wahl hätte ich, nicht nur sprichwörtlich, sondern auch ganz persönlich aufgefaßt, die Qual."

„Die Qual?" fragte Doktor Wingfield erblassend. „Es wäre Ihnen qualvoll, wenn ich —"

„Meine Worte," unterbrach ihn Grace, „haben einen anderen Sinn. Den Punkt, auf den Sie anspielen, wollen wir jetzt nicht berühren. Ich kann nur so viel bemerken: An dem Ergebnis der Wahl hat außer Ihnen noch eine zweite Person das größte Interesse."

Reginald Wingfield sprang auf. „Wer?"

„Mehr verrate ich nicht. Sie wissen jetzt, daß es ein Wettrennen gilt. Dem Sieger winkt der Preis. Die Klugheit erfordert es, daß Sie sich damit vertraut machen, vielleicht zu unterliegen."

„Das werde ich nicht."

„Überraschungen kommen oft vor."

„Dann wäre ich die längste Zeit in Lake Forest gewesen."

„Sie würden uns verlassen?"

„Wenn Sie mich verlassen — ja. Aber wozu das alles? Ich werde Ihre Wahl durchsetzen. Wenn ich nach dem Sieg vor Sie hintrete, Grace, hoffe ich Ihrer beglückenden Einwilligung sicher zu sein."

„Ich habe Sie schon einmal vor einer Enttäuschung gewarnt."

„Aber meine Liebe soll durch diese Warnung nicht mutlos werden. Ich bitte Sie nur um das eine, denken Sie immer daran, wie sehr ich Ihnen ergeben bin. Darf ich dies voraussetzen, Grace?"

„Ja."

„Ich danke Ihnen." Er verbeugte sich. „Meine Verordnungen werde ich Ihrer Zofe mitteilen und mich am Nachmittag nach Ihrem Befinden erkundigen."

Als sich die Tür hinter ihm geschlossen hatte, flüsterte Grace verträumt: „Wer von beiden wird es sein?"

*   *   *

John Ampthill stand im Privatkontor des Besitzers des „Lake Forest Herald", Sam Craig. Der kleine, zusammengeschrumpfte Mann, der vor seinem mit Zeitungen bepackten Schreibtisch in einem Ledersessel lehnte, hielt seine funkelnden Habichtsaugen unbeweglich auf den Besucher gerichtet.

„Also," sagte er bedächtig, „der kurze Sinn Ihrer

langen Rede, bester Ampthill, ist, mein Blatt soll sich
in die Wahlbewegung des Klubs der Eigenen ein-
mischen."

„Ja."

„Da wir uns jetzt über die Hauptfrage klar sind,
so können wir die Einzelfragen erörtern. Was ist Ihr
spezielles Verlangen?"

„Ich wünsche, daß Sie in Ihrer Zeitung die Wahl
Miß Grace Peytons zur Präsidentin der ‚Eigenen‘ mit
allen Daumenschrauben hintertreiben."

Der kleine Mr. Craig vergrub die Hände in den
Hosentaschen und dehnte sich behaglich auf seinem
Sessel. „Da steckt also der Pferdefuß. Ich schätze, Miß
Peyton ist mindestens zwei Millionen wert."

„Ihr Vermögen ist sogar noch um eine halbe Million
größer."

„Sie als Nachfolger im Geschäft ihres Vaters müssen
es wissen. Sie wollen diese Kleinigkeit durch die Heirat
einstreichen. Ich verstehe. Sind Sie der Neigung Miß
Peytons sicher?"

„Das lassen Sie meine Sorge sein. Ihr Feuilleton-
redakteur Hearst muß in kleinen Artikeln die Kandidatur
der Dame rücksichtslos lächerlich machen. Ich werde
Ihnen dafür einige schriftliche Unterlagen zuschicken,
bedinge mir aber aus, daß Hearst meinen Namen nicht
erfährt und überhaupt im unklaren bleibt, von wem
die Agitation gegen Miß Peyton ausgeht. Das muß
Geheimnis bleiben."

„Selbstverständlich."

„Dann muß beständig dieses oder jenes Mitglied
des Klubs als Kandidatin auf die Präsidentschaft empfohlen werden. Ein Viertel von den Vorschlägen hat
auf Miß Peyton zu entfallen. Es ist der Anschein zu
erwecken, als ob die Vorschläge von Mitgliedern des

Klubs gemacht werden, damit in den Köpfen der vermeintlich so verstandesklaren Wählerinnen —"

„Die erwünschte Verwirrung angerichtet wird."

„Das beabsichtige ich."

„Was werfen Sie für die Agitation aus?"

„Zu allerhöchst sechshundert Dollar."

„Dann lehne ich Ihren Auftrag ab. Das ist kein
Geschäft."

„Ich werde mir dann die Wahlaufrufe anderweitig
drucken lassen und sie an die Klubmitglieder verschiden."

Mr. Craig schmunzelte vergnügt. „Tun Sie das nur!
Ich aber werde meinem Redakteur Hearst den Auftrag
geben, geharnischte Artikel für die Wahl von Miß Peyton abzufeuern. Geben Sie fünfzehnhundert Dollar?"

„Höchstens tausend."

Mr. Sam Craig zog die Brauen zusammen. „Gut,"
sagte er, „bleiben wir einstweilen bei tausend. Wenn es
aber einige Hundert mehr kostet, sind Sie auch damit
einverstanden?"

„Nur ohne erpresserischen Gurgelbruck."

„Ich mache es erträglich."

„Die Mitgliederliste des Klubs besorge ich Ihnen
von meiner Base Bentnind. Auch die Notizen für den
ersten Artikel sende ich Ihnen sofort. Er muß noch im
heutigen Abendblatt erscheinen. Lassen Sie ihn kräftig
salzen."

„Wird besorgt. Miß Peyton werden die schönen
Augen davon tropfen, und den sonstigen Mitgliedern
des übergeschnappten Klubs sollen die Herzchen vor
Schadenfreude hüpfen."

＊　　＊　　＊

Wingfield war am Nachmittag zu einer Operation
nach auswärts gerufen worden. Gegen Abend suchte

er den Friendklub auf, in dem auch sein Freund Edward
Hearst regelmäßig die Abendstunden zu verbringen
pflegte.

Hearst saß im Lesezimmer und hatte den Tintenstift
in der Hand, um sich auf dem Schreibblock Notizen zu
machen, als sich Wingfield neben ihn niederließ.

„Ich habe eine Bitte an dich," sagte er beklommen.

„Da sie sich bei deiner Vermögenslage nicht auf
meinen Geldbeutel beziehen kann," versetzte der Redakteur lächelnd, „so werde ich sie gern anhören. Um
was handelt es sich?"

„Du sollst in die Wahl des Klubs der Eigenen eingreifen."

„Hm," machte Hearst und strich sich den braunen
Spitzbart, „welche von den Wahldamen soll ich denn
mit Druckerschwärze abkonterfeien?"

„Miß Peyton."

„Wen?"

„Miß Grace Peyton."

„Ist schon besorgt." Hearst ging zu dem Zeitungs-
ständer und reichte Wingfield das Abendblatt. „Hier,"
bewundere mein Witzfeuerwerk und danke mir für die
im voraus verwirklichte Erfüllung deines Herzens-
wunsches."

Wingfield hatte kaum die ersten Zeilen überflogen,
als er erschrocken ausrief: „Um Gottes willen, Edward!"
Je weiter er las, desto mehr zitterte die Zeitung in
seiner Hand. Fassungslos legte er das Blatt fort.
„Edward, du konntest nichts Ärgeres tun, als diesen
Artikel verfassen. Ich glaube seit heute, daß mir Grace
zugetan ist, und deshalb sollst du nicht gegen, sondern
für ihre Wahl schreiben."

Edward Hearst klopfte erregt mit den Fingern auf
den Tisch, während er zuhörte. Er seufzte tief auf,

als er erwiderte: „Auf meine Beihilfe mußt du verzichten, lieber Reginald. Es ist gräßlich, aber ich kann
nicht anders. Ich habe sogar, wie Mister Craig an-
geordnet hat, noch mehrere Artikel gegen die Wahl
beiner Auserkorenen loszulassen.“

„Wie kommt Mr. Craig dazu? Was kann ihn —“

„Zweifellos,“ unterbrach Hearst seinen Freund, „ein
Auftrag von einer ebenfalls an der Wahl interessierten
Männlichkeit, die ihm dafür Golddollars in die hohle
Tasche stopft.“

„Du meinst, ein Mann steckt dahinter?“ fragte Wingfield aufblickend. „Wer könnte das sein?“

„Habe keine Ahnung davon.“

„Und du kannst mir keinen Wink erteilen, wie ich
meine Absicht erreiche? Edward, bedenke, was für mich
in Frage steht!“

Hearst zündete sich eine Zigarette an und überlegte.
„Man müßte sich,“ sagte er nach einer Pause, „in die
Stimmung der Wählerinnen hineinversetzen können,
um darin eine Handhabe zu finden, durch die man sie
in der gewollten Weise leiten und lenken kann. Zunächst aber werde ich den guten Mann auszukund-
schaften suchen, der den Feldzug gegen Miß Grace
bestellt hat. Vielleicht öffnet sich dann ein Durchblick
durch dieses dunkle Wahldickicht. Mehr kann ich beim
besten Willen leider für dich nicht tun, lieber Reginald.“

*   *   *

Um die Mittagstunde des nächsten Tages fuhr John
Ampthill bei Mrs. Chatterer vor. Die am Ende der
Dreißiger stehende Dame, die seit vier Jahren Witwe
war, empfing den Großhändler mit bestrickender Lie-
benswürdigkeit.

„Mrs. Chatterer,“ begann Ampthill, nachdem er

sich niedergelassen hatte, „ich weiß durch meine Base
Violet Bentninck, daß der Klub der Eigenen den Wunsch
hegt, einen Fechtsaal zu besitzen."

„Gewiß. Aber leider —"

„Leider fehlte bisher die Summe zur Anschaffung
der Waffen. Ich bin bereit, dem Klub diese Summe
zur Verfügung zu stellen."

Mrs. Chatterers Augen strahlten vor Freude.

„Ich denke, tausend Dollar werden für den Zweck
ausreichen. Aber ich knüpfe an die Schenkung zwei
Bedingungen. Ich will nicht, daß mein Name genannt wird, vielmehr sollen Sie selbst als Stifterin erscheinen —"

„Ich?"

„Ja, Sie, Mrs. Chatterer. Aus folgendem Grund.
Sie als die langjährige Sekretärin haben das wohl-
begründete Anrecht, zur Präsidentin gewählt zu werden.
Sie werden dieses ehrenvolle Ziel desto leichter erreichen, wenn Sie sich die Mitglieder des Klubs durch
eine hochherzige Schenkung in besonderem Maße verpflichten. Aber die Mitteilung, daß Sie dem Klub die
Ausrüstung für einen Fechtsaal schenken wollen, darf
erst in der Wahlversammlung erfolgen. Das ist meine
zweite Bedingung."

„Warum, Mr. Ampthill?"

„Weil die Wirkung desto nachdrücklicher sein wird."

„Allerdings. Aber warum begünstigen Sie gerade
meine Wahl?"

John Ampthill reckte sich auf. „Aus persönlicher
Sympathie. Sodann auch, weil die höchst lobenswerten
Bestrebungen Ihres Klubs in wirre Phantastereien
ausarten werden, wenn gewisse Strudelköpfe an das
Steuer gelangen. Bei einer derartigen Vereinigung
ist als Leiterin eine in sich gefestigte Persönlichkeit nötig."

Mrs. Chatterer lächelte geschmeichelt. „Spielten Sie mit den Strudelköpfen auf Miß Peyton an?"

„Keineswegs. Ich sprach ganz im allgemeinen. Ob Miß Peyton oder eine andere gleich unklare junge Dame als Gegenkandidatin gegen Sie aufgestellt wird, ist für mich höchst belanglos. Ich will nur nicht, daß die ideale Tendenz Ihres Klubs, von der ich mir eine Verfeinerung der menschlichen Gesellschaftsformen versprechе, durch Unbedachtheiten kritikloser Geister Abbruch erleidet."

„Wundervoll gesagt!" Mrs. Chatterer sah Ampthill mit einem schmelzenden Blick an. „Andere Leute denken nicht so uneigennützig wie Sie."

„Zum Beispiel?"

„Vor einer halben Stunde besuchte mich Miß Bunch. Sie ist ein bedauernswertes, verkrüppeltes Geschöpf, aber eines der eifrigsten Mitglieder unseres Klubs. Sie erzählte mir, daß Sie heute morgen von einem Herrn angegangen worden sei, tüchtig für die Wahl Miß Peytons zu arbeiten."

„Wer war der Herr?"

„Doktor Wingfield."

„Wingfield?" Der Großhändler preßte die schmalen Lippen zusammen. „Er behandelt Miß Peyton — ist ein Schwarmgeist, der sich lieber um seine Patienten kümmern sollte."

„Glauben Sie nicht, daß er einen besonderen Beweggrund haben könnte? Ich habe nämlich gehört, daß er Miß Peyton verehrt. Könnte er sich nicht durch seine Agitation ihre Zuneigung erringen wollen?"

Ampthill runzelte die Stirn. Dann sagte er hart: „Dazu hat er so wenig Aussichten wie ein Nigger, der sich mit Milch weißwaschen will."

Mrs. Chatterer lachte hell auf. „Sehr gut! — Ich

werde mir also Ihr Anerbieten überlegen. Es ist —
Sie werden es mir nachfühlen — heikel für eine alleinstehende Dame, von einem Herrn einen größeren Geld-
betrag anzunehmen, auch wenn er ihr für einen bestimmten Zweck übergeben wird. Es entstehen leicht
üble Redereien. Ich muß diese Gefahr aus Rücksicht
auf meinen Ruf vermeiden."

„Gewiß," versetzte John Ampthill und strich seine
Handschuhe glatt.

„Um so mehr," fuhr Mrs. Chatterer fort, „als
Doktor Wingfield durch irgendeinen Zufall unsere Ver-
abredung erfahren und sie zu seinem Vorteil ausnützen könnte."

„Möglich ist es, doch nicht wahrscheinlich. Übrigens
ist mir während Ihrer Darlegung noch ein Gedanke
gekommen. Wenn Doktor Wingfield aus einer eigen-
nützigen Absicht die Wahl Miß Peytons betreibt, so
lege ich jetzt um so mehr Gewicht darauf, daß sie nicht
gewählt wird. Natürlich mache ich Ihnen diese Er-
öffnung ganz vertraulich. Ich biete Ihnen noch weitere
tausend Dollar an."

„Soll diese Summe zur Agitation verwendet
werden?"

„Sie kommen meiner Absicht entgegen. Zu Ihrem
Klub zählen verschiedene bedürftige Damen. Es wird
für Sie Stimmung machen, wenn Sie diese in diskreter
Weise unterstützen. Wie es im Einzelfall zu geschehen
hat, überlasse ich Ihrem Takt. Miß Bunch beispiels-
weise, die Sie vorhin erwähnten, wird Ihnen sehr
dankbar sein, wenn Sie ihr bei ihrer Kränklichkeit die
Mittel gewähren, ihre Gesundheit im Seebad zu stärken.
Ähnliche Gefälligkeiten werden Sie noch anderen Damen
erweisen können. Von Stimmenkauf soll dabei selbstverständlich keine Rede sein."

„Nein — nein!“ wehrte Mrs. Chatterer entrüstet
ab, „unerlaubte Dinge verabscheue ich.“

Ampthill erhob sich. „Wir sind also einig. Sie
können, Mrs. Chatterer, die genannten Summen sofort bei meiner Kasse erheben, sobald Sie über mein
Anerbieten schlüssig geworden sind. Teilen Sie mir,
bitte, Ihren Bescheid recht bald mit.“

Als der Großhändler gegangen war, huschte über
das Gesicht der Witwe ein triumphierendes Lächeln.
„Der könnte ein Mann für mich werden!“ murmelte sie.

*   *   *

An das Zimmer gefesselt und gar zur völligen Un-
tätigkeit verurteilt zu sein, war für Grace Peytons
Lebhaftigkeit eine harte Qual. Verdrossen klappte sie
den Roman zu, von dem sie einige Seiten durchflogen
hatte, und griff nach dem Abendblatt des „Lake Forest
Herald“, das neben ihr auf einem Tischchen lag. Sie
entfaltete die Zeitung. Plötzlich stutzte sie. Starr
haftete ihr Blick auf einer Plauderei, der die Spitz-
marke vorgesetzt war „Phantasie einer Präsidentin“.
Während sie der Zorn bald erröten, der Schreck bald
erblassen ließ, las sie: „Die Vereinigten Staaten werden
in Kürze durch einen echt neuweltlichen Fortschritt beglückt werden. Das längst prophezeite dritte Geschlecht
ist im Anmarsch. Die Geburtsstätte dieser Neubildung
wird unser Lake Forest sein. Wolkenkratzerhohe Be-
rühmtheit in den Annalen der menschlichen und gesell-
schaftlichen Entwicklungsgeschichte ist ihm unvergänglich
gewährt. Zwischen Mann und Weib wird sich in rascher
Vermehrung das Mannweib und der Weibmann ein-
schieben. Die geistige Stammmutter der phänomenalen
Höhenmenschen ist die künftige Präsidentin des Klubs
der Eigenen, Miß Grace Peyton.“ Der Artikel machte

dann die Reformidee der Neutralkleidung mit ätzendem
Witz lächerlich und schloß mit den spöttischen Worten:
„Wenn wir eine Überzeugung haben, so ist es die, daß
bei dieser weltumwälzenden genialen Absicht alle Mitglieder des hochgeschätzten Frauenklubs verzückt rufen
werden: ‚Wir wählen zur Präsidentin Miß Peyton,
die bisher verdunkelte Leuchte der Vereinigten Staaten,
die Eva des kommenden Menschheitsparadieses.‘“

Grace Peyton traten die Tränen in die Augen.
Sie zerknitterte die Zeitung und schleuderte sie empört
von sich. Sie war eben im Begriff, ihrer Zofe zu
klingeln, als Daisy eintrat.

„Hast du den schändlichen Zeitungsartikel gelesen,
Daisy?“ rief Grace der Freundin entgegen. „Ich wollte
dich eben durch das Telephon zu mir herbitten.“

„Ich las ihn schon gestern abend. Deshalb besuche
ich dich ja.“

„Ist das nicht eine furchtbare Blamage für mich?“

„Angenehm ist es nicht, zur Zielscheibe des Spottes
gemacht zu werden, aber im Wahlgetriebe darf man
nicht empfindlich sein.“

Den Vorstellungen Daisys gelang es endlich, die
Freundin zu beruhigen. Desto begieriger aber zeigte
sie sich, den Urheber des Zeitungsangriffes in Erfahrung
zu bringen.

„Hearst,“ rief sie, „ist ein anständiger Charakter.
Ich kann mir nicht denken, daß er aus eigenem Antrieb
in solcher Weise gegen mich vorgeht. Er muß von
irgend jemand dazu angestiftet worden sein.“

„Da du durch deinen Fuß behindert bist, ihn aufzusuchen, werde ich es für dich tun!“

„Du willst ihn —“

„Ja. Du hast ja behauptet, er und ich paßten so
vortrefflich zueinander,“ erwiderte lächelnd die Malerin.

„Darum werde ich mich auch vortrefflich dazu eignen, ihn auszuforschen."

„Wie lieb von dir, Daisy!"

*   *   *

„Miß Lawrence, Sie sind's?" rief Edward Hearst erstaunt aus, als er sie eintreten sah, sprang von seinem Redaktionssessel auf, stürzte nach dem Kleiderhaken und zog den Rock über die Hemdärmel.

„Ich komme wegen des Wahlartikels, oder richtiger ausgedrückt, ich will von Ihnen wissen, von wem Sie die Unterlagen zu dem Artikel erhalten haben. Grace Peyton ist über ihn aufs höchste erregt. Sie hat scherzweise tatsächlich von der Idee der Neutralkleidung gesprochen. Also muß Ihnen der Stoff von einer Zwischenperson zugetragen worden sein."

„Die Notizen habe ich von meinem Chef empfangen, den Hintermann kenne ich nicht. Wer war denn zugegen, als Miß Peyton ihren Reformplan auskramte?"

„Außer mir nur noch Mr. Ampthill?"

Hearst pfiff durch die Zähne. „Mr. John Ampthill? Sollte da der Krebs im Loch stecken?"

„Aber der schwärmte doch förmlich für Graces Reformideen und versprach, ihre Wahl in seinen Bekanntenkreisen energisch zu unterstützen."

„Der auch?"

„Kennen Sie jemand, der es noch will?"

„Reginald Wingfield. Er erzählte es mir gestern abend in unserem Klub."

„Nun, Mr. Ampthill kann aber unmöglich der Urheber der häßlichen Agitation gegen Graces Wahl sein."

„Warum nicht? Ampthill ist Börsenspekulant, und hier obendrein auf Miß Peytons Börse. Ich habe

gehört, daß er gestern Mr. Craig mit seiner Gegenwart beehrt hat. Dazu kommt, daß er Kenntnis von
Miß Peytons sogenannten Reformideen hat und angeblich ihre Wahl fördern will. Ampthill ist ein Galgen-
strick. Er liebt die krummen Wege. Täuscht mich nicht
alles, so haben wir den Fuchs im Eisen."

Daisy Lawrence sprang von ihrem Stuhl auf. „Eine
größere Infamie wäre nicht denkbar! Ich werde Ihre
Vermutung sofort Grace berichten."

„Das wäre das Verkehrteste, was Sie tun könnten,
Miß Daisy. Ich rate Ihnen vielmehr, teilen Sie Miß
Peyton ja nicht mit, daß der Sturmlauf gegen Ihre
Wahl vermutlich von Mr. Ampthill ausgeht. Miß
Peyton dürfte in ihrer Erregtheit Ampthill ins Gesicht
springen — natürlich nur bildlich gesprochen — und
diese vorzeitige Attacke könnte er bei seiner Gerieben-
heit vielleicht noch zu seinem Vorteil ausnützen. Ich
brauche wohl kaum zu versichern, daß ich meinem Freund
Wingfield den besten Erfolg wünsche. Ob ich ihm
irgendwie werde beistehen können, weiß ich aber noch
nicht. Läßt sich gegen Ampthill überhaupt eine Konter-
mine legen, so darf sie erst im letzten Augenblick auf-
fliegen. Wollen Sie mir versprechen, Ihr Plauder-
mündchen hermetisch zu schließen?"

„Wenn wir dadurch Mr. Ampthills Absichten lahm-
legen, gern. — Wir Frauen," setzte sie lächelnd hinzu,
indem sie sich zum Gehen anschickte, „tun am liebsten
das, wodurch wir die Pläne der Männer durchkreuzen."

Edward Hearst begleitete sie zur Tür. „Auch in
Herzensangelegenheiten?" fragte er.

„Das hängt vom Gebaren des Mannes ab. Herren-
menschen sind uns ‚Eigenen‘ unerträglich. Wenn wir
unter eines Mannes Machtwillen gebeugt werden sollen,
rebellieren wir am heftigsten."

„Ich werde aus diesem Wink die Nutzanwendung ziehen und mich Ihnen gegenüber, Miß Daisy, stets der größten Fügsamkeit befleißigen."

„Das soll mich freuen."

Als Hearst am Schreibtisch Platz genommen hatte, sann er angestrengt nach. Er fingerte gedankenvertieft auf der Schreibmappe herum. Plötzlich blitzte es in seinen Augen auf. Er schlug mit der Hand auf die Tischplatte und schrie: „Wingfield, ich glaube, ich kann dir unter die Arme greifen!"

Als er am Abend mit Wingfield im Friendklub zusammentraf, sagte er zu ihm: „Du mußt mit Daisy Lawrence wetten!"

„Wetten? Warum?"

„Hier hocken zu viele Horcher herum. Komm mit in die Bibliothek. Dort werde ich dich einweihen." —

Reginald Wingfields Mienen strahlten, als er nach zehn Minuten mit Hearst wieder das Gesellschaftszimmer betrat. „Du bist ein Genie," sagte er warm. „Wenn ich überhaupt Miß Peyton zum Sieg verhelfen kann, so ist es nur durch deinen Einfall möglich."

„Hoffen wir das Beste. Ob die Entrüstung der Wahldamen zu einem Sturm anschwillt, der dich ans Ziel treibt, ist noch recht fraglich. Zunächst erwähne also zu deinen Patientinnen, daß dir die Kandidatur Miß Peytons mißfällt. Sie werden deine feindselige Gesinnung postwendend weiter erzählen."

Am nächsten Vormittag telephonierte Reginald Wingfield an Hearst: „Ich habe die Wette mit Miß Lawrence abgeschlossen und ihr die nötigen Weisungen erteilt. Sie wird tiefstes Stillschweigen bewahren."

* * *

John Ampthill entfaltete einen nach Heliotrop
duftenden Brief, den ihm einer seiner Angestellten
kurz vor Geschäftschluß in das Privatkontor gebracht
hatte. Sein Blick flog auf die Unterschrift. „Ah, von
Mrs. Chatterer!" murmelte er. Der Brief lautete:
„Bester Mr. Ampthill!

Nach reiflicher Überlegung bin ich bereit, Ihnen
Gehör zu schenken. Doch als alleinstehende Dame muß
ich, wie schon bemerkt, aufs sorgfältigste alle Möglichkeiten in Betracht ziehen, die meine Ehre zu verun-
glimpfen imstande sind.

Nach unserer persönlichen Aussprache handelt es sich
nur noch um eine Formalität, aber um so eher erwarte
ich, daß Sie mir den beifolgenden Revers mit Ihrer
Unterschrift versehen zurücksenden.

Ganz die Ihre

Kathleen Chatterer."

Auf dem beigelegten Blatt standen die Worte:
„Hierdurch versichere ich, daß ich mit dem Antrag, den
ich Mrs. Kathleen Chatterer mündlich gemacht habe,
die ehrlichsten Absichten verbinde, und ich verpflichte
mich für alle Schädigungen, die dadurch ihrem Ruf
erwachsen könnten, nach jeder Richtung hin einzustehen."

Ampthill griff zur Feder. Während er unterschrieb,
umzuckte seinen Mund ein höhnisches Lächeln, und er
knurrte: „Alberne Truthenne!"

*   *   *

Die Mittwochausgabe des „Lake Forest Herald"
brachte einen Artikel „Die Finanzreform der künftigen
Präsidentin", in dem über die Auszahlung eines Taschen-
geldes an die Verlobten und Ehemänner der ‚Eigenen'
gespöttelt wurde, die Donnerstagausgabe eine Plau-
berei „Die Berufung Miß Peytons nach China", in

der ausgeführt wurde, daß die chinesische Regierung
die Absicht hege, sie zur Reformierung des chinesischen
Frauenlebens und zur Einführung der Normalkleidung
nach Peking zu berufen.

In derselben Nummer erschienen schreiende Wahl-
vorschläge, die Mrs. Chatterer, Grace und ein halbes
Dutzend andere Klubdamen als Präsidentinnen empfahlen. In den Straßen von Lake Forest wurden gleichzeitig Riesenplakate mit ähnlichen Wahlaufrufen an-
geschlagen.

Am Donnerstagnachmittag besuchte Ampthill die
Villa Peyton, um sich nach Graces Befinden zu erkundigen. Mrs. Peyton war nicht anwesend. Grace,
die auf einem Rollstuhl im Empfangszimmer saß, befahl erfreut dem anmeldenden Diener, den Besucher
vorzulassen. Der Großhändler sprach mit einem breiten
Wortschwall sein aufrichtiges Bedauern über den lei-
digen Unfall aus und war überglücklich, als er von der
fortschreitenden Besserung vernahm. „Ihre vortreffliche Laune, Miß Peyton," schloß er, „haben Sie sich,
wie ich zu meiner Zufriedenheit sehe, trotz des ärger-
lichen Mißgeschicks gerettet."

„Auch trotz des Ärgers, den mir wenigstens anfänglich die Artikel im ‚Herald‘ bereiteten. Jetzt bin ich
aber darüber hinweg und betrachte sie von der spaß-
haften Seite. Nur das eine möchte ich herausbekommen,
wer die Preßfehde gegen mich angezettelt hat."

„Darüber bin ich einigermaßen unterrichtet. Ich
habe Craig angezapft. Aus einer Bemerkung, die ihm
wider Willen entschlüpfte, schließe ich — —" Er stockte.
„Soll ich weiter sprechen, Miß Grace?" fragte er dann
mit bewegter Stimme.

„Warum nicht, Mr. Ampthill?"

„Weil ich Ihnen nicht wehe tun möchte."

„Wehe tun? Mir?" Grace sah ihn überrascht an.
„Erzählen Sie, bitte, nur weiter! Was folgern Sie
aus Mr. Craigs Bemerkungen?"

„Daß der Urheber der Zeitungsnotizen eine Persönlichkeit ist, die in Ihrem Hause verkehrt und Ihr
vollstes Vertrauen besitzt."

Grace fuhr von ihrem Sitz auf. In dem gleichen
Augenblick stieß sie einen Schmerzensschrei aus.

„Was ist Ihnen?" fragte der Großhändler besorgt.

„Ich hatte mich unvorsichtig bewegt. Es ist schon
vorüber. Wer soll jene Persönlichkeit sein? Ist es ein
Herr oder eine Dame? Ich kenne aus unserem ganzen
Bekanntenkreis niemand, den ich einer solchen Niedertracht für fähig hielte."

„Ich vermute, daß es ein Herr ist."

„Sie wollen mir den Herrn nicht nennen?"

John Ampthill kämpfte offenbar mit sich. „Nein,
Miß Grace," erwiderte er endlich, „ich werde es nicht, so
gerne ich auch jedem Ihrer Wünsche gehorche. Halten Sie
selbst Umschau und nehmen Sie die aufs Korn, die an
Ihrer Wahl oder Nichtwahl besonders interessiert sind."

„Wenn Sie mir den Namen nicht nennen, Mr.
Ampthill, können Sie ein für alle Male jeder Hoffnung
entsagen."

„Nun gut. Nur mit größtem Widerwillen entschließe
ich mich aber dazu. Ich kenne einen Herrn, der gegen
Ihre Wahl agitiert."

„Er heißt?"

„Wingfield!"

„Das ist nicht wahr!" fuhr Grace auf.

„Wenn Sie mir nicht glauben wollen, so erkundigen
Sie sich bei meiner Base Bentinck. Sie hat mir heute
mittag mitgeteilt, daß sich Doktor Wingfield über Ihre
Kandidatur lustig macht. Meine Base wird Ihnen dann

auch die Damen nennen, zu denen sich Ihr Arzt in
dieser Art geäußert hat."

Grace schlug die Hände vor das Gesicht. Mit Mühe
unterdrückte sie den bangen Seufzer, der sich von ihren
zuckenden Lippen ringen wollte. Als sie die Hände
in den Schoß sinken ließ, war sie todesbleich, und ihre
Augen umflorte ein feuchter Schimmer.

„Einen Menschen, den man schätzt, als verächtlichen
Heuchler entlarvt zu sehen, ist furchtbar," sagte sie
gepreßt.

„Hätte ich geahnt, Miß Grace, wie nahe Ihnen
meine Enthüllung gehen würde, hätte ich Sie nie und
nimmer aufgeklärt. Auch wenn ich dadurch selbst un-
glücklich geworden wäre. Es tut mir unendlich leid,
daß Ihr Vertrauen zu der menschlichen Ehrlichkeit durch
mich eine so schwere Enttäuschung erfahren hat. Aber
es soll mir eine Lehre sein. Verzeihen Sie mir den
herben Schmerz, den ich Ihnen unbeabsichtigt zugefügt
habe."

„Ich habe Ihnen nichts zu verzeihen, sondern vielmehr zu danken. Und den Schmerz habe ich bereits
überwunden. Ich bin mit dieser Sache fertig, ganz
fertig."

„Wenn Ihnen dies ein Trost sein kann, so versichere
ich Sie, daß Sie dafür stets auf meine aufrichtigste
Ergebenheit rechnen dürfen."

Als er gegangen war, strich Grace nachdenklich mit
der Hand über ihr Kleid. „Es steckt," murmelte sie,
„doch ein guter Kern in ihm."

Dann erteilte sie ihrer Zofe den Auftrag, Wingfield
sofort telephonisch herbeizurufen.

Eine halbe Stunde später erschien der Arzt.

„Hat sich eine Verschlimmerung eingestellt?" war
seine bestürzte Frage, als er Graces Erregung bemerkte.

„Körperlich nicht."

„Was ist Ihnen widerfahren, daß Sie so aus dem Gleichgewicht geraten sind?"

„Beantworten Sie mir zunächst eine Frage. Wissen Sie jetzt, wer die Hetzartikel gegen mich veranlaßt hat?"

Wingfield blickte sie unsicher an. „Ich kann Ihnen darüber nichts anderes antworten als gestern."

„Ich bin aber heute besser unterrichtet. Es ist ein Herr, der in unserem Hause verkehrt und dem wir mit vollstem Vertrauen entgegenkommen."

In Wingfields Gesicht malte sich ein jähes Erstaunen. „Woher haben Sie diese Nachricht?"

„Das ist Nebensache. Beantworten Sie mir jetzt eine zweite Frage. Haben Sie bei Ihren Patientinnen gegen meine Wahl agitiert? Ja oder nein?"

Der Arzt zuckte zusammen. „Miß Grace," stammelte er, „ich werde Ihnen später eine Aufklärung geben, die —"

„Schon gut. Ihr Benehmen und Ihre ausweichende Erwiderung sagen mir genug. Kennen Sie nun den Herrn, der die Artikel veranlaßt hat, immer noch nicht?"

„So wahr ich hier vor Ihnen stehe, so —"

„Bitte, keine Beteuerungen," unterbrach ihn Grace abwehrend. „Antworten Sie mir schlicht und klar! Sie haben wirklich keine Ahnung, wer der ehrenwerte Herr ist?"

„Wenn ich auch die Gewißheit besäße, von wem die Artikel ausgegangen sind, so müßte ich doch aus Rücksicht auf einen anderen darüber schweigen."

. „Wer ist der andere? Oder muß auch dies ein Geheimnis bleiben?"

„Mein Freund Hearst."

„Natürlich, Mr. Hearst! Ich konnte es mir denken. Er steht Ihnen näher als ich. Daraus ergibt sich alles weitere von selbst."

„Miß Grace," flehte Wingfield und beugte sich über
sie, „wollen Sie mir nur einen Augenblick ruhig Gehör
schenken?"

„Nein." Sie wandte sich unwillig von ihm ab.
„Es ist mir lieb, wenn Sie mich allein lassen."
Wingfield richtete sich auf. „Miß Peyton, Sie behandeln mich ungerecht. Ich wünsche es Ihretwegen,
daß Sie diese Übereilung nicht noch einmal bereuen."
Als sich die Tür hinter ihm geschlossen hatte, vergrub Grace schluchzend das Gesicht in das Kissen.

* * *

Von acht Uhr abends an begann sich der Versamm-
lungsaal des Klubs der Eigenen zu füllen. Zu den am
frühesten erschienenen Damen gehörte Violet Bentminck.
Sie schritt sofort nach dem Lesezimmer und ließ sich
mit der Privatwohnung ihres Vetters Ampthills telephonisch verbinden.

„Hier Violet," sagte sie. „Guten Abend, John.
Das Redefeuerwerk wird in einer halben Stunde ab-
gebrannt werden. Dauer und Schluß lassen sich nicht
voraussehen. Deine briefliche Bitte, dir den Wahlverlauf mitzuteilen, habe ich erhalten und werde ihr
nachkommen. Morgen früh unternehmen wir, Papa,
Mama, meine Brüder und ich, einen Ausflug nach Mil-
waukee. Der Zug fährt schon um fünf Uhr ab. Ich
werde daher nur so lange hier bleiben, bis das Wahlergebnis heraus ist. Auf das nachfolgende gesellige
Beisammensein verzichte ich. Sowie die Entscheidung
gefallen ist, gebe ich dir Bescheid."

„Ich danke dir," rief der Großhändler zurück. „Ich
bin noch nie so gespannt auf den Erfolg einer Spekulation gewesen, wie auf den Ausgang dieser Damen-
wahl. Meine Aktien bei Grace stehen vorzüglich. Weiß

Mrs. Chatterer ihren Trumpf richtig auszuspielen, so muß sie die Stimmenmehrheit einfangen, und ich bin morgen verlobt. Haſt du ſie getroffen? Gratuliere ihr in meinem Auftrag ſchon jetzt zu ihrem glänzenden Sieg."

„Werde es ausrichten, John, wie ich dir bereits jetzt zu deiner Verlobung gratuliere."

„Vielen Dank!"

Violet Bentninck hängte den Hörer an. Im Verſammlungsſaal begegnete ſie Daiſy Lawrence.

„Sind die Ausſichten für Miß Peyton günſtig?" fragte ſie liebenswürdig.

„Ein Teil der Damen wird, wie ich ihren Äußerungen entnehme, für ſie ſtimmen, aber Mrs. Chatterer beſitzt wahrſcheinlich die größere Anhängerſchaft."

Gegen neun Uhr eröffnete Miß Wood, die zweite Vorſitzende, die Verſammlung.

„Meine Damen," begann ſie, „bevor wir zur Wahl ſchreiten, iſt es nötig, die Präſenzliſte feſtzuſtellen. Ich werde die Namen der Mitglieder verleſen, und bitte die Anweſenden, bei ihrem Namen zu antworten."

Es ergab ſich, daß zweiundfünfzig Damen erſchienen waren.

„Nach unſeren Statuten," wandte ſich Miß Wood an die Verſammlung, „iſt zuerſt eine Vorwahl vorgeſchrieben, um zu erkennen, welche Kandidatinnen die meiſten Stimmen auf ſich vereinigen. Darauf hat über die beiden meiſtgewählten Damen die Hauptwahl zu erfolgen."

Miß Wood forderte ſodann die Mitglieder, die Wahlvorſchläge zu machen wünſchten, auf, ſich zum Wort zu melden, und erſuchte zugleich von ihrer eigenen Wahl zur Präſidentin jedenfalls abzuſehen, da ſie ihres leidenden Zuſtandes wegen unbedingt darauf verzichten müſſe.

Sechs Damen ließen sich in die Rednerliste eintragen. Die erste sprach für die Wahl Grace Peytons. Eine junge Kraft müsse das Steuer des Klubs ergreifen, um ihn auf neue Bahnen zu lenken. Die Zeitungsangriffe, die nur dem Neid entspringen könnten, bewiesen, wie Miß Peyton als Präsidentin dem Klub eine Fülle beachtenswerter Anregungen bieten werde. Bedauerlich sei, daß sie ihre Erkrankung verhindere, selbst für ihre Kandidatur einzutreten; um so mehr werde ihr ihre Wahl Freude bereiten.

Die jüngeren Mitglieder klatschten der Rednerin lauten Beifall.

Die nächsten Rednerinnen empfahlen verschiedene Damen, die in den Wahlaufrufen des „Lake Forest Herald" genannt worden waren, ohne größeren Anklang zu finden.

Es ging schon gegen zehn Uhr, als Miß Bunch als letzte Rednerin das Wort ergriff.

„Meine Damen," schrillte ihre scharfe Stimme über die Versammlung hin, „ich habe aus den gehörten Reden den Eindruck empfangen, daß in unseren Reihen eine arge Verwirrung herrscht."

„Oho!"

„Ich meine selbstverständlich nicht in unseren Köpfen, sondern in den Richtlinien, die für die Wahl unserer Präsidentin für uns maßgebend sein müssen. Man hat hier von einer jungen Kraft gesprochen. Junger Wein gärt und braust und schäumt über. Läßt sich voraussagen, daß dieser neue Wein auch edel ausreifen wird? Kann er nicht noch vorher einen Stich bekommen, so daß das ganze Lager versauert?"

„Sehr richtig!"

„Wir gehen demnach sicherer, wenn wir uns nicht für einen unerprobten Neuling, sondern für eine Dame

von gereifter Erfahrung entscheiden. Eine solche in sich
gefestigte Führerin ist Mrs. Chatterer!"

„Bravo — bravo!"

„Mrs. Chatterer hat durch ihre langjährige Tätigkeit
als Sekretärin gezeigt, daß sie mit unvergleichlicher Hingabe die Bestrebungen unseres Klubs zu fördern weiß."

„Bravo — bravo!"

„Und zwar völlig uneigennützig. Ich weiß nicht,
ob alle Stimmen, die hier laut geworden sind, rein
sachlich sprachen oder nicht auch Nebenabsichten verfolgten. Aber das behaupte ich, Mrs. Chatterer ist in
ihrer bisherigen Tätigkeit ebenso selbstlos gewesen, wie
ich völlig unbeeinflußt und ohne das geringste eigen-
nützige Interesse für ihre Wahl eintrete."

„Wissen wir!"

„Außerdem, meine Damen — sind denn die Zeitungsartikel, in denen gegen Miß Peyton zu Felde
gezogen worden ist, so gänzlich unbegründet? Bergen
sie nicht vielmehr trotz vieler Übertreibungen manche
goldene Wahrheiten? Durch die Wahl Miß Peytons
würden wir uns selbst dem Fluch der Lächerlichkeit
preisgeben, würden wir mit Notwendigkeit den Keil
verderblicher Uneinigkeit in unsere festgeschlossene Pha-
lanx treiben. Darum, meine Damen, wer unseren
Klub lieb hat, wer seine gedeihliche Fortentwicklung
will, wer für ihn eine verstandesklare, zielbewußte und
opferwillige Leiterin wünscht, der wird überzeugt mit
mir rufen: Mrs. Chatterer!"

Stürmisches Händeklatschen durchbrauste den Saal.

Nachdem sich die Aufregung gelegt hatte, erhob sich
Miß Wood. „Da die Rednerliste erschöpft ist, beraume
ich nunmehr die geheime Abstimmung über die Vorwahl an. Wollen Sie also die ausgelegten Zettel mit
dem betreffenden Namen beschreiben!"

Die Bleistifte flogen über das Papier, die zusammen-
gefalteten Stimmzettel wurden eingesammelt, und Miß
Wood ordnete sie, nachdem sie sie eingesehen hatte, in
vier Gruppen.

Unter lautloser Stille verkündete sie das Wahlergebnis. „Es sind zweiundfünfzig Stimmzettel ein-
geliefert worden. Davon entfallen auf Mrs. Chatterer
fünfundzwanzig, auf Miß Peyton sechzehn. Zersplittert
sind zehn und ein Zettel ist unbeschrieben. Ich darf
wohl, ohne das Wahlgeheimnis anzutasten, die Vermutung aussprechen, daß diesen letzteren in ihrer Selbst-
losigkeit Mrs. Chatterer abgegeben hat. Die beiden
Kandidatinnen, die die meisten Stimmen erhalten
haben, sind also Mrs. Chatterer und Miß Peyton. Unter
diesen beiden Damen ist nunmehr durch die Hauptwahl
die Entscheidung zu treffen."

Der Versammlung bemächtigte sich eine allgemeine
Aufregung. Einige Damen eilten zu Mrs. Chatterer
und drückten ihr eifrig die Hand. Die kleine Miß Bunch
war von einem größeren Kreis umringt, dem sie eindring-
lich auseinandersetzte, daß niemand anderes als Mrs. Chatterer die Auszeichnung verdiene, Präsidentin zu werden.

Daisy Lawrence stand mit mehreren jüngeren Damen
zusammen, von denen sie wußte, daß sie für Grace
Peyton gestimmt hatten.

„Die Schlacht," sagte eine von ihnen, „ist für uns
verloren. Mrs. Chatterer wird in der Hauptwahl eine
erdrückende Mehrheit erhalten."

„Ob sie erdrückend sein wird," erwiderte Daisy, „erscheint mir fraglich. Ich werde noch schweres Geschütz
auffahren."

„Was meinen Sie damit, Miß Lawrence?"

In diesem Augenblick gebot die Vorsitzende Ruhe.
Die Damen nahmen ihre Plätze ein.

„Will noch jemand," wandte sich Miß Wood an die Versammlung, „für eine der beiden Kandidatinnen das Wort ergreifen?"

Vier Damen meldeten sich als Rednerinnen an. Die erste war Mrs. Chatterer, die dritte Miß Bunch, die letzte Daisy Lawrence.

„Himmel!" stöhnte Violet Bentninck, „noch vier Reden!"

„Meine Damen," begann Mrs. Chatterer, „erwarten Sie nicht, daß ich für mich selbst werben werde. Ich will Ihnen zunächst nur innig danken, daß mich so viele unter Ihnen der Ehre für würdig erachteten, das hohe Amt einer Präsidentin zu bekleiden. Die Freude hierüber veranlaßt mich, Ihnen einen Entschluß kundzutun, durch den einem recht fühlbaren Mangel unseres Klubs abgeholfen wird. Wir haben uns schon oft einen Fechtsaal gewünscht, aber die Mittel zur Einrichtung waren nicht flüssig. Ich stifte daher jetzt, selbst wenn ich in der Hauptwahl nicht siegen sollte, unserem Klub für den erwähnten Zweck tausend Dollar!"

„Großartig! Wundervoll! Einzig!" schwirrten die Stimmen jetzt durcheinander. „Hoch unsere Präsidentin!"

Violet Bentninck sah nach ihrer Uhr. „Bald zwölf!" murmelte sie. „Nein, mein teurer John, länger warte ich nicht."

Sie ging zum Telephon des Lesezimmers und klingelte ihren Vetter an. „Mrs. Chatterer ist soeben mit Volldampf in den Siegeshafen eingelaufen. Man jubelt ihr begeistert zu. Grace ist gestrandet. Tröste sie morgen, indem du ihr für ihre Niederlage den Sieg über deine imposante Persönlichkeit anbietest."

„Wieviel Stimmen erhielt sie?" fragte der Großhändler.

„Kalter Rechner. Zwei Millionen in Dollar — ist
dir dies genug? Ich muß nach Hause. Schluß."

Violet schlüpfte in die Garderobe, warf sich den
Mantel um und verließ das Klubhaus.

Die zweite Rednerin, eine ältliche Dame, beschwor
die Zuhörerinnen in einer weitschweifigen Auseinander-
setzung, sorgfältig alle Punkte zu prüfen, die zugunsten
der einen oder anderen Kandidatur in Anschlag zu
bringen wären. Nicht die Partei, der Klub sei das
Höchste.

Miß Bunch glühte im ganzen Gesicht, als sie sich
erhob. „Es kann jetzt, meine Damen," führte sie aus,
„für jeden Denkfähigen kein Zweifel mehr obwalten,
für wen er zu stimmen hat. Noch nie hat sich ein Mitglied unseres Klubs edelmütiger gezeigt als Mrs.
Chatterer. Wie sie durch ihre Schenkung das Betäti-
gungsfeld des Klubs bereichert, so muß sich dieser selbst
bereichern durch ihre Wahl zur Präsidentin. Darum
fasse ich meine Ansicht in dem Satz zusammen: Mrs.
Chatterer nicht wählen heißt eine direkte Beleidigung
für ihre unvergleichliche Hochherzigkeit!"

Begeisterte Zurufe aus allen Teilen des Saales er-
schallten, als sie geendet hatte.

Man sah Daisy Lawrence die innere Erregung an,
als sie sich zu reden anschickte. „Verehrte Versammlung," hob sie an, „ich will nicht über eine der beiden
Damen sprechen, die in die Hauptwahl gekommen sind,
sondern über einen Mann."

„Über wen?"

„Über einen Mann, der mit der Angelegenheit, die
uns hier beschäftigt, in engster Verbindung steht. Sie
alle kennen die Zeitungsartikel, in denen über die eine
der Kandidatinnen der beißendste Spott ausgegossen
worden ist. Gewiß haben Sie sich gefragt, wer ist

der Urheber dieser abscheulichen Schmähungen? Ich
kann Ihnen das Geheimnis nicht enthüllen, aber das
eine liegt auf der Hand, es muß eine Persönlichkeit sein,
die an dem Ausgang der Wahl aufs höchste interessiert
ist. Und eine solche Persönlichkeit ist mir bekannt!"

„Wer ist der Mensch?"

„Kein anderer als Doktor Reginald Wingfield."

„Wingfield?"

„Er erlaubt sich, wenn auch nicht alle, so doch manche
unserer Bestrebungen geringschätzig zu beurteilen. Das
wissen seit langem viele von uns. Er hat ferner bei
seinen Patientinnen in den letzten Tagen offen oder
versteckt gegen die Wahl Grace Peytons agitiert und
sie für den ärgsten Fehlgriff erklärt. Ist das nicht Grund
genug, um in ihm den Anstifter jener Hetzartikel zu
suchen? Grace Peyton hält ihn selbst dafür. Sie hat
sich mit ihm überworfen und ihm die weitere Behandlung entzogen."

„Recht so!"

„Anscheinend machen jene Zeitungsschmierereien
nur Grace Peyton lächerlich. In Wirklichkeit sind sie
aber zugleich gegen uns alle gerichtet."

„Jawohl!"

„Grace Peyton ist unser Mitglied. Sie besitzt in
unserer Mitte eine beträchtliche Anhängerschaft, und
mit der Verunglimpfung ihrer angeblichen Reformideen werden auch ihre Freundinnen und Wählerinnen
zu lächerlichen Phantastinnen gestempelt. Ich meine,
diese Beleidigung, die hierdurch gegen unseren Klub
abgeschnellt wird, verdiente schon eine energische Zurück-
weisung, also eine Durchkreuzung der geheimen Absichten dieses edlen Mr. Wingfield!"

„Sehr richtig."

„Seine Beweggründe zu den schändlichen Angriffen

auf unser verehrtes Mitglied können verschiedene sein.
Vielleicht hat er auf eine verblümte Werbung von Miß
Peyton einen unverblümten Korb bekommen und will
sich jetzt rächen. Männer sind ja so boshaft."

„Sie taugen alle nichts!"

„Doch Genaues kann ich hierüber nicht sagen. Dagegen übernehme ich die Bürgschaft für die Richtigkeit
folgender Enthüllung. Sie betrifft eine ungeheuere
Frivolität Wingfields."

„Sprechen Sie!"

„Mr. Wingfield hat gewettet, daß es ihm gelingen
wird, die Wahl Miß Peytons zu hintertreiben!"

„Unerhört!"

„Er hat sogar behauptet, es sei für ihn ein Kinder-
spiel, uns, die Mitglieder des Klubs, derartig zu beein-
flussen, daß Miß Peyton bei der Wahl durchfällt."

Die Entrüstungsrufe vermischten sich zu einem tosen-
den Chaos.

„Mit wem hat Wingfield gewettet?" schrie Miß
Bunch schrill.

„Mit mir selbst," erwiderte Daisy kraftvoll. „Ich
hätte sonst nicht gewagt, diese aberwitzige Überhebung
zu erwähnen. Mr. Wingfield dünkt sich eben als
ein Herrenmensch. Er schmeichelt sich, über Frauen-
klugheit hoch erhaben zu sein. Wollen wir ihn durch
unsere Abstimmung in seiner männlichen Selbstberäuche-
rung bestärken?"

„Niemals!"

„Genau so denke ich. Wir würden uns nicht mehr
rühmen dürfen, uns die ‚Eigenen‘ zu nennen, wenn
uns die Laune, eine Wette eines sogenannten Herrn
der Schöpfung verhindern könnte, unseren eigenen Weg
zu gehen. Wir müssen den Manneswillen durchkreuzen!
Wir müssen gegen ihn aufstehen! Dafür sind wir

Frauen! Unsere Losung heißt: Was die Männer selbst-
süchtig betreiben, das werden wir hartnäckig hintertreiben!"

„Bravo! Bravo! Abstimmen!"

„Wir müssen dem hinterlistigen, eingebildeten
Männergeschlecht das Zeichen unserer weiblichen All-
macht einbrennen, daß ihm die Neigung, uns als Spiel-
ball anmaßender Selbstgefälligkeit zu betrachten, für
immer vergeht. Schmeicheln sich die Männer, die
Herren der Schöpfung zu sein, so sind wir die Krone
der Schöpfung, die hoch über ihnen steht. Wir sind die
Starken, sie sollen unsere Sklaven sein. Und darum
rufe ich: Nieder mit dem männlichen Dünkel! · Nieder
mit Doktor Wingfield! Hoch die weibliche Überlegenheit und Tatkraft!"

Brausende Bravo und schallendes Händeklatschen
erfüllten den Saal.

„Da sich weitere Rednerinnen nicht gemeldet haben,"
ergriff Miß Wood das Wort, als sich das Getümmel
gelegt hatte, „so ist jetzt über die Hauptwahl abzu-
stimmen!"

„Meine Damen," schrie Miß Bunch in die Versammlung hinein, „denken Sie an Mrs. Chatterers
hochherzige Stiftung."

Die Bleistifte flogen über das Papier und die
Wahlzettel wurden an Miß Wood abgeliefert.

Bedächtig entfaltete und zählte sie dieselben. „Es
sind jetzt einundfünfzig Stimmzettel abgegeben worden.
Eines unserer Mitglieder muß die Hauptwahl nicht
abgewartet haben. Von den einundfünfzig Stimmen
erhielten Mrs. Chatterer zwölf, Miß Peyton neun-
unddreißig. Miß Peyton ist somit zur Präsidentin
gewählt!"

Ein Sturm des Jubels rauschte auf. Die Wählerinnen Grace Peytons eilten zu Daisy Lawrence und umarmten sie. „Ihnen verdanken wir den herrlichen Sieg! Sie haben die Ehre unseres Klubs gerettet! Die Wette ist Wingfield gründlich verdorben! Sein Racheplan ist prächtig durchkreuzt!"

So schwirrten die Freudenausbrüche durcheinander.

Mrs. Chatterer war über das Wahlergebnis für einige Sekunden bestürzt. Aber ihre verfinsterte Miene erhellte sich alsbald und ihren scharfgeschnittenen Mund umzuckte ein sarkastisches Lächeln: „Desto eher fasse ich ihn!" murmelte sie.

Die kleine Miß Bunch schnellte entschlossen empor. „Ruhe, meine Damen!" rief sie grell. „Ruhe! Ich stelle einen Zusatzantrag."

„Einen Zusatzantrag. Wozu?" schallte es ihr aus der Versammlung entgegen.

„Miß Wood," wandte sie sich an die Vorsitzende, „nach unseren Statuten ist es gestattet, einer neugewählten Präsidentin bestimmte Bedingungen aufzuerlegen."

„Gewiß. Doch nur dann, wenn durch die neue Präsidentin die Zwecke unseres Klubs gefährdet werden könnten."

„Das scheint mir hier der Fall zu sein."

„Auch muß über den Zusatzantrag von den Wählerinnen abgestimmt werden, ob er Gültigkeit besitzen soll oder nicht."

„Selbstverständlich. Ich stelle daher den Zusatzantrag, daß —"

„Bitte, Miß Bunch," unterbrach sie die Vorsitzende, „nach den Statuten muß der Zusatzantrag schriftlich eingereicht werden."

„Das wird sofort geschehen."

Miß Bunch setzte sich und schrieb, von den Klubdamen umdrängt, mit haftender Eile ihren Zusatzantrag
nieder.   *   *   *

Es war am Sonntagmorgen gegen neun Uhr, als
John Amptbill den Diener in der Villa Peyton an-
klingelte. „Bestellen Sie," telephonierte er, „Miß Grace,
daß sie zu meinem herzlichen Bedauern gestern abend
bei der Wahl unterlegen ist, und teilen Sie den Damen
mit, daß ich mir gegen elf Uhr erlauben werde, ihnen
meine Aufwartung zu machen."

Zu derselben Zeit stattete Edward Hearst Daisy
Lawrence einen Besuch ab.

„Entschuldigen Sie, Miß Daisy," begann er, „daß
ich Sie zu so ungewöhnlich früher Stunde mit meiner
Gegenwart belästige. Aber Sie werden sich sicher heute
vormittag zu Ihrer Freundin Grace begeben, um ihr
zu ihrem Wahlsieg zu gratulieren. Ich habe Wingfield
bereits von dem Sieg Miß Graces telephonisch be-
nachrichtigt, aber über den famosen Zusatzantrag ge-
schwiegen."

„Warum?"

„Wozu sollte ich ihm die Freude verbittern? Da
Miß Grace durch seine Hilfe gewählt worden ist, wobei
Sie sich als so außerordentlich geschicktes Werkzeug zur
Verfügung stellten, so hat er auch den Anspruch auf
den Lohn, den ihm Miß Grace verheißen hat. Ist dies
nicht richtig?"

„Allerdings."

„Die Verhältnisse liegen sehr günstig. Zeitungen,
aus denen Miß Grace den genauen Verlauf über ihre
Wahl erfahren könnte, erscheinen am Sonntag zum
Wohl der Menschheit nicht. Der würdige Mr. Ampt-

hill ist ausgeschaltet. Da trotz seiner heimtückischen
Agitation Miß Grace gewählt worden ist, wird er sich
hüten, in der Villa Peyton vorzusprechen. Bleibt also
nur noch Miß Wood übrig. Sie hat als zweite Vorsitzende die feierliche Aufgabe, Miß Grace ihre Wahl
zur Präsidentin zu melden. Überlassen wir auch Miß
Wood die Annehmlichkeit, Miß Grace in den Inhalt
des Zusatzantrages einzuweihen."

„Ich soll also zu Grace von der Zusatzklausel nichts
erwähnen?"

„Nein. Darum habe ich Sie gerade so ungesell-
schaftlich früh heimgesucht! Wissen Sie übrigens, daß
die Idee zu der Wette von Ihnen selbst herrührt?"

„Von mir?"

„Als Sie mich auf der Redaktion beehrten, erklärten
Sie zum Schluß: Die Frauen tun am liebsten das, wodurch sie die Pläne der Männer durchkreuzen. Und sie
fügten noch hinzu: Wenn wir ‚Eigenen‘ unter den
Machtwillen eines Mannes gebeugt werden sollen,
rebellieren wir am heftigsten. — War es nicht so?"

„Ja."

„Das gereichte mir zur Erleuchtung. Sollte Miß
Grace gegen Mrs. Chatterer siegen, so mußte in den
Klubdamen die Meinung erweckt werden, daß sie unter
den Machtwillen eines Mannes gebeugt werden sollten,
damit sie desto heftiger rebellierten und nun das taten,
was ihnen das liebste ist, nämlich den männlichen Plan
durchkreuzen. Die ‚Eigenen‘ mußten durch ihre Eigen-
heit überrumpelt werden. Aus dieser Erwägung heraus geriet ich auf den Einfall, die Wette zwischen Ihnen
und Wingfield vorzuschlagen. Also der erste Anstoß
stammt von Ihnen."

„Aber Sie haben aus dem stumpfen Eisen die scharfe
Waffe geschliffen."

„Gleichwohl bleibt die erfreuliche Tatsache bestehen, daß uns durch die Idee zur Wette ein gemeinsames Band umschließt." Er ergriff ihre Hand. „Miß Daisy, könnte sich aus diesem Band nicht eine Verbindung entwickeln, die uns für unser ganzes Leben vereinigt und beglückt?"

Sie blickte ihm forschend in die Augen. „Meine Hand," erwiderte sie schalkhaft, „haben Sie sich schon angeeignet. Was mein Herz dazu spricht, ist einstweilen noch Redaktionsgeheimnis."

* * *

John Ampthill wurde von Grace und ihrer Mutter im Salon empfangen. Grace konnte sich schon wieder bewegen, nur ein vorsichtiges Auftreten mit dem linken Fuß deutete noch auf ihren Unfall hin.

Ampthill, der schwarzen Besuchsanzug angelegt hatte, reichte ihr unter einer tiefen Verbeugung einen kostbaren Orchideenstrauß. „Empfangen Sie diesen kleinen Trost für Ihre unerwartete Niederlage. Es wurde mir heute morgen unsagbar schwer, Ihnen die betrübende Mitteilung machen zu müssen, daß Sie nicht gewählt worden sind. Aber mein Zartgefühl gebot mir, Sie in schonender Weise vorzubereiten. Es muß sich eine förmliche Verschwörung gegen Ihre Wahl gebildet haben. Ich bin von dem Wahlergebnis um so schmerzlicher betroffen worden, als ich allen meinen Einfluß geltend gemacht habe, um Ihnen zum Sieg zu verhelfen."

„Ja," wandte Mrs. Peyton ein, „Sie haben sich wacker für Grace bemüht, Mr. Ampthill."

„Ich danke Ihnen aufrichtig," versetzte Grace. „Entsprang auch mein Verlangen, Präsidentin zu werden, anfänglich bloß einer Laune, so wurde es mir doch

von Tag zu Tag mehr Ernst damit. Meine Niederlage
erscheint mir beschämend. Sie hat das Vertrauen zu
meinen Freundinnen erschüttert, und ich habe einen
häßlichen Einblick tun müssen in die Gesinnung von
Leuten, die mir Ergebenheit vorheuchelten. Darum
schätze ich Ihre bewährte Freundschaft um so höher.
Zweifellos haben die ungeheuerlichen Zeitungsschmä-
hungen mir am meisten geschadet. Aber diese Erbärm-
lichkeit wird ihre Strafe in ihrer eigenen Verächtlichkeit
finden. Waren diese schmutzigen Anwürfe gegen mich
nicht empörend, Mr. Ampthill?"

„Sie sind eine Nichtswürdigkeit."

Mrs. Peyton erhob sich. „Ich sehe Daisy Lawrence
durch den Park kommen. Ich werde ihr entgegengehen."

„Ihr berechtigter Unwille," fuhr Ampthill fort, als
sich die Mutter entfernt hatte, „verleiht mir den Mut,
eine schwerwiegende Frage an Sie zu stellen, Miß
Grace. Ich liebe die Offenheit. Sie auch?"

„Ja."

„Ich erwartete diese Antwort. Ich bin Kaufmann.
Sie sind eines Kaufmanns Tochter. Ihre bekannten
und heimlichen Gegner triumphieren. Die schlau an-
gelegte Spekulation ist ihnen bisher geglückt. Wollen
wir diesen Leuten einen schwarzen Tag bereiten?"

„Sofort. Aber wodurch kann dies geschehen?"

„Dadurch, daß Sie mir die angedeutete Frage be-
jahen."

„Ich möchte es schon, aber —"

„Kein aber, Grace! Erhören Sie meine Werbung
um Ihre reizende Hand! Ihre Feinde wähnen, Ihnen
mit der Nichtwahl einen Todesstoß versetzt zu haben.
Die Bekanntgabe unserer Verlobung wird sie wie mit
eiskaltem Wasser überschütten. Sie werden zu ihrer
grenzenlosen Enttäuschung gewahr werden, daß Sie,

Miß Grace, nicht niedergedrückt und gebrochen sind, sondern im Gegenteil aufrecht dastehen und auf die ruchlosen Machenschaften mit dem sieghaften Lächeln der glücklichen Braut herabsehen. Miß Grace —"

Mit erhitztem Gesicht trat Mrs. Peyton, gefolgt von Daisy Lawrence, in den Salon.

„Ich gratuliere dir herzlich, Grace," sagte Daisy, indem sie auf die Freundin zuschritt.

„Mir?" fragte Grace verwirrt. „Noch ist es nicht so weit."

„Ich meine zu deiner Wahl."

„Zu meiner Wahl? Willst du mich noch verspotten?"

„Keineswegs. Du bist gestern abend mit großer Mehrheit zur Präsidentin gewählt worden."

„Miß Lawrence," mischte sich Amptbill in das Gespräch, „Sie sind über den Wahlverlauf irrtümlich unterrichtet. Ich weiß durch meine Base Violet auf das bestimmteste, daß Miß Grace leider in der Minderheit blieb."

„Ja, im ersten Wahlgang. Aber daran schloß sich die Hauptwahl. Miß Bentninck hatte bei ihr den Klub schon verlassen."

„Ah!"

„Und ich wäre dann wirklich gewählt worden?" fragte Grace erregt.

„Gewiß. Mrs. Chatterer erhielt nur zwölf, du aber neunundvierzig Stimmen. Die zweite Vorsitzende, Miß Wood, wird dir deine Wahl noch offiziell mitteilen."

„Oh, das ist ja wundervoll!" jubelte Grace auf. —
„Mam," wandte sie sich an ihre Mutter, „was sagst du zu dieser Überraschung?"

„Ich konnte Daisys Nachricht anfänglich gar nicht fassen," erwiderte die alte Dame verlegen.

Ampthill hatte sich von seiner Bestürzung erholt.
Jetzt galt es, der veränderten Sachlage die beste Seite
abzugewinnen. „Aber ich," fiel er freudestrahlend ein,
„begreife den Umschwung, der sich zwischen der ersten
und zweiten Wahl vollzogen hat, vollkommen, Miß
Grace. Meine Anstrengungen, Ihnen den Sieg zu
erringen, sind also doch noch von Erfolg gekrönt worden.
Darum zu Ihrer Wahl meinen allerinnigsten Glück-
wunsch!"

„Sie irren sich von neuem, Mr. Ampthill," redete
ihn Daisy schroff an, „nicht durch Ihre Anstrengungen,
sondern trotz Ihrer Anstrengungen ist Grace gewählt
worden."

„Sie sprechen in Rätseln, Miß Lawrence. Ich bitte
um sofortige Aufklärung."

„Die sollen Sie in aller Deutlichkeit haben. Sie
sind es gewesen, der die Schmähartikel gegen Grace
veranlaßt hat. Bei dem geselligen Beisammensein nach
der Wahl hat mir Mrs. Chatterer, die von Ihnen be-
günstigte Kandidatin, im Verdruß über ihre Niederlage zudem verraten, daß Sie die Unkosten für die
Wahlpropaganda gegen Grace bestritten haben, und
daß Sie —"

„Oh, das ist gemein!" schrie Grace zornglühend auf.
Ampthill trat erbleichend zurück. „Ich — ich soll —"

„Sie sind der wahre Urheber der gegen Graces
Wahl gerichteten schändlichen Intrigen," entgegnete
Daisy mit Nachdruck. „Mrs. Chatterer hat mir erklärt,
daß sie den schriftlichen Beweis für ihre Verbindung
mit Ihnen in den Händen hält."

„Mrs. Chatterer," lochte es in Ampthill auf, „ist
in meinen Augen ein elendes Waschweib, der ich —"

„Mr. Ampthill," unterbrach ihn Mrs. Peyton ge-
messen, „Sie befinden sich in Gesellschaft von Damen."

„Ihre Spekulation ist mißglückt,“ fuhr Daisy fort. „Sie wollten Graces Niedergeschlagenheit ausbeuten, sie zu einer Verlobung zu bestimmen, aber —“

„Oh,“ rief Grace empört, „jetzt durchschaue ich den Trick. Mr. Ampthill, wagen Sie es wirklich, noch einen einzigen Augenblick hier zu bleiben?“

„Aber gegen Ihre Absicht,“ wendete sich Daisy von neuem an ihn, „hat Grace gesiegt, und zwar durch Doktor Wingfields Wette.“

„Durch Doktor Wingfields Wette?“ fragte der Großhändler fassungslos. „Was ist es damit? Doch was kümmert mich dies? Ich komme mir hier vor wie in einem Narrenhaus!“

Mit hastigen Schritten stürzte er aus dem Salon.

„Diese Beleidigung,“ sprach Mrs. Peyton, als die Tür hinter ihm zugefallen war, „zeugt für die Gemeinheit seines Charakters. Danken wir Gott, Grace, daß du nicht an ihn gekettet worden bist.“

Die Damen setzten sich, und Daisy erzählte die Geschichte der Wette und den Verlauf der Wahl.

Als Daisy geendet hatte, wurde Grace unruhig.

„Aber dann,“ fuhr sie erschreckt auf, „habe ich ja Doktor Wingfield tödlich beleidigt!“

„Ich denke,“ tröstete sie die Freundin, „er wird dir dieses Verbrechen nicht nachtragen.“

Der Diener meldete Reginald Wingfield.

„Mein Gott, da ist er schon!“ rief Grace aufspringend und wollte aus dem Salon eilen.

„Bleib nur!“ mahnte die Malerin. „Sollte er zu heftig werden, so werde ich dich schon beschützen.“

Wingfield begrüßte die Damen. „Sie haben mir zwar den Laufpaß gegeben,“ wandte er sich an Grace, „aber trotzdem wage ich mich heute wieder in Ihr Haus. Das beklagenswerte Mißverständnis wird sich inzwischen geklärt haben. Sie werden auch wissen —"

„Ja, ich weiß, daß ich durch Ihr Eingreifen gewählt worden bin." Sie schritt auf ihn zu. „Können Sie mir meine Beleidigung verzeihen, Mr. Wingfield?"

„Ich habe Ihnen deshalb nie gegrollt."

„Aber wie kann ich mein unentschuldbares Vergehen wieder gut machen?"

„Ich habe mein Versprechen gehalten, Grace. Sie sind Präsidentin geworden." Er beugte sich zu ihr herab und flüsterte der Erglühenden ins Ohr: „Wollen auch Sie unserer Vereinbarung nachkommen und mir als ewiges Pfand Ihre kleine Hand schenken?"

Grace schob ihren Arm unter den seinen. „Mam," redete sie mit glänzenden Augen ihre Mutter an, „ich habe mich soeben mit Mr. Wingfield verlobt. Du bist doch damit einverstanden?"

Mrs. Peyton erhob sich. „Du hast stets deinen Willen durchgesetzt, diesmal zu meiner eigenen Befriedigung. Werdet glücklich miteinander!"

Das Brautpaar tauschte noch immer die ersten Zärtlichkeiten aus, als sich Miß Wood melden ließ.

„Ich bin," begann sie mit feierlicher Stimme, „beauftragt, Ihnen, Miß Peyton, die Nachricht von Ihrer Wahl zur Präsidentin zu überbringen, und ich gebe im Namen des Klubs der Hoffnung Ausdruck, daß Ihre Amtstätigkeit unseren Bestrebungen zum Segen gereichen wird. Empfangen Sie zugleich meinerseits die herzlichsten Glückwünsche!"

Grace drückte Miß Wood die Hand. „Ich danke allen denen, die mich gewählt haben. Daß ich doch gesiegt habe, entzückt mich um so mehr, als mit den unlautersten Mitteln gegen mich gearbeitet worden ist.

Aller Angelegenheiten unseres Klubs werde ich mich mit eifrigster Hingabe annehmen, und ich gelobe, mein Amt stets mit völliger Unparteilichkeit zu führen."

„Ihr Versprechen ehrt Sie, Miß Peyton. Außer Ihrer Wahl habe ich Ihnen noch von einer Änderung unserer Statuten Kenntnis zu geben. Miß Bunch hat einen Zusatzantrag gestellt, der mit überwältigender Mehrheit angenommen worden ist. Er lautet: Während ihrer vierjährigen Amtsperiode ist es der Präsidentin verboten, sich zu verloben oder zu verheiraten.́ Tut sie es dennoch, so hat sie sofort ihr Amt niederzulegen."

In den Gesichtern Graces und Wingfields malte sich eine grenzenlose Verblüffung.

„Weder verloben noch verheiraten?" rief Grace, nachdem sie sich von ihrer Überraschung erholt hatte. „Das ist köstlich! — Ich bin also," fuhr sie auflachend fort, „gewählt und doch nicht Präsidentin. Ich bin —"

Reginald Wingfield trat an ihre Seite. „Grace, wenn dir dein Amt so lieb ist, dann —"

„Lieb bist nur du mir. — Miß Wood, ich habe mich soeben mit Doktor Wingfield verlobt. Und mit dem Heiraten warte ich keine vier Monate, geschweige denn vier Jahre. Ich lege hiermit mein Amt nieder."

„Dann muß leider eine neue Wahl anberaumt werden, und zwar nach den Statuten frühestens in vier und spätestens in sechs Wochen."

Als Miß Wood sich empfohlen hatte, fragte Wingfield Grace neckisch: „Schatz, willst du jetzt unsere Verlobung nicht doch wieder aufheben? Mein Versprechen habe ich ja nun nicht eingelöst, denn du bist nicht Präsidentin!"

Grace schlang die Arme um seinen Hals. „Dafür bin ich aber deine Herzenskönigin, und diese Würde ist mir mehr wert als alle sonstigen Ämter der Welt!"

* * *

Zwei Tage darauf zeigten Edward Hearst und Daisy
Lawrence ihre Verlobung an. Zugleich erklärte Hearst
im „Lake Forest Herald", daß er aus der Redaktion
ausscheide und eine neue Zeitschrift gründen werde:
„Die Kunstwelt der Frau."

John Ampthill war am Montagmorgen angeblich
in einer eiligen Geschäftsangelegenheit nach New York
abgereist. Als er nach zwei Wochen zurückkehrte, fand
er unter seinen Privatbriefen ein Schreiben vor, bei
dessen Lesen sich seine Augen ungläubig weiteten. Es
stammte von Mrs. Chatterer.

Sie schrieb ihm: „Sie haben ein fluchwürdiges
Doppelspiel getrieben. Ich übe daher keine Schonung
gegen Sie. In Ihren Spekulationen schreiten Sie
erbarmungslos über Leichen, aber mein empfind-
sames Frauenherz sollen Sie nicht unverwundet zer-
treten.

Ich bin durch Ihr unerhörtes Gebaren dem Klatsch
von ganz Lake Forest preisgegeben. Unter dem Druck
der Verhältnisse vor der Wahl und in dem Wunsch,
Ihrer Absicht gerecht zu werden, habe ich damals Miß
Bunch in Ihre Anerbietungen und Verpflichtungen
eingeweiht.

Die Dame glaubt bestimmt, daß Sie mir nach der
vertraulichen Annäherung und nach Ihrer schriftlichen
Erklärung, sobald ich Miß Peytons Wahl verhindert
hatte, einen Heiratsantrag machen würden.

Ich war derselben Ansicht.

Ich habe aber nun erfahren, daß Sie sich am Sonntag nach der Wahl um Miß Peyton beworben haben.
Haben Sie für ein solches Verfahren eine andere Bezeichnung als fluchwürdig?

Ich erwarte wenigstens jetzt noch die Einlösung

aller Ihrer Beteuerungen, denen ich arglos Glauben
schenkte.

Vor mir liegt das von Ihnen unterzeichnete Blatt,
auf dem es heißt: Hierdurch versichere ich, daß ich mit
dem Antrag, den ich Mrs. Chatterer gemacht habe,
die ehrlichsten Absichten verbinde, und ich verpflichte
mich, für alle Schädigungen, die dadurch ihrem Ruf
erwachsen könnten, nach jeder Richtung hin einzustehen.

Jeder vorurteilslose Mensch wird aus dem Zusammenhang dieser Zeilen herauslesen, daß es sich nur
um einen Heiratsantrag handeln kann. Miß Bunch ist
bereit, diese Auffassung vor Gericht zu bezeugen.

Ich erwarte Ihren Besuch und werde Sie, in un-
erschöpflicher Frauenliebe alle mir angetanene Schmach
vergessend, mit heißer Freude bewillkommnen.

Sollten Sie aber am nächsten Tag nach Ihrer Rückkehr mein Ihnen gern gewährtes Jawort nicht einholen,
so übergebe ich die mir selbst höchst unerquickliche Angelegenheit meinem Anwalt zur Klageeinreichung wegen
Bruchs des Eheversprechens.

Noch immer vertrauensvoll

Kathleen Chatterer.“

Wieder wie damals, als er den Revers unterzeichnet
hatte, schrie John Ampthill: „Alberne Truthenne!“
Aber er begleitete jetzt diesen Ausbruch des Unwillens
mit einem grimmigen Faustschlag auf den Schreibtisch.

Am nächsten Tage befragte er seinen Anwalt, ob
Mrs. Chatterer auf Grund des Reverses eine Klage
gegen ihn anstrengen könne. Das Ergebnis dieser Be-
sprechung und der Verhandlungen der beiden Anwälte
war, daß Ampthill an Mrs. Chatterer für die Unter-
lassung der Klage eine Abstandssumme von zwanzig-
tausend Dollar zahlte.

Fünf Wochen nach Graces Abdankung wurde eine neue Wahl abgehalten. Mrs. Chatterer siegte mit überwältigender Mehrheit. In ihrer Dankrede beklagte sie das Ausscheiden zweier Mitglieder, Miß Peytons und Miß Lawrences, erinnerte an die bevorstehende Einrichtung des Fechtsaals und bemerkte unter dem lauten Gelächter der Klubdamen, daß sie ihm, zu Ehren eines stillen Gönners, den Namen verleihen werde „Ampthill-Saal".

Winter an der Ostsee.
Von Ernst Seiffert.

Mit 12 Bildern. ♦ (Nachdruck verboten.)

Herr Winter, der harte Mann mit dem eisgrauen
Bart fühlt sich besonders wohl da oben an der
Ostseeküste; hat er einmal sich dort breit und fest niedergelassen, so ändert er die ganze Landschaft um auf
seine Art und fühlt sich in ihr behaglich zu Hause.

Die Ostsee zugefroren! Wirklich, das klingt wie ein
Märchen. Wer es nicht gesehen hat, vermag es kaum
zu glauben. Freilich: das nimmermüde große freie
Wasser da draußen läßt sich nie in Fesseln schlagen,
doch die windgeschützten Buchten sind im Winter
zugedeckt, wenn die Temperatur reichlich unter Null
steht. Draußen auf hoher See trieben Schollen, klirrten
gegeneinander, verbanden sich und wurden nun
gemeinsam dahingerissen. Wo sie entstanden waren?
Vielleicht an einem Inselchen, vielleicht in den Buchten
Dänemarks oder Schwedens. Genug, sie wurden in
einer stürmischen Stunde ihrer sanft träumenden
Heimstatt entrissen und hinaus auf die See getrieben.
Sie sind nichts als Scherben von einem großen Eis-
spiegel, den die gewaltige Hand der stets zerstörenden
und immer wieder aufbauenden Natur zerschlug.
Nun rauschen und klirren sie inmitten des Weltenmeeres,
getrieben von dem Winde, der schneidend kalt aus Norden
nach dem europäischen Festland fährt.

Je näher sie der deutschen Küste kommen, desto

dichter wird ihre Schar, bald glitzert und klirrt es heran
wie eine Heeresmacht. Meist geschieht diese Schollen-
wanderung des Nachts, weil da der Wind beständiger
zu sein pflegt; tagsüber ist er leicht launisch, springt

Zu Fuß nach der Insel Rügen.

um und treibt die Ansammlungen auseinander, daß
sie zerstreut umherirren. Aber bei nächtlichem Dauer-
wind werden sie zur Macht. War erst die See belebt
von auf- und niederwogenden Schollen, so fängt sie
jetzt an zu starren, so dicht, so erdrückend dicht schiebt
und drängt sich der graue Zug. Alles Leben auf der
Wasserfläche scheint zu stocken, nur ab und zu geht ein
scharfer Ruck durch die zu einem Ganzen gewordenen

Scherben, es ist, als ob ein Riese seine spröden schweren
Glieder zum Schlaf ausstreckte. Und jede Bewegung
begleitet ein Klingen und Knacken, daß es auf den
menschlichen Lauscher eigen einwirkt.

Phantastisch schön ist solche Gefriernacht an der
See, zumal, wenn der Mond das herbe Bild beleuchtet
und die Kanten des gesprungenen Eises wie glühendes
Glas aufgleißen läßt.

Über Nacht ist dann das Wunder da. Stralsund —

Frachtschlitten nach der Insel Rügen.

In diese Enge zwischen Rügen und der Festlandküste
treiben die Schollen leicht und bleiben noch leichter
haften — reibt sich verwundert den Morgenschlaf aus
den Augen und sieht bis hinüber nach Rügen alles

Fahrgaft- und Frachtverkehr auf Schlitten (Roltpan) zwischen Stralfund und der Insel Rügen.

vereift. Kaum noch, daß das Entstehen dieses Phä-
nomens zu erkennen ist, sind doch schon längst unauf-

hörliche Schneemaſſen an der Arbeit, die Unterſchiede
der noch in den letzten Augenbliden ſich gegenſeitig
unterdrüdenden Eisſchollen zu glätten, und auch der
Wind hobelt über die Fläche, daß es pfeift und die
Schneeſpäne fliegen.　So lange iſt aber der neue

Fiſcherkinder auf Pidſchlitten.

Spiegel nicht eben geſchliffen, bis nicht ein wenig
wärmende Winterſonne oder gar etwas Tauwetter
die Höhen erniedrigen und die Niederungen erhöhen.
Will der Wettergott den Küſtenbewohnern im allgemeinen, ihren Kindern aber im beſonderen, einen
Gefallen tun, ſo läßt er nach der gleichmachenden
Wärmeperiode die ſtramme, kernfeſte Kälte einſetzen.

Die Natur braucht noch nicht einmal fertig mit
dieser Arbeit zu sein, da haben die Menschlein an den
Ufern schon ihre Eisgerätschaften von den Böden
und aus den Schuppen geholt, und nun beginnt ein
lustiges Leben. Die Fürwitzigsten von allen sind
selbstverständlich die Buben, die nicht nur über die
jungfräuliche Decke, sondern auch über das vorläufige
Polizeiverbot und die elterlichen Warnungen hinweg-
gleiten, als hätten sie mit den Schlittschuhen den Leichtsinn angeschnallt. Dies ist die Zeit der traurigen Un-
fälle. Manchem wurde schon eines jener „Eisaugen"
verhängnisvoll, die dadurch entstehen, daß die Schollen
etwa wie zwei Rundbogen sich ineinander zwängen
und schließlich einen Kranz bilden, der einen Kreis
offenes Wasser umfaßt. So friert dann das Gebilde
ein. Langsam setzt sich nachher über die wellenstille
Öffnung jene trügerisch dünne, unkenntlich verschneite
Schicht, die dem menschlichen Wagemut so leicht das
jähe Ziel setzt.

Doch nach wenigen Tagen ist das „Terrain"
geprüft, abgesteckt, gesichert — und dann beginnt das
neue Wesen. Rügen, das von Stralsund wirtschaftlich
fast ganz allein versorgt wird, erhält nun alles auf
Schlitten, selbst Menschen- und Viehtransport ist bald
im Gange. Sehr spaßige Einzelbilder gibt es dabei.
Die billigste Fahrgelegenheit im „Koithan" ist zum
Beispiel dasselbe Gestell, das der Fortschaffung der
Tiere dient. Man hat also unter Umständen das an-
genehme Gefühl, daß der Vorpassagier ein ausge-
wachsenes Schwein oder ein kapitales Rindvieh war. —
Wie überaus tragfähig die einmal gefügte Decke ist,
begreift man erst, wenn man die langen Züge der
schwerbeladenen Frachtschlitten langsam und schwer-
fällig dahingleiten sieht. Dann möchte man meinen,

Im Reithan (Schlitten) nach der Insel Rügen. Im Hintergrund Stralsund.

es müßten unter solchen Lasten die Schlittenkufen tiefe Furchen gezogen haben. Aber es ist keineswegs der Fall.

Vergegenwärtigt man sich die ungeheure Ausdehnung der Eisfläche und dazu ihre verhältnismäßig lächerlich geringe Dicke, so muß man staunen über diese fabelhaft elastische Arbeit unseres alljährlich wiederkehrenden Baumeisters Winter.

Die Jugend betrachtet die ganze Sache natürlich

Schlittschuhläufer auf dem Eis.

als Fest. Sie hat sich die flinken Pickschlitten zurecht gemacht, meist sind es „selbstgebaute", und veranstaltet damit gewissermaßen Skirennen auf dem Eise. Nett und niedlich sieht es aus, wenn so ein Häuflein Pickschlittenfahrer um die festgefrorenen Fischerboote gleich einem Bienenschwarm schwirrt oder sich, hinauseilend,

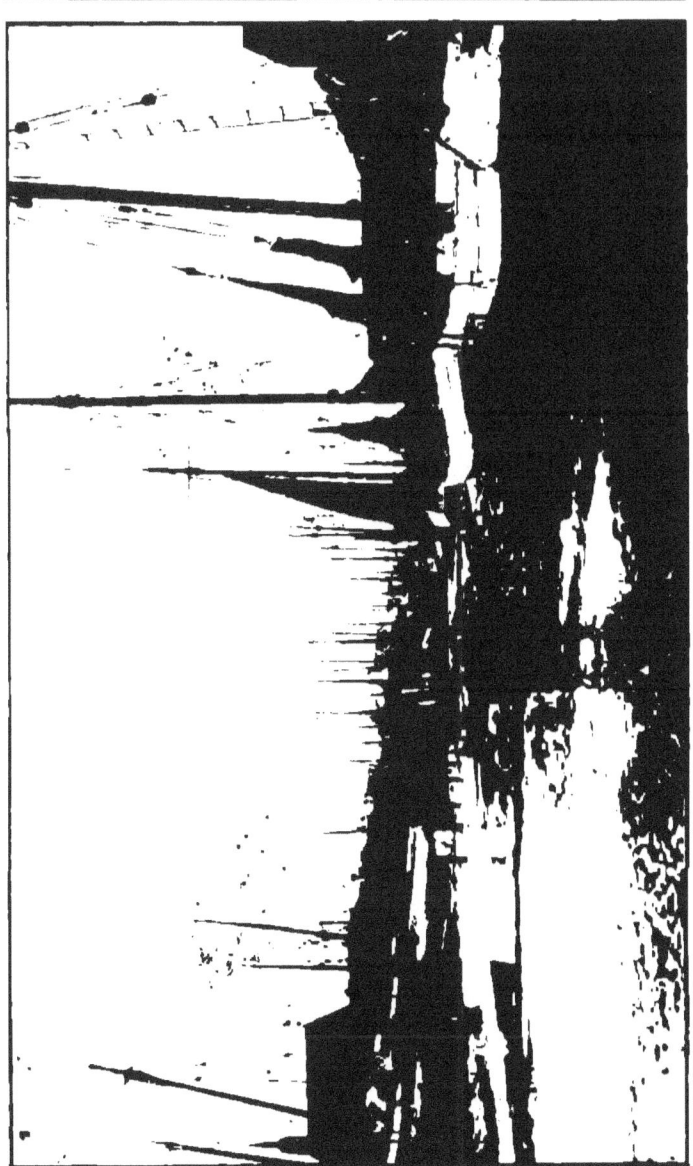

da draußen auf der endlosen blendenden Fläche ver-
liert als eine Handvoll kleiner, wimmelnder Pünktchen,

die nur noch durch die haſtige treibende Stockhandhabung
beweglich erſcheinen und wie eine Verſammlung
flugmüder Vögel anzuſehen ſind.

Viel bedächtiger ziehen die Alten auf das gebändigte
Meer. Entweder ſie fahren im Koithan oder mit

Der Fiſcher zieht ſeine Beute mit dem Handſchlitten
ans Land.

dem Frachtſchlitten die leicht abgeſteckte ſichere Straße,
oder ſie kreuzen mit dem Segelſchlitten nicht allzu
weit vom Ufer zwiſchen den Waſſerlöchern, die ſie
für den Eisfiſchfang ſchlugen. Eine beſondere Gegend
muß für dieſe winterliche Fiſcherei von gewöhnlichen
Sterblichen ſtets freigehalten werden. Zu kleinerem
Fiſchfang ſieht man auch den Fiſcher mit dem Handſchlitten ausziehen, der Angelgerät und Beute, auch

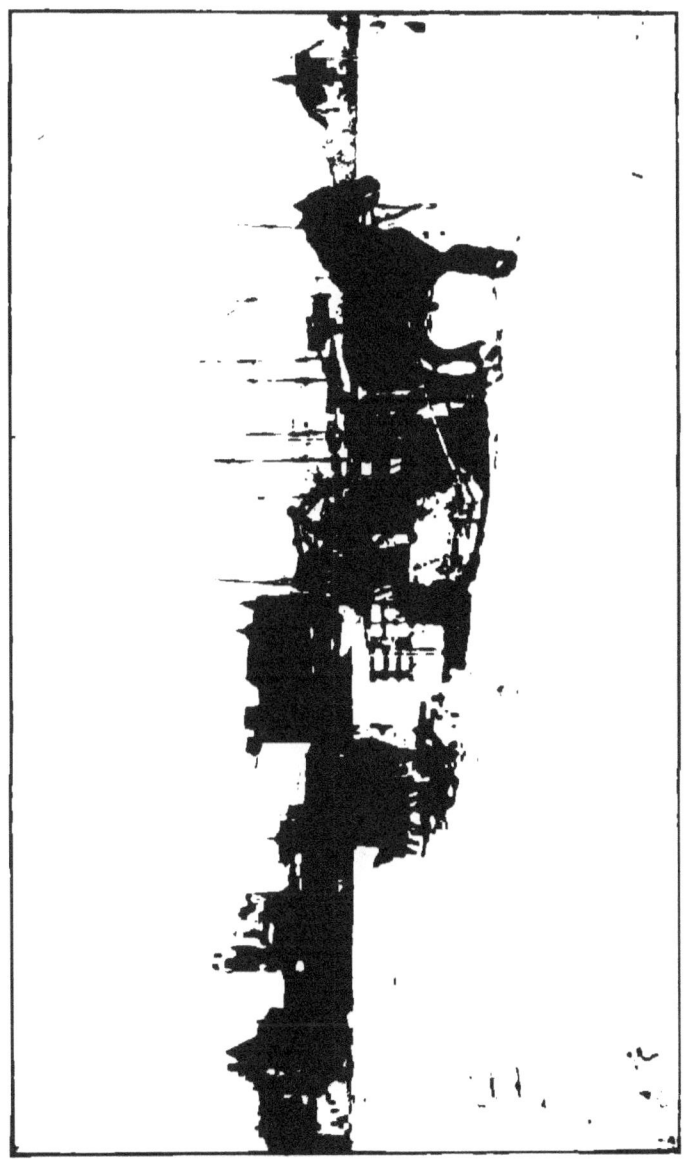

Rückkehr vom Dichttransport.

ein paar kleine Netze tragen muß. Das ist ein ori-
gineller Anblick, wenn die ohnehin schon schweren

Schritte des Fischers mit besonderem Nachbruck langsam dahinziehen und die massige Gestalt das ganze Körpergewicht auf das vorangesetzte Bein lasten läßt. Bei vergnügter Stimmung hängt von den bläulich gefrorenen Lippen der „Nasenwärmer", aus dem

Ein Fischerjunge holt auf dem Pickschlitten die geschossenen Wildenten ein.

die Tabakwölkchen lustig emporkräuseln, als kicherten sie über die gesestete Gediegenheit ihres Stralsunder Fischers.

Die Fischerboote und gar die großen Dampf- und Segelschiffe halten selbstverständlich in oder vor dem Hafen ihren Winterschlaf. Dort sieht es aus, als hätte Zauberhand sich zu lebentötendem Spruch erhoben,

um den Menschen zu zeigen, was für ein Nichts das
Lebendige ist. Denn gerade hier ist fast unaufhörliches

Bewegen, hier, wo die Schiffe nicht gleich den Häusern
stramm stehen, sondern auf dem Wasser leise traumhaft
sich wiegen, hier, wo man an stillen Abenden die
Wellen zärtlich gegen die Bordwand klintern hört,
hier, wo in Sommernächten an Bord manches weiche
Lied erklang und wie ein lieber Freund die Planken
entlang von Schiff zu Schiff ging — — — Ja, hier
schläft nun alles mit eisenschweren Lidern, sogar die
bunten Schiffslaternen leuchten des Abends nicht auf
oder verschwinden sofort wieder, gleich einem blinden
schüchternen Lächeln.

Hier wirkt das Winterbild totenstarr und herz-
beklemmend, es sei denn, die Schuljugend tobte dazwischen mit ihrem durch nichts zu besiegenden köst-
lichen Übermut, der eben nur kindhaft gesundem
Nichtnachdenken entspringen kann.

Zur Winterszeit gibt sich auch gut Gelegenheit,
den auf dem Eise zur Hälfte heimatlos gewordenen
Wildenten nachzustellen, denn viel leichteren Erfolg
versprechen die dann verschärften Kontraste, die
das Ziel hart umrissen vom Eise sich abheben lassen.
Also sind Auffindungsmöglichkeit und Treffsicherheit
dem Jäger in bedeutend gesteigertem Maße gegeben.

Nur eine Wasserstraße wird in die weite harte
Decke gerissen, das ist die Fahrrinne des Trajekts
Stralsund—Rügen, der die Verbindung nach Saßnitz—
Trelleborg bedeutet. Hinter Rügen nach Trelleborg
ist selbstverständlich das Wasser offen, nur zwischen
Stralsund und Rügen muß sich der Trajekt zwischen
mürrisch antreibenden Schollen und schon wieder
gebildeter, nun knisternd zerspringender feiner Decke
seinen Weg bahnen. Ein wunderlich grandioser Anblick,
wenn der dunkle Koloß sich durch die bleiche Unbe-
weglichkeit wühlt, die vorher schon der unbarmherzige

Eisbrecher zerriß. Wie die schwarzen Rauchschwaden
den Schornsteinen sich ballend entquellen, wie sie

von der schneeschweren Winterluft niedergedrückt werden auf das Eis, wo sie sich dann in den grauen schla-
fenden Tag verlieren, oder wie sie an Sommertagen
gigantische groteske Schatten auf das Eis malen, das
ist rätselhaft, fast grausig schön.

Jedenfalls ist die Poesie des Winters an der Ostsee etwas Ernstes, fast möchte man sagen Eindring-
liches, bei aller herben Freude und Behendigkeit,
die das winterliche Leben der Menschen atmet. —

Über Nacht, wie sich vorher die Schollen zur Decke
fügten, verschwindet dann auch vor dem immer wieder
siegreich jungen Frühling die weiße Pracht. Noch ehe
das Binnenland aufhört, eine Schwarz-Weiß-Zeichnung
zu sein, hatte die mächtige Pulsbewegung von Ebbe
und Flut mit neuem starken Leben den Eisverband
gesprengt und die Trümmer wieder hinausgetragen,
wo sie unter wärmerer Sonne vergehen, als wären
sie nie gewesen, vergehen im selben Element, das sie
eben erst noch gefangen gehalten hatten.

Der Jungbrunnen.

Ein Silvesterspuk. Von W. Harb.

(Nachdruck verboten.)

Alljährlich beging nach altem Herkommen die Künstlervereinigung der alten Hansastadt den Silvester-
tag mit einem Fest, zu dem alles, was in den höheren
Gesellschaftskreisen an Jugend und Schönheit, Intelligenz und künstlerischem Streben vorhanden war,
zu erscheinen pflegte. Und alle die Geladenen, die
interessanten Graubärte mit den berühmten Namen,
die Sprößlinge aus den alten Patriziergeschlechtern
der Stadt, die Gelehrten, die Offiziere, die Senatoren,
vor allem die große Schar der schönen und graziösen
Mädchen und Frauen wetteiferten in Entfaltung von
Pracht und Glanz, Frohsinn und Laune innerhalb
der vornehmen Grenzen, die von jeher durch Sitte
und ererbten Geschmack festgelegt waren.

Für Unterhaltung aller Art war bestens gesorgt,
und Ernst und Kurzweil lösten einander ab. Wer
Extragenüsse für Zunge und Gaumen suchte, kam
ebenfalls zu seinem Recht; an reich ausgestatteten
Büfetten fand man die erlesensten Speisen und Ge-
tränke. Die fröhliche Menge wogte durch die geschmück-
ten Säle, und die Klänge der Regimentskapelle lockten
das junge Volk zum Tanz. Unzählige Glühbirnen
gossen über das bunte Bild ein Meer von Licht und
spiegelten sich funkensprühend in dem kostbaren Ge-

schmeide an Haar und Gewand der schönen eleganten
Frauen.

Unter einer Schar älterer Damen und Herren saß bei
einem Glase guten alten Rotweins auch der Archivar
Doktor Hackenschmidt und schaute ins Gedränge.

„Ist es nicht reizend?“ fragte ihn seine Nachbarin,
die Frau Senator Köhler, sich Kühle zufächelnd. „Mich
dünkt, das Festkomitee hat sich in diesem Jahre selbst
übertroffen.“

Doktor Hackenschmidt hatte sich nach der Sprecherin
umgewandt. „Sehr schmeichelhaft, meine verehrte
gnädige Frau. Als Mitglied des soeben belobigten
Festkomitees nehme ich ein Teilchen des gestreuten
Weihrauchs für mich in Anspruch. Jawohl — es ist
ein reizender Anblick, doch —“ er seufzte nachdrücklich
und vernehmlich — „um restlos zu genießen und zu
schwelgen, muß man jünger sein. Eine fatale Einrichtung der Natur, das Altern.“

„Das sagen Sie — Sie mit Ihrer Rüstigkeit und
Schaffenskraft? Sie nehmen es doch noch mit dem
Jüngsten auf! Sie freveln, Herr Doktor!“

„Ich habe zu Hause einen Spiegel, gnädige Frau,
den ich nur zu konsultieren brauche, wenn ich vergessen sollte, in welches Register ich gehöre. Ich habe
mein siebenundfünfzigstes Jahr hinter mir.“

„Sie sind mir heute ein Rätsel, Herr Doktor. Sonst
voll sprühenden Humors, immer genußfähig und
lebensfreudig — und nun auf einmal diese pessimistischen
Anwandlungen! Wissen Sie, daß Sie schon seit
einer halben Stunde melancholisch dreinschauen und
sich in schwermütigen Redensarten gefallen?“

„Ja ja, wir Humoristen und frohen Brüder — uns
packt der Weltschmerz zuweilen wohl am allertollsten.
Dazu ist heute Silvesterabend, und bald schlägt des

Jahres letzte Stunde. Das hat mich immer nachdenklich gemacht und unbehagliche Gefühle in mir geweckt. Wieder ein Jahr dahin — wieder ein Jahr älter geworden!"

„Hirngespinste, Doktor! Für Sie ist reicher und reifer Herbst, Sie stehen in der Erntezeit des Lebens —"

„Sehen Sie dorthin, Frau Senator," unterbrach sie der Archivar. „Ich hoffe, daß auch die jetzt folgende Festnummer als glückliche Phantasieausgeburt des vorhin herausgestrichenen Komitees Ihren gnädigen Beifall finden wird."

Aus Zeug, Holz und Pappe war von flinken Händen in der Mitte des großen Saales ein sonderbares Gebäude im Märchenstil aufgeführt worden, das die Aufschrift „Zum Jungbrunnen" trug. Ein mittelalterlich kostümierter Herold lud in launigen Versen die anwesenden Männlein und Weiblein „so etwan bejahrt und bebrestet seyn und geplagt von Krankheit und Zipperlein", sich in den wunderkräftigen Jungbrunnen zu begeben.

> Jedweder wird hier jung und gesund,
> Das Auge klar und die Wange rund,
> Das Mütterlein mit runzliger Stirn
> Verwandelt sich in eine rosige Dirn'.
> Zum Jüngling wird auch der ält'ste Greis,
> Wenn auch das Haar schon wie Schnee so weiß,
> Und wer einher auf Krücken geht,
> Sich nachher vergnügt im Tanze dreht.
> Drum, wen da zwackt des Alters Beschwer,
> Der komme flugs zum Jungbrunnen her!

„Bravo!" sagte Doktor Hackenschmidt. „Das wäre allerdings etwas für uns Alte. Warten wir den Erfolg ab."

Ein wunderlicher Trupp alter Leute betrat den Saal, uralte Greise mit wackelnden Köpfen und zitternden Beinen, und die Musik setzte ein zu einem langsamen und bedächtigen Großvatertanz. Und aus einer anderen Tür kam eine Anzahl trippelnder krummgebogener Mütterlein, und die alten Paare fanden sich zusammen zu einem zaghaften Menuett, das so überaus drollig und schnurrig wirkte, daß die Zuschauer dieser wohleinstudierten Komödie mit ihrem lauten Beifall nicht zurückhielten. Darauf ordneten sich die Alten paarweise hintereinander, und der Zug der Gebrechlichen wankte dem Jungbrunnen zu, in dessen geheimnisvollem Innern sie verschwanden.

Es dauerte nicht lange, da kamen sie an der anderen Seite als frische Jünglinge und Mädchen mit elastischen Gliedern und strahlenden Gesichtern wieder hervor. Hellfarbige Gewänder umschlossen knapp die schlanken Gestalten, und als die Musikkapelle einen rauschenden Tschardasch spielte, flogen sie im federnden Tanzschritt durch den Saal, mit lächelnden Lippen und bezwingender Anmut.

„So triumphiert die Jugend über das Alter," bemerkte Hackenschmidt mit leichter Schwermut. „So ist es immer — die Jugend windet sich mit spielender Sorglosigkeit blühende Kränze, und das Alter steht beiseite mit seinen vertrockneten Erinnerungen. Grausame Laune des Schicksals! Wer der alternden Menschheit doch wirklich einen solchen Jungbrunnen bescheren könnte! Schade — da tragen sie den Wunderquell schon wieder fort!"

„Welch ein hübscher Einfall!" sagte die Frau Senator begeistert.

„Leider nur ein Einfall, Gnädigste. Ich gäbe etwas darum, wenn ich die Zeit um dreißig bis vierzig Jahre zurückschrauben könnte. Mai, Schönheit, Kraftfülle, sprühende Leidenschaft — wer sie wieder hätte, sei's auch nur auf kurze Zeit! Sie sind zu Schemen geworden, zu wesenlosen Begriffen."

„Mit Ihnen ist heute nichts anzufangen, Doktor!" Ein reizendes Mädchen mit rosigen Wangen trat heran, mehr hüpfend als gehend, und als es den Doktor Hackenschmidt bemerkte, machte es ihm einen artigen Knicks. Eine stattliche Reihe von Blumensträußchen legte es in Frau Senator Köhlers Schoß.

„Du glaubst nicht, Mama, wie köstlich wir uns amüsieren! Der kleine Weßler ist aber auch zu drollig — man lacht sich einfach kaput. Ich mußte einmal eine Pause machen —"

Doktor Hackenschmidt war aufgestanden. „Dürfte ich Sie um einen Tanz bitten, gnädigstes Prinzeßchen? Man beginnt soeben einen prickelnden Walzer."

Die Kleine knickste noch einmal. „Mit Vergnügen, Herr Doktor — das ist mir eine große Ehre."

„Wohl mehr Ehre als Vergnügen," meinte er ironisch.

„O nein," wehrte sie lebhaft ab, „ich tanze wirklich gerne mit Ihnen, Herr Doktor. Interessante alte Herren sind meine Passion."

„Na na!" drohte er.

Dann walzten sie los. Hackenschmidt flog trotz seiner siebenundfünfzig noch ganz gelenkig über das Parkett, aber als er die zweite Runde beendet hatte, war ihm der Atem knapp geworden, und der Kopf schwindelte ihm. Er mußte aufhören.

„Sie tanzen wirklich noch sehr nett," bekam er als Lob zu hören.

Frau Senator Köhler empfing ihn lachend und klopfte leise applaudierend in die Hände. „Das rechnet

Ihnen meine Irma hoch an, Herr Doktor. Das Kind
verehrt Sie ja förmlich. Wie gewandt Sie noch sind!"
„Zu gütig, gnädige Frau. Es sind die letzten
Resterchen der auch bald dahinschwindenden sogenannten besten Jahre."

Sie schüttelte den Kopf. „Sind Sie denn gar nicht
von dem schrecklichen Thema abzubringen? Ich dachte
schon, Sie hätten die Schrullen glücklich überwunden."

„Ist denn das nicht die richtige Silvesterstimmung
— halb lustig, halb traurig — halb ernst und halb
heiter? Ich merke, ich passe mit dem Mischmasch
meiner Gefühle nicht recht hierher. So ein alter ver-
drießlicher Kerl wirkt nur störend."

Doktor Hackenschmidt verschwand in der Tat nun
gleich darauf aus dem fröhlichen Zirkel. In seinen
Mantel gehüllt schlich er auf die Straße hinaus, wo
die Schneeflocken wild durcheinanderwirbelten. Aber
er ging noch nicht nach Hause. Seine behaglich aus-
gestattete Junggesellenwohnung erschien ihm unaus-
stehlich öde und einsam. Dort wurde er die verrückten
Gedanken auch nicht los. Als er darum an der Ein-
gangspforte zum Ratskeller vorbeikam, trat er, einem
augenblicklichen Impuls folgend, ein und stieg die
Stufen hinunter.

Heiß und dunstig schlug ihm die Luft entgegen.
Wer von draußen kam, mußte sich erst an die Atmo-
sphäre, die hier herrschte, gewöhnen. Das Lokal war
gut besucht, und von allen Tischen tönte Lachen und
Gläserklang. Ohne sich aufzuhalten, schritt Doktor
Hackenschmidt durch die Reihen der Gäste hindurch.
Manche Hand winkte ihm, manches frohe Wort flog
zu ihm hinüber. Er aber wollte allein sein. Dort,
wo die Riesenfässer standen, gefüllt mit den besten
Jahrgängen aus Mosel- und Rheingau, fand er ein

einfames Tifchchen. Der Kellner brachte ihm Flafche
und Glas. Das Etikett trug einen hochberühmten
Namen. Langfam fchlürfte er den duftenden Trank
aus dem Römer und nickte.

Da erhob fich um ihn her ein unbefchreiblicher
Tumult; Pfropfen knallten, Stühle wurden gerückt,
und Hunderte von Kehlen riefen ein fröhliches „Profit
Neujahr!" Man umarmte und küßte fich, und die
Mufik blies einen raufchenden Tufch.

Das neue Jahr war aus der Wiege gehoben.

Es war da: rofig, unfchuldig lächelnd, glückver-
heißend — wie ein Kindlein, bei deffen Eintreffen
hier im irdifchen Jammertal man auch nicht an die
dunklen Wolken denkt, die über feinem künftigen Leben
fchweben können.

Auch auf den Straßen war minutenlang Gefchrei
und toller Wirrwarr. Dann ebbte das Braufen all-
mählich ab. Der Keller leerte fich merklich. Die foliden
Bürgerfamilien gingen nach Haufe. Man griff nach
Pelz und Wintervermummung, nach Galofchen und
Schirm. Schwatzend, kichernd, lärmend fand jeder
das Seinige. Die Gestalten hufchten an den alten
Fäffern vorüber, und manchmal flog ein neugieriger
Blick aus dunklen Mädchenaugen zu dem einfamen
Zecher hin, der in feiner Ecke faß und dachte und
grübelte.

Er fchalt fich felber und fuchte die Melancholie,
deren er nicht Herr werden konnte, abzufchütteln.

„Stimmungen!" fagte er zu fich felbft. „Morgen,
wenn wir ausgefchlafen haben werden, wenn das
gewohnte Tagewerk wieder beginnt, werden die Ge-
fpenfter fchwinden."

Er hob den Römer empor und trank ihn bedächtig
aus.

„Torheit!" ſprach er weiter. „Wir müſſen es ja
alle lernen, uns zu fügen, zu verzichten, mit dem
gebliebenen Reſt weiſe hauszuhalten.   Der Welt
Lauf!"

Aber die grauen Teufelchen, die ihn plagten,
ließen ſich nicht verſcheuchen. In leuchtenden Farben
ließen ſie ſeine Jugend vor ihm auftauchen. Er ſah
ſich als jungen Geſellen, die Bruſt voll von hohen
Idealen, mit blitzenden Augen, mit ſangfrohen Lippen
— es klang ihm von fernher der Refrain des alten
Liedes, in dem es ſchäumt und brandet von Jugendluſt
und Liebesſehnſucht: Noch ſind die Tage der Roſen!

> Ihr Fröhlichen, ſingt, weil das Leben noch mait:
> Noch iſt ja die blühende, goldene Zeit,
> Noch ſind die Tage der Roſen!

„Was gäbe ich drum, noch einmal jung zu ſein!"

Er ſtützte den Kopf in die Hand und träumte vor
ſich hin. Die Minuten verrannen, es war ſpukhaft ſtill.
Nur leichtes Summen ferner Stimmen, Flüſtern
und Gekicher, ſchalkhaftes Raunen.   Waren es die
Geiſter des Weins, die in der Silveſternacht empor-
ſtiegen aus den rieſigen Fäſſern zum kobolbartigen
Gaukelſpiel?

Der Träumer fuhr auf und ſtarrte um ſich. Er
gewahrte, daß er nicht mehr allein war. Ihm gegenüber ſaß ein Mann, angetan nach einer Mode, die
in längſt entſchwundener Zeit geherrſcht hatte. Der
Archivar Doktor Hackenſchmidt, der in der Geſchichte
der Koſtüme und Trachten wohlbewandert war, konnte
ſich das Jahr genau ausrechnen.

Es war höchſt verwunderlich, daß der dort ſaß,
aber noch verwunderlicher, daß der Doktor darüber
nicht in maßloſes Erſtaunen geriet, ſondern die Geſtalt
nur mit Neugier und Intereſſe muſterte.

„Schönen guten Abend!" sagte der mitternächtliche Gast mit freundlichem Kopfnicken, und der Archivar erwiderte den Gruß.

„Viel Heil und Glück im neuen Jahr!" fuhr der merkwürdige Besucher fort. „Die Menschen wünschen es sich, und sie können's wohl gebrauchen. Wer hätte heute nicht besonderen Wunsch und Begehr? Der Herr Doktor lachten vorhin etwas laut."

Hackenschmidt bewegte zustimmend den Kopf, aber antwortete nichts.

„Ei ja, noch einmal jung sein und erdenfroh — da liegt's. Das Alter bringt den wenigsten Menschen große Freude. Wie ein Zauberlied klingt's ihnen fernher aus entschwundener Jugendzeit, und sehnsuchtsvoll schwillt ihnen das Herz. Ja, wer sie wiederbrächte, die Tage der Rosen!"

„Ja, wenn's ein Mittel gäbe —"

„Warum nicht? Die Menschen wissen's freilich nicht und werden's nie finden, und wären sie noch neunmal weiser und klüger als der gelehrte Herr Doktor Hackenschmidt. Was weiß der Mensch von der Natur und ihren Geheimnissen? Kann er einen Blick tun in das siebenmal versiegelte Buch?"

Geheimnisvoll zwinkerte der Fremde mit den Augen.

„Es gibt also ein solches Arkanum?"

„Ein Tröpflein ins Tränklein, wie es der Doktor Faust bekam, ein Saft, der verjüngend durch die Adern rinnt! Sollen's haben, Herr Doktor, weil's des Jahres erste Stunde ist, sollen klug werden —"

In des Doktors Glas flossen ein paar Tropfen einer hellen Flüssigkeit, die der andere hineingoß.

Hastig setzte er den Trank an die Lippen und schluckte ihn hinunter bis auf die Nagelprobe. Als er absetzte und wieder aufjah, verjchwand jein Bejucher wie ein Schatten hinter den großen Fäjjern.

In wunderlicher Stimmung verließ auch der Archivar den Keller. Sein Gang war elajtijch und jeine Glieder jtraff und biegjam. Er fühlte einen warmen Strom neuen Lebens durch jeine Adern fließen. Ein Bekannter, der noch nicht heimgegangen war und dejjen Stuhl er fajt jtreifte, jah ihm gleichgültig ins Gejicht. Sollte er wirklich — —?

Ein Blick in den Spiegel im Vorraum belehrte ihn. Was ihm daraus entgegenjchaute, war nicht der jieben-undfünfzigjährige Archivar Doktor Hackenjchmidt mit den Falten und Runzeln im Gejicht und dem grauen Vollbart, jondern ein junger hübjcher Menjch, den er jehr wohl kannte und der ihm doch jo fremd war. So hatte er ausgejehen, als er nach glücklich bejtandenem Doktorexamen in die Welt fuhr, um in reiner Bergluft Erholung zu juchen.

Sein Wunjch war ihm erfüllt, die Jugend war wieder jein!

Sonderbar — er nahm das unerhörte Phänomen als etwas Selbjtverjtändliches und durchaus Mögliches hin. Leicht und froh jchritt er durch die nächtlichen Straßen und nickte übermütig dem beinahe vollen Monde zu, der durch das zerrijjene Gewölk jchien. Es war noch nicht ein Uhr. Die Front des großen Ge-bäudes, in dem jich die Fejtgejelljchaft vergnügte, war hell erleuchtet, und aus dem Innern tönten die lockenden Geigenklänge.

Wie ein Jüngling flog er die Treppenjtufen hinan und jtürzte jich in das Gewühl — nicht in den Kreis der Alten, die als pajjive Zujchauer und wohlwollende Kritiker im Gejpräch zujammenjaßen, jondern zu dem jungen Volk, das im Reigen durcheinanderwirbelte

ober mit neckischem Wort und feurigem Blick sich dem
ewig reizvollen Spiel und Kampf der sich anziehenden
Geschlechter hingab.

Er war bald mitten zwischen ihnen — Jugend unter
Jugend. Er suchte es ihnen gleichzutun, wie er es
früher einmal getan hatte — vor vielen Jahren. Holde
Mädchengestalten umgaukelten ihn wie bunte Schmet-
terlinge, ihre Schönheit traf sein Auge, ihr leises
Lachen schlug an sein Ohr. Jrma Köhler, die kleine
hübsche Senatortochter, hielt er wieder im Arm
und sprang und hüpfte mit ihr durch das Gewoge der
dahinrasenden, schnellatmenden Menschen.

Endlich hielt die tolle Jagd ein, die Musik schwieg.

Da saß er unter der lachenden Schar — Witzworte
flogen hin und her wie Raketen, und die jungen Herrchen
suchten sich zu überbieten in gesuchten Redensarten
und wohlfeilen Komplimenten. Der Flirt war im
schönsten Gange. Der kleine Weßler, ein arrogantes,
sich selbstgefällig spreizendes Herrlein, übertrumpfte
alle an Unverschämtheit und Albernheit. Doch man
lachte unmäßig über die fadesten und abgeschmacktesten
Dinge, die er vorbrachte.

Hackenschmidt staunte. Ein Gefühl wie eine ungeheure Enttäuschung überschlich sein Herz. War er
wirklich auch einmal so gewesen wie alle diese? Hatte
er an solchem Geschwätz Gefallen gefunden?

Fremd und kalt saß er zwischen den jungen Leuten;
es war ihm nicht möglich, sich hineinzufinden in das
Unreife und Halbfertige seiner Umgebung. Die
schönen Mädchen mit der glatten Haut und den rosigen
Lippen erschienen ihm wie schnatternde Gänslein,
und die eleganten Jünglinge wie grenzenlos törichte
Wichtigtuer ohne jeden Geist und Witz.

Er warf ein mahnendes Wort dazwischen. Man

sah ihn erstaunt an und verstand ihn nicht. Und nach
seiner Meinung hatte er doch Bedeutenderes gesagt
als alle die Schwätzer in der Runde.

Die lächelnden Paare, die sich bald darauf wieder
drehten im bacchantischen Taumel, kamen ihm plötzlich
kindisch vor. Wie ein toller Rausch das Ganze — so
inhaltlos und zwecklos.

Er hatte eine Lehre empfangen.

Nur einmal kann man jung sein und der Jugend
holden Wahn genießen. Die Quintessenz des Lebens
ist aber die Jugend nicht. Dem Alternden sei und
bleibe das Märchenland der Erinnerung, an das er
mit leiser Wehmut, doch auch mit überlegenem Lächeln
gedenkt. Er wünsche sie sich nicht zum zweiten Male.

Doktor Hackenschmidt versank in philosophische
Träumereien. Und als er, mit einem Ruck daraus
erwachend, emporfuhr, befand er sich gar nicht auf
dem Fest der Künstlervereinigung, sondern wieder
hinter dem großen Faß im Ratskeller, und der Ober-
kellner trat zu ihm heran mit der höflichen Frage, ob
der Herr Doktor noch länger zu verweilen gedenke.
Das Lokal sei fast leer, und es werde bald geschlossen.

Da strich er sich über die Stirn, trank den Rest
seines Weines aus und bezahlte. Außerordentlich
lebhaft mußte er geträumt haben, so lebhaft, daß er
es nicht unterlassen konnte, seinen kleinen Taschen-
spiegel hervorzuziehen, um sich zu überzeugen, ob er
der junge oder der alte Doktor Hackenschmidt sei.
Und als ihm das getreue Glas sagte, daß die Falten
und Runzeln noch alle beieinander waren, und der
wohlbekannte graue Bart ihm das Kinn umrahmte,
da steckte er's befriedigt in die Tasche und lachte leise
für sich hin.

„Wer weiß, ob's nicht doch ein Spuk war, der mich

äffte!" sagte er sinnend und blickte auf den leeren Stuhl, der ihm gegenüberstand. „In der Silvesternacht sollen sonderbare Dinge geschehen. Sagte mir nicht Wissenschaft und Vernunft, daß dergleichen ins Reich der Fabel gehört, ich würde darauf schwören, daß das putzige Männlein mit dem geschlitzten Wams und dem betreßten Federhut mir leibhaftig gegenüber gesessen hätte!"

Er hüllte sich in den Überzieher und ging.

Die Uhr auf dem Rathausturm schlug die dritte Morgenstunde.

Vom Aberglauben.

Von M. Elsner.

Mit 8 Bildern. ✦ (Nachdruck verboten.)

Unwissenheit und Aberglaube sind von jeher auf das innigste verschwistert gewesen. Aus sehr nahe-liegenden Gründen. Schon auf den niedrigsten Stufen seiner Entwicklung war der Mensch ein beobachtendes und denkendes Wesen, dem die inneren Zusammen-hänge in den Erscheinungen seiner Umwelt nicht verborgen bleiben konnten. Am schnellsten wohl lernte er den Zusammenhang zwischen Wirkung und Ursache begreifen. Er erkannte, daß keine Bewegung oder Umgestaltung der anscheinend unbelebten Materie möglich war ohne eine wirkende Kraft. Und wo sein Verständnis nicht ausreichte, das Wesen dieser Kraft zu ergründen, wo sie sich für sein Fassungsvermögen mit dem Schleier des undurchbringlichen Geheimnisses umgab, fand er keine andere Erklärung als die durch ein Walten übernatürlicher Mächte.

Die engen Grenzen seiner Vorstellungswelt ge-statteten ihm nicht, sich diese Mächte anders als in Mensch- oder Tiergestalt verkörpert zu denken, und so entstand der Glaube an gute und böse Geister, so er-klärt sich die Fülle der Gestalten in der Mythologie der Alten wie der noch heute auf ein tiefes Kulturniveau gestellten Naturvölker.

Die Beziehungen des Menschen zu jener übersinn-

lichen Welt mußten naturgemäß eine ganz besondere
Gestalt annehmen. Weil man die Unmöglichkeit emp-
fand, dem Unsichtbaren und Unergründlichen eine
bestimmte Form zu geben, begnügte man sich mit dem
Symbol, das der Phantasie den weitesten Spielraum
offen ließ, und diesen symbolischen Charakter, den wir
manchmal bis in ferne Jahrtausende zurückverfolgen

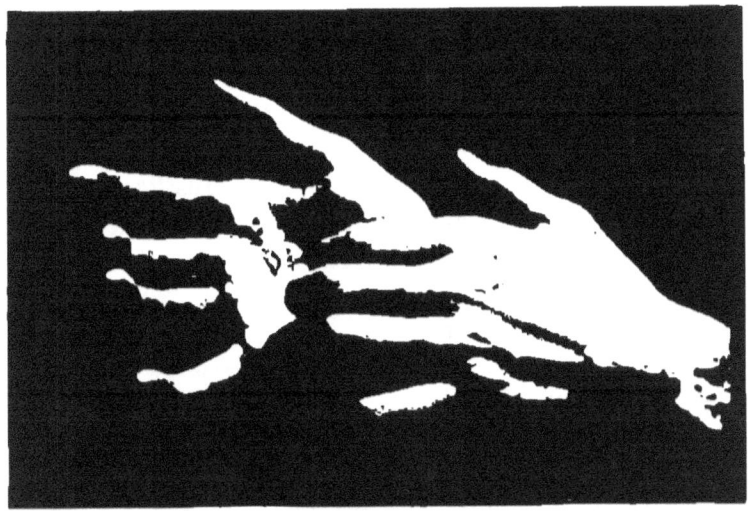

Die juckende Hand.

können, haben einige Dinge bis auf den heutigen Tag
zu bewahren vermocht.

Was in den Zeiten tiefster Unwissenheit Religion
und fester, unumstößlicher Glaube gewesen war,
wurde zum Aberglauben, als die fortschreitende Kultur-
entwicklung das Übernatürliche mehr und mehr zum
Natürlichen wandelte, als der forschende Menschengeist
immer häufiger das scheinbar Unfaßliche seines geheimnisvollen Charakters entkleidete und für zahllose,
vermeintlich unlösbare Rätsel die einfache Lösung fand.
Die neu gewonnene Erkenntnis wurde ja selbst inner-

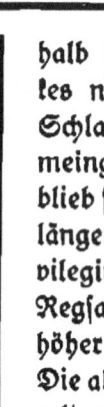

Der gefundene Hufnagel.

halb desselben Vol-
kes nicht mit einem
Schlage zum Ge-
meingut aller, sie
blieb für kürzere oder
längere Zeit ein Pri-
vilegium der geistig
Regsameren und
höher Entwickelten.
Die alten, eingewur-
zelten Vorstellungen
ließen sich nur lang-
sam austilgen, die
geheiligte Überlieferung behauptete ihre Rechte, und
oft genug mußten Jahrhunderte vergehen, ehe einem
zähe festgehaltenen Glauben auch in den Augen der

großen Masse der
Stempel des Aber-
glaubens aufgedrückt
war.

Eines noch viel
längeren Zeitraumes
aber bedurfte es zu-
meist, um diese allge-
mein als Aberglaube
anerkannten Vorstel-
lungen bis auf die
letzten Spuren zu be-
seitigen. Die tägliche
Erfahrung kann uns
darüber belehren, daß
es bei einigen von
ihnen wahrscheinlich
niemals vollkommen

Ein lappländischer Talisman.

gelingen wird. Die von Geschlecht zu Geschlecht vererbte Tradition erweist sich da mächtiger als alle Aufklärung, und sie hält vielfach auch diejenigen in ihrem Bann, die zwar von der Sinnlosigkeit des betreffenden Aberglaubens ganz durchdrungen sind, sich aber trotzdem nicht von ihm freimachen können.

Denn die Unwissenheit, die mangelnde

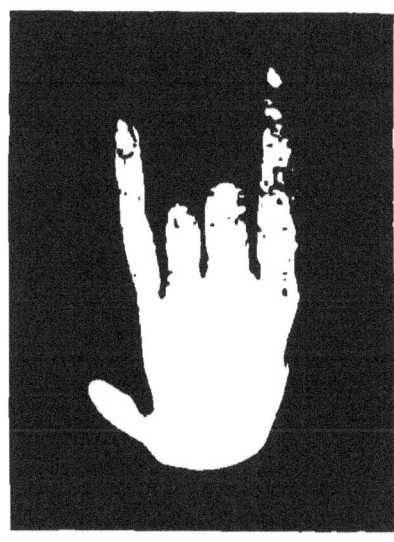

Ein chinesischer Glücksgott.

Erkenntnis des wirklichen Wesens der Dinge, ist wohl die hauptsächlichste, nicht aber die einzige Quelle des Aberglaubens. Wir müssen uns wohl oder übel mit der Tatsache abfinden, daß es auch unter geistig hochstehenden Menschen abergläubische gibt, ja, daß sich selbst bei den größten und tiefsten Denkern zuweilen Züge eines Aberglaubens finden, für den viel bescheide-

Abwehr drohenden Unheils.

nere Geister nichts als ein mitleidiges Lächeln haben
würden.

Der Erklärungen dafür gibt es gar viele. Sehr
oft mag es sich um die Folgen von Fehlern handeln,
die bei der ersten Erziehung begangen wurden, um
lange nachwirkende, unauslöschliche Eindrücke der
frühen Jugendzeit. In anderen Fällen ist es ein
angeborener Hang zum Phantastischen oder Mystischen,
der — sonst durch den kritischen Verstand eingedämmt
— in dem Festhalten an der einen oder der anderen
abergläubischen Vorstellung zum Ausdruck kommt.
Meist aber haben wir es mit nichts anderem zu tun,
als mit einer suggestiven Auslösung von Lust- oder
Unlustgefühlen, bei denen von irgendwelchem Glauben
an das Walten übernatürlicher Kräfte gar nicht die
Rede ist.

Es gibt sehr aufgeklärte Leute, die nicht gerne an
einem Freitag etwas Wichtiges unternehmen oder
Bedenken tragen, sich als Dreizehntes an einen Tisch
zu setzen, nicht weil sie den Freitag für einen Unglücks-
tag oder die Dreizehn für eine Unglückszahl hielten,
sondern einzig, weil sie in jedem der beiden Fälle an
die Vorstellung erinnert werden, die andere mit diesem
Tag oder dieser Zahl verbinden, und weil in ihrem
Geiste dadurch unwillkürlich allerlei Bilder von Unglück
oder Tod heraufbeschworen werden, die sie in eine
unbehagliche Stimmung versetzen müssen.

Häufig ist das, was uns als Aberglaube erscheint,
auch nur ein Ausdruck geheimer Befürchtungen, Hoff-
nungen oder Wünsche. An nichts glaubt der Mensch
so gern als an das, was er wünscht, und nichts scheint
ihm ständig in so bedrohlicher Nähe als das, wovor er
zittert. Wer ein großes Glück inbrünstig herbeisehnt,
oder wem vor einem schweren Unheil bangt, der wird

leicht geneigt sein, nach prophetischen Vorzeichen
auszuspähen. Nur ein verliebtes Mädchen befragt
klopfenden Herzens das Blumenorakel, das sie als
törichten Aberglauben verlacht, wenn sie in den glücklichen Besitz des geliebten Gegenstandes gelangt ist.
Nur ein Armer nimmt das Jucken in der Innenfläche
der rechten Hand als eine Verheißung baldigen Geld-
zuflusses. Nur einer, dem das Lächeln der Glücks-
göttin dringend nottut, bückt sich auf der Straße nach
dem Hufnagel, an
dem noch von
grauer Vorzeit her
ein Stück uralten
Teufelsaberglau-
bens haftet.

So ist es denn
auch ganz begreif-
lich, daß man —
von den Unwissen-
den und geistig
Armen abgesehen
—die meisten aber-
gläubischen Leute
in solchen Berufs-

Die prophetische Spinne.

arten findet, deren Angehörige mehr als andere von
der Gunst oder Ungunst des Zufalls abhängig sind.
Abergläubisch ist der tausend Gefahren preisgegebene
Seemann, und abergläubisch ist — mit erstaunlich
wenig Ausnahmen — der Schauspieler, dessen Existenz
sozusagen immer aufs neue auf den unberechenbaren
Wankelmut des Publikums gestellt ist.

Alle die Formen aufzuzählen, in denen sich die
abergläubischen Vorstellungen unserer Vorfahren bis
in das aufgeklärte zwanzigste Jahrhundert hinein

erhalten haben, könnte nur die Aufgabe eines auf
gewaltigem Umfang angelegten Werkes sein. Jeder
unserer Leser ist unzweifelhaft in der Lage, hunderte
von ihnen zu nennen, die er in seiner Umgebung und
zum Teil vielleicht auch — an sich selbst beobachtet hat.
Nur einige wenige mögen hier herausgegriffen sein,
weil sie zu den meistverbreiteten gehören, und weil
sie sich leicht im Bilde veranschaulichen ließen.

Da haben wir den lachenden Glücksgott mit dem bei
jeder Berührung wie in freundlicher Gewährung nicken-
den Kopfe, den der ehemalige Zopfträger im fernen
Osten als segenspendenden Talisman betrachtet, und der
auch in manchem abendländischen Salon seinen be-
vorzugten Platz wohl weniger der grotesken Häßlichkeit
seiner Erscheinung als seiner symbolischen Bedeutung
zu danken hat. Da sehen wir ferner jene charakteristische
Hand- und Fingerdarstellung, durch die abergläubische
Personen das Unheil von sich abzuwehren suchen,
wenn irgend ein böses Omen seine Nähe anzukündigen
scheint. Der zweite und der letzte Finger der abwärts
geneigten Hand werden ausgestreckt, während die drei
anderen nach der Handfläche zu gebeugt sind. Oft
werden zur Verstärkung der Abwehr dazu auch noch
ein paar Worte gemurmelt, die man als letzte Über-
bleibsel der nachgerade außer Gebrauch gekommenen
Beschwörungsformeln ansehen mag.

Daß die Spinne ein sehr zuverlässiger Prophet
ist, wissen durch einen bei ihrem Anblick häufig zitierten
Reimvers sogar schon unsere Kinder. Ihr Erscheinen
bereitet gläubige Gemüter am Morgen auf bevorstehende Sorgen, am Mittag auf den Besuch befreun-
deter Personen, am Abend auf allerlei gute und erfreuliche Dinge, um Mitternacht aber auf schwere
Ärgernisse vor. Wahrscheinlich hat es schon gar manche

der fleißigen Netzweberinnen mit ihrem Leben bezahlen
müssen, daß sie statt am Mittag oder am Abend schon
in früher Morgenstunde oder gar um Mitternacht

Der glückbringende Mistelzweig.

in den Gesichtskreis eines abergläubischen menschlichen
Wesens trat.

Der Mistelzweig erfreut sich als Glücksymbol einer
besonderen Wertschätzung wohl nur, soweit die englische Zunge klingt. Um die Weihnachts- und Neu-

jahrszeit findet man ihn bekanntlich in jedem britischen
Hause. Jung und alt sieht ihn gern, da kein Unheil
die Schwelle überschreiten kann, über der er aufgehängt
ist. Am meisten aber liebt ihn doch die reifere Jugend,

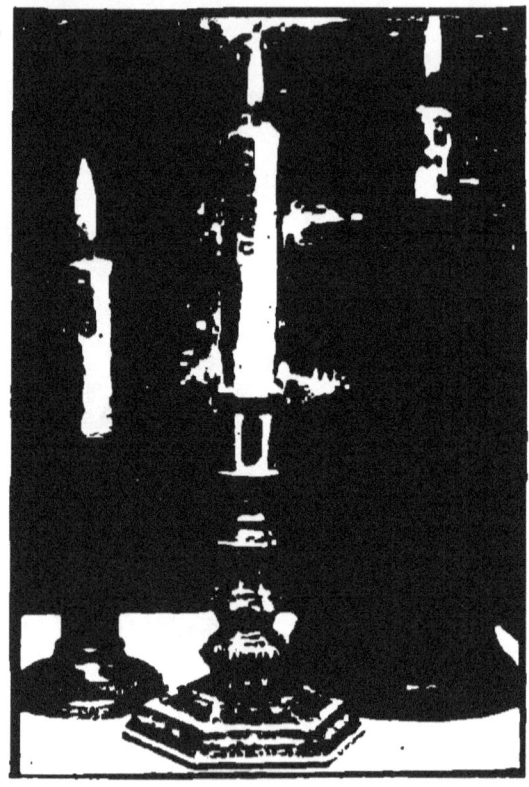

Böses Omen.

und zwar um der geheiligten Sitte willen, daß jedes
weibliche Wesen geküßt werden darf, das sich unter
dem Mistelzweig erwischen läßt.

Zum Beweise, daß man auch im höchsten Norden
das Glück und die Liebe bei abergläubischen Vorstellungen
als zwei untrennbar verbundene Dinge ansieht, geben

wir die Abbildung eines lappländischen Glückstalismans. Es ist ein Walroßzahn, in dessen Schmelz der Besitzer das Bildnis seiner Herzliebsten eingeritzt hat. Im Besitz eines solchen Amuletts wähnt sich der Lappe gefeit gegen jede Gefahr.

Weshalb drei Kerzen, die zufällig nahe beieinander in demselben Zimmer brennen, als ein sehr schlimmes Omen, nämlich als Vorzeichen eines nahen Todesfalles gelten, ist nicht schwer zu erraten. Sie wecken eben in dem Beschauer die Vorstellung von Lichtern, die bei der Totenwacht an einem Sterbelager oder am offenen Sarge brennen.

In solchen und in tausend anderen Gestalten hat sich der Aberglaube von Jahrhundert zu Jahrhundert vererbt. Wann endlich wird er aus der Welt geschwunden sein?

Dann, wenn es für den Menschengeist keine unerforschten Geheimnisse, keine ungelösten Rätsel mehr gibt.

Sollte jemand daran glauben, daß dieser Zeitpunkt überhaupt jemals eintreten könnte?

Mannigfaltiges.

♦

Wehe dem, der lügt! — Die Familie des Gutsbesitzers
v. D. zog über den Ozean, um Verwandte zu besuchen, die
drüben eine große Farm besaßen und es zu Ansehen und Wohl-
stand gebracht hatten. Die Familie bestand außer dem Guts-
besitzer und seiner Gattin noch aus drei prächtigen Kindern,
dem fünfjährigen Fritz, dem vierjährigen Emil und dem Nest-
hälchen, der kleinen anderthalb Jahre alten Anna. Die kleine
Anna, ein bildhübsches, munteres Ding mit blauen Augen
und seidenweichen blonden Locken, war der Stolz und der
Liebling der ganzen Familie. Selbst der sonst so ernste und
strenge, arbeitüberhäufte Vater, über dessen Antlitz nur selten
ein Lächeln flog, blickte froh und heiter drein, wenn sein Auge
auf sein Töchterchen fiel. Und die Mutter war so stolz auf ihr
Baby, fühlte sich in seinem Besitz so glücklich, daß sie es ganz
allein pflegte und kein Kindermädchen mitgenommen hatte.
Auch die beiden Knaben hatten ihr Schwesterchen von Herzen
lieb, sie ließen die schönsten Spielsachen liegen, wenn sie mit
der Kleinen spielen durften — kurzum, das Baby war der
Mittelpunkt, um den sich das Interesse der ganzen Familie
drehte. Die kleine Dame schien dies auch sehr gut zu wissen,
denn sie war sehr anspruchsvoll und verwöhnt, wollte immer
unterhalten, beschäftigt und geliebt sein und tyrannisierte
eigentlich die ganze Familie. Ging irgend etwas nicht nach
ihrem Kopf, erhob sie ein fürchterliches Gebrüll und hörte nicht
eher auf, bis sie ihren Willen durchgesetzt hatte und ihre nicht
immer leicht erkennbaren Wünsche erfüllt waren.

Auf dem Schiff nahm die Wartung der Kleinen natürlich
viel Zeit und Mühe in Anspruch. Trotzdem befand sich die

kleine Anna fortgesetzt in der denkbar ungnädigsten Stimmung. Vielleicht schmeckte ihr die Milch auf dem Schiffe nicht, vielleicht ärgerten sie die vielen Menschen, die ihr neugierig ins Gesicht starrten, oder ihr wohl gar mit lauten Ausrufen des Entzückens die runden Bäcklein tätschelten; möglich war es auch, daß sie sich nach ihrem treuen Spielgefährten, dem geduldigen Nero, sehnte, den man schnöder Weise zu Hause gelassen hatte.

Eines Morgens war sie besonders übellaunig, sie schrie so laut und andauernd, daß die Passagiere schleunigst aus ihrer Nähe flüchteten. Die Mutter gab sich die erdenklichste Mühe, sie zu beschwichtigen; sie nahm sie auf die Arme, summte ihr die schönsten Lieder vor, zeigte ihr die verlockendsten Spielsachen und machte auch sonst alle möglichen Versuche, um die Kleine zur Ruhe zu bringen. Aber alles war umsonst, das Kind schrie unverdrossen weiter. Kein Bitten, kein Schmeicheln, kein Drohen half. Ein paar leichte Klapse, die ersten, die sie überhaupt erhielt, bewirkten nur das Gegenteil der beabsichtigten Wirkung, das Geschrei steigerte sich zum ohrenzerreißenden Gebrüll.

Da hob die Mutter in einem Anflug von Verzweiflung den Schreihals auf die Reling und sagte im strengsten Ton: „Wenn du nun nicht gleich artig bist und mit Schreien aufhörst, werf' ich dich ins Wasser!"

Die Kleine blickte erschreckt in die dunkle Flut, die dort unten wogte. Sie wandte den Kopf vom Wasser weg und streckte die kleinen Arme flehend nach der Mutter aus. Ihre Tränenflut versiegte, kein Laut kam mehr aus ihrem Munde. Geduldig ließ sie sich in ihren Wagen betten und blieb still und ruhig darin liegen.

Die Mutter atmete erleichtert auf. „So, Jungens," sagte sie zu ihren beiden Knaben, die mit großen Augen der eben geschilderten Szene gefolgt waren, „ich gehe nur schnell nach unten, um dem Papa etwas zu sagen. Den kleinen Augenblick könnt ihr wohl auf euer Schwesterchen aufpassen!"

„Gewiß, Mama!" erwiderte Fritz, und Emil setzte wichtig hinzu: „Wir werden schon dafür sorgen, daß Baby nicht wieder schreit."

Die junge Frau eilte hinab in die Kabine, um dem Gatten,
der dort mit dem Schreiben wichtiger Briefe beschäftigt war,
eine Mitteilung zu machen und ging dann wieder aufs Deck
zurück.

Da sah sie die beiden Knaben an der Reling stehen und
gespannt ins Wasser schauen, der Kinderwagen aber — war
leer.

„Na, Jungens," fragte sie, „wo ist denn euer Schwesterchen?"

Lachend erwiderte Fritz: „Baby hat wieder geschrieen, und
da haben wir es ins Wasser geworfen."

Der Mutter ward es schwarz vor den Augen. Sie taumelte
einen Schritt zurück und rief entsetzt: „Um Gottes willen, was
habt ihr getan?"

„Ja, Mama," gab Emil zur Antwort: „Du sagtest doch,
wenn Baby noch einmal schreie, sollte es ins Wasser geworfen
werden, und da es wieder ganz furchtbar zu schreien anfing
und gar nicht aufhören wollte, haben Fritz und ich es denn auch
hineingeworfen."

Die unglückliche Frau stürzte, so schnell sie ihre schwankenden
Füße tragen wollten, zum Kapitän. Mit ein paar abgerissenen
Worten benachrichtigte sie ihn von dem Entsetzlichen und
flehte ihn an, einen Rettungsversuch zu machen. Der Kapitän
zuckte mitleidig die Achseln, denn da war keine Rettung mehr
möglich. Aber die Tränen der verzweifelten Frau veranlaßten
ihn dennoch, den Befehl zum Stoppen zu geben. Ein Boot
wurde ausgesetzt, mit den tüchtigsten der Matrosen bemannt,
aber nach einigen Stunden kehrte es unverrichteter Sache
wieder zum Schiff zurück; wie zu erwarten war, hatte man keine
Spur von dem armen kleinen Kinde erblickt.

Auf dem Schiff aber mußte der tiefgebeugte Gatte alle
Kräfte aufbieten, um seine vor Schmerz fast wahnsinnig ge-
wordene Frau daran zu hindern, ihrem Liebling in das nasse
Grab zu folgen.   —zen.

Humor in der Naturgeschichte. — Wollen wir Humor in
der Naturgeschichte finden, so müssen wir Bücher lesen, die
vor hundert und mehr Jahren gedruckt worden sind. Heiterkeit und Lachlust kommt uns da fast auf jeder Seite an, obgleich

alles, was berichtet wird, damals bitterer wissenschaftlicher
Ernst war. Eine wahre Fundgrube naturwissenschaftlichen
Humors ist zum Beispiel die Naturgeschichte von M. Georg
Christian Raff, ordentlichem Lehrer der Geschichte und Geo-
graphie auf dem Lyzeum zu Göttingen. Die letzte Ausgabe
des Buches erschien 1798 in Frankfurt und Leipzig mit vierzehn Kupfertafeln.

Raff erzählt der Jugend vom Eichhörnchen: „Und weil
die Eichhörnchen auch die Kunst verstehen, auf einem Stückchen
Holz oder auf einer Baumrinde sich ins Wasser zu setzen und
darauf mit gutem Winde über einen Bach oder einen Fluß
zu schiffen, so muß ihnen ihr zottiger Schwanz zum Segel,
und einer ihrer Füße zum Ruder dienen. Aber leider gehen
oft die Schiffe samt den Schiffern verloren, wenn nämlich un-
vermutet ein Wind entsteht und das Wasser allzu unruhig wird."

Ergötzlich ist, was der gelehrte Autor von dem Fettschwanz-
schaf berichtet: „Und wie sollten diejenigen arabischen, persi-
schen, syrischen und afrikanischen Schafe, die zwanzig bis
dreißig Pfund schwere Schwänze haben und doch nicht viel
größer sind als unsere Schafe, auch keine stärkeren Füße haben,
schnell laufen oder gar springen können? Sie können gewöhnlich kaum ihren Schwanz, der oben dick und ein Klumpen Fett
ist, fortschleppen, geschweige denn springen. Man macht daher für sie kleine leichte Karren oder Rollwagen mit zwei
Rädern, spannt sie davor, legt ihren Schwanz darauf und
läßt sie so weiden und ihren Schwanz mit sich herumziehen.
Muß das nicht sehr närrisch aussehen?"

Wunderbare Dinge werden vom Fuchse erzählt: „Soll
ich meine Krebsfängerei erzählen," meinte der Fuchs, „und
sagen, wie ich auf einmal zwei- bis dreihundert Wespen oder
Bienen totmache und wie ich mich von allen meinen Flöhen
reinige, ohne Schnauze noch Füße dazu nötig zu haben?
Hören Sie also! Wenn mich die Flöhe allzusehr plagen und
ich sie gerne auf einmal los sein will, so nehme ich ein Büschel-
chen Moos oder Heu in die Schnauze, gehe sodann rückwärts,
doch sehr langsam und allmählich immer tiefer ins Wasser, damit meine Flöhe Zeit behalten, nach und nach an den Hals und

vom Hals an den Kopf und vom Kopf in die Schnauze und
von dieser endlich in das Bündelchen Moos oder Heu zu fliehen.
Sind sie nun alle im Moos drin, so tauche ich plötzlich unter und
lasse es fallen. Und siehe, so bin ich auf einmal alle diese
häßlichen Peiniger los. Während dieser Entflöhung nun geschieht's zuweilen, daß sich Krebse an meinen wolligen Schwanz
so fest anklammern, daß ich sie daran hinschleppen kann, wohin
ich will. Ist das nicht lustig? Oft krebse ich aber auch im Ernst
und stecke meinen Schwanz deswegen ins Wasser, damit sich
die einfältigen Krebse, welche alles, was ihnen nahekommt,
mit ihren Scheren anfassen und nicht wieder loslassen, es koste
sie auch ihre Schere oder gar ihr Leben, daran anhängen.
Hängt nun eine Partie daran, so gehe ich aus dem Wasser heraus und fresse einen nach dem anderen auf. Bis ich aber ein
Wespen- oder ein Bienennest erobere und mich im Honig satt-
fressen kann, muß ich erst alle Wespen und Bienen, die darin
sind, tot machen und das mache ich so: ich stecke meinen Schwanz
in das Nest hinein oder lege ihn wenigstens so lange vor das
Loch, bis er voller Wespen oder Bienen sitzt. Nun gehe ich
geschwind fort und schlage ihn samt den Wespen gegen einen
Baum oder Stein und fresse alle, die tot zur Erde fallen, auf.
Dies mache ich nun zwei-, drei- bis viermal und überhaupt
so lange, bis das Nest von Einwohnern völlig leer ist und ich
ohne Gefahr den Honig samt den Zellen aufschmausen kann.
Oftmals lege ich mich auch auf die Erde, strecke alle Viere
von mir, halte den Atem zurück und stelle mich tot. Wenn mich
nun ein Raubvogel für Aas hält und mich packen will, so er-
hasche ich ihn, erwürge ihn und fresse ihn auf."

Von den Haifischen und Walfischen wird berichtet: „Es gibt
kleine und große Haifische, so kleine als ein Kalb, aber auch
welche von der Größe des Ochsen. Des Sägefisches schlimmste
Feinde sind die Walfische. Er lauert auf sie und sie auf ihn.
Wenn er einen Walfisch erwischen kann, so sägt er ihm ein
Stück Speck aus dem Leibe, kommen aber etliche Sägefische
zugleich über einen Walfisch her, so zerstümmeln sie ihn in etlichen
Stunden so sehr, daß er sterben muß. Und nun schlitzen sie ihm
den Bauch auf, kriechen hinein und fressen seine Zunge auf,

die lauter Speck ist. Das Fleisch aber fressen sie nicht, sondern lassen es den Eisbären, die schon in der Nähe darauf lauern. Der ‚Menschenfresserhai' ist wohl der größte und fürchterlichste Haifisch. Ganze Pferde fand man schon oft in seinem Magen. Im Jahre 1785 fiel ein Matrose unglücklicherweise von einem Schiff ins Mittelländische Meer. Da kam sofort ein solcher Menschenfresser herbei und nahm den um Hilfe schreienden Unglücklichen in seinen Rachen und verschlang ihn. Kaum aber hatte er den Mann im Leibe, so schoß der Kapitän eine Kanone auf ihn los und traf ihn zum Glück so, daß er den Matrosen plötzlich wieder ausspie und man diesen beinahe ganz unverletzt auffischte und aufs Schiff brachte."

Von den Störchen und Schwalben wird folgendes erzählt: „Einst fischte man aus der Ostsee und etlichen anderen Gewässern tot scheinende Störche heraus. Wie man sie aber in die Wärme brachte, wurden sie lebendig und fraßen gierig, was man ihnen vorwarf. In einem Sumpfe in England haben die Fischer gefischt und statt der Fische einen Haufen Störche heraufgezogen, die alle aneinandergehangen, und da man sie erwärmt, lebendig geworden sind. Können also die Störche im Wasser überwintern wie die Schwalben? Daß bei uns die Schwalben des Winters nicht herumfliegen, ist bekannt. Oder habt ihr schon welche herumfliegen sehen? Daß sie sich aber in ihren Nestern und in anderen Löchern verstecken, einige sogar sich in Flüsse und Teiche versenken, ist eine Sache, die ich auch bis jetzt noch nicht aus meiner eigenen Erfahrung heraus bezeugen kann; allein es ist doch ganz gewiß wahr, weil es schon so viele wackere Männer gesehen und selbst welche aus Seen und Teichen herausgefischt und aus ihren Nestern und anderen Löchern herausgelangt haben, die sie in kurzer Zeit in der Wärme haben wieder aufleben und herumfliegen sehen." C. T.

Englische Prinzen. — Die verstorbene Königin Viktoria von England, die Großmutter des jetzigen Königs, hielt streng auf die Befolgung der Etikette und suchte die Mitglieder des königlichen Hauses so viel als möglich vor der Berührung mit der Öffentlichkeit zu bewahren. So wuchsen nicht nur ihre

eigenen Kinder, der Prinz von Wales und nachherige König
Eduard VII. sowie die Prinzeſſin Viktoria, die ſpätere Gemahlin
Kaiſer Friedrichs II., in der engen Abgeſchloſſenheit des Hofes
auf, ſondern auch die Kinder ihres Sohnes wurden infolge

Prinz Albert von England (rechts) als Seekadett.

ihres ausſchlaggebenden Einfluſſes nach denſelben Grund-
ſätzen erzogen.

Schon mit dem Regierungsantritt Eduards VII. vollzog
ſich hierin eine Änderung, und ſeit Georg V. den Thron be-
ſtiegen hat, gelangte die freiere Auffaſſung über die Erziehung

der jugendlichen Angehörigen des Herrscherhauses vollends
zum Durchbruch.

Bekannt ist, daß der jetzige Prinz von Wales erst kürzlich

Prinz Henry von England (links) als Schüler vom
Eton College.

einen längeren Aufenthalt in Paris und Süddeutschland nahm.
Prinz Albert, der zweite, am 14. Dezember 1895 geborene
Sohn König Georgs, ist in die Marine eingereiht worden
und dient als Seekadett an Bord des „Collingwood", wo er
mit seinen Altersgenossen durchaus kameradschaftlich verkehrt

und sich allen Obliegenheiten des Dienstes unterziehen
muß.

Prinz Henry, der dritte, am 31. März 1900 geborene Sohn
König Georgs, ist soeben in das Eton College, die altberühmte,
von Heinrich II. im Jahre 1440 gegründete Erziehungsanstalt,
eingetreten. Eton College, das am linken Ufer der Themse
in Windsor eine große Gruppe von Schulgebäuden, eine
Kapelle, ein Museum, Speisehallen und Spielplätze umfaßt,
wird ausschließlich von Söhnen der vornehmsten und reichsten
Familien besucht.

Die Zahl der Schüler, die in der Anstalt selbst wohnen,
beläuft sich auf etwa siebzig. Dazu kommen noch gegen neun-
hundertundfünfzig Schüler, die in Windsor bei Lehrern oder
in den „Dames' Houses" untergebracht sind. Auch sie unter-
stehen beständig der Oberaufsicht der Schule. Da die Schüler
zu Gentlemen ausgebildet werden sollen, so tragen sie außer
kurzen, schwarzen Jacken mit breiten Kragen Zylinderhüte.

Die Zucht im Eton College ist ziemlich streng. Prinz Henry
wird wie jeder andere Schüler gehalten. Er genießt nur die
Vergünstigung, daß ihm einige Zimmer für den besonderen
Gebrauch eingeräumt worden sind und ein Erzieher mit
mehreren Dienern seinen kleinen Hofstaat bildet. Th. S.

Ein historischer Kalbskopf. — Sardou, der bekannte französische Dramatiker, erzählte gern in Freundeskreisen ein überaus heiteres Erlebnis aus der Zeit der Belagerung von Paris.

Am Weihnachtstage 1870, bei kaltem Wetter, verließ
Sardou, der als Nationalgardist diente, die Batterie des Moulin-
Joli, die am linken Seineufer gelegen war. Die Batterie hatte
den ganzen Tag das rechte Ufer beschossen, auf dem die Deutschen
bei Argenteuil postiert waren. Sardou kehrte nach Paris
zurück, um sich ein wenig zu reinigen und bei Brébant, seinem
Stammlokal, zu Mittag zu essen.

Als er seine Wohnung wieder verließ, trat ein Unbekannter
auf ihn zu und zeigte auf einen mit einer Serviette überdeckten
Korb, den er trug. „Herr Sardou," flüsterte er geheimnisvoll,
„ich habe hier etwas für Sie, wenn Sie den Preis bezahlen
wollen."

„Etwas für mich?"

„Ja, etwas für Ihr Diner am heutigen Weihnachtstage — einen Kalbskopf!"

Man muß zu jener Zeit in dem belagerten Paris gelebt haben, um das Verführerische eines solchen Angebotes zu begreifen. Es waren nur noch einige Kühe für die Spitäler übrig geblieben, und sogar das Pferdefleisch begann schon selten zu werden. Ein Kalbskopf — das war ja eine Delikatesse ersten Ranges!

Sardous Überraschung und sein ungläubiges Gesicht bemerkend, lüftete der Mann das Tuch und zeigte dem Dichter einen frischen, wundervollen Kalbskopf, der appetitlich auf Petersilie im Korbe gebettet lag und einen herrlichen Duft verbreitete.

Sardou zögerte nicht mehr. „Wie viel verlangen Sie?"

„Für Sie, Herr Sardou, kostet der Kalbskopf nur drei Louisdor mit Korb und Serviette."

In jenen denkwürdigen Tagen war dieser Preis wirklich bescheiden. Sardou handelte nicht, und ließ sich von dem Manne bis zu Brébant begleiten. Bevor er in das Restaurant eintrat, ließ er den Kellner rufen, vertraute ihm seinen Schatz an und befahl ihm, mit keinem Worte etwas von der Sache zu verraten. Während des Diners sollte er dann den Kalbskopf auftragen.

„Welche Überraschung wird dies für meine Tischgenossen sein!" dachte er bei sich selbst.

Eine Stunde später saß der Dichter im Kreise seiner Freunde bei Tische im Kampfe mit einem Filet aus Pferdefleisch — zäh wie Leder. Da stand er auf und kündigte seine Überraschung an. „Ratet einmal, was euch winkt!"

Der eine sagte: „Ein Schinken!" Ein anderer rief: „Gebratener Schellfisch!" Andere meinten: „Marinierter Aal!" oder: „Ein Huhn mit Trüffeln."

„Nichts von alledem," erwiderte Sardou. „Aber hört: Ein frischer, herrlich duftender Kalbskopf!"

Lauter Jubel folgte dieser unerwarteten Ankündigung.

Der Kellner brachte gleich darauf eine verdeckte Schüssel

und stellte sie lächelnd auf den Tisch. Alle stürzten neugierig herbei.

Aber diese Verblüffung! Man sah nichts als eine gelbliche, dicke, fettige Brühe!

Sardou schrie wütend: „Mein Kalbskopf! Unglücklicher, wo ist mein Kalbskopf?"

„Ihr Kalbskopf, Herr Sardou," erwiderte der Kellner, auf den Teller zeigend, „ist das!"

„Wie, das Zeug da?"

„Er ist zusammengeschmolzen."

„Jawohl — geschmolzen!"

In der Tat, der Kalbskopf, den der Händler so teuer verkauft hatte, war aus gegossener Gallerte bereitet gewesen. Die Nachahmung war aber so täuschend, daß der Fabrikant, wie man später erfuhr, noch dreißig solcher Kalbsköpfe verkauft hatte an Leute, die ebenso naiv gewesen waren wie der berühmte Dichter der „Fedora".　　　　　　　C. D.

Vom Silberglanz der Sterne. — Woher die Gestirne jene herrliche Silberfarbe haben, die in klaren Nächten unser Auge entzückt, ist eine Frage, die lange vergeblich zu beantworten versucht wurde. Jetzt erhalten wir aus den kürzlich veröffentlichten Forschungen von Professor Lummer eine interessante Aufklärung.

Jener silberne Sternenglanz ist zunächst gar keine Farbe, ist in unserem Auge und Hirn nur die Empfindung einer farblosen Helligkeit, des sogenannten Stäbchenweiß. Die vorletzte Schicht unserer Netzhaut oder des um den Augapfel ausgebreiteten Sehnerven enthält nämlich einen aus unzählbaren, äußerst dünnen, zylindrischen Stäbchen und aus weniger zahlreichen, zwischen ihnen eingestreuten flaschenförmigen Zapfen gebildeten, kleinen Palisadenwald — die eigentlich empfindenden und Lichtreize aufnehmenden Enden des Sehnerven. Von den Zapfen wissen wir, daß sie hauptsächlich für die Farben empfindlich sind, und zwar für die gelbgrüne Zone des Spektrums, die Stäbchen für die blaugrüne Zone. Bei Tage sehen wir fast nur mit den Zapfen, aber schon im Dämmerlicht beteiligen sich am Sehen viel mehr

Stäbchen als Zapfen, bei Dunkelheit sehen wir nur mit Stäbchen, und fast alle Nachttiere haben ausschließlich solche in ihrer
Netzhaut.

Betrachten wir nun aus der völligen Dunkelheit heraus
den klaren gestirnten Himmel, so ist unser nur mit Stäbchen
sehendes Auge vollständig farbenblind: wir haben nur die
Empfindung des silbernen Sternenglanzes, des Stäbchenweiß,
und sehen alle Sterne nur mittelbar. Treten wir jetzt aber,
den Blick immer nach den Sternen richtend, plötzlich aus dem
Dunkel in den hellen Lichtkreis einer soeben aufleuchtenden
Lampe, so begibt sich etwas Wunderbares: die großen Sterne
gewinnen plötzlich Farbe, rote, grünliche, bläuliche usw., die
kleinen verschwinden! Und zwar zittern die, die wir gerade
ins Auge gefaßt haben, kurz vor dem Verschwinden noch einmal
hin und her oder drehen sich davonhuschend im Kreise.

Das ist einer der die Lummersche Entdeckung stützenden
Versuche, den jeder leicht nachprüfen kann. Die vielen Tausende
kleiner Sterne werden also einzig und allein durch die Stäbchen
für uns sichtbar in ihrem Silberglanze. Lummer nennt sie
daher „Stäbchensterne", zum Unterschied von den großen
„Zapfensternen", die bei plötzlich eintretender Helle nicht
verschwinden, sondern Farbe bekommen. Ob das Zittern und
Flackern vor dem Verschwinden der kleinen eine Folge des
plötzlichen Wettstreites zwischen Zapfen und Stäbchen oder
eine Ermüdungserscheinung des Auges ist, diese Frage läßt
der Forscher einstweilen noch offen.   H. Radestock.

Ein Vorläufer des Dynamitkönigs. — Als Entdecker der
modernen Sprengmittel, besonders des Dynamits, wird stets
Alfred Nobel genannt, jener schwedische Chemiker, der mit
den von ihm zusammengestellten Vernichtungsstoffen ein Vermögen von fünfunddreißig Millionen Mark erwarb, dessen
Zinsen er jedoch in hochherziger Weise zum größten Teil laut
Testament für die sogenannten „Nobelpreise" bestimmte. Nach
den neuesten Forschungen des englischen Professors Shellerhouse scheint es jedoch, als ob bereits vor Nobel ein anderer,
und zwar ein französischer Chemiker, die Zusammensetzung und
Wirkung des obengenannten furchtbaren Explosivstoffes ge-

tannt haben muß. Über die näheren Schicksale dieses Mannes hat Professor Shellerhouse folgendes ermittelt und vor kurzem in einer Londoner Fachzeitschrift veröffentlicht.

Im Jahre 1851 wurde der in einer staatlichen Pulverfabrik in Paris beschäftigte, vierzigjährige Chemiker Bernhard Saltome wegen politischer Umtriebe zu einer mehrjährigen Gefängnisstrafe verurteilt, entfloh jedoch nach England, wo er in dem Londoner chemischen Laboratorium der Firma Barmey & Co. eine Anstellung fand. Direktor des Laboratoriums war damals der später als Erfinder vieler pharmazeutischer Präparate berühmt gewordene Dr. Mattison. Diesem vertraute Saltome nach einiger Zeit an, daß er sich seit längerem mit der Vervollkommnung eines von ihm erfundenen Sprengstoffes beschäftige, der dem Pulver an Explosivkraft unendlich überlegen sei. Dr. Mattison, der wohl fürchten mochte, daß Saltome in dem Laboratorium irgendwelche nicht ganz ungefährliche Versuche anstellen könnte, verbot seinem Untergebenen jede private Beschäftigung innerhalb der Fabrikräume aufs strengste, zeigte aber sonst für Saltomes Experimente ein lebhaftes Interesse und wußte ihm auch von einigen Großindustriellen eine regelmäßige Geldunterstützung zu verschaffen, so daß der Franzose in der Lage war, sich in dem Orte Greenford westlich von London ein eigenes kleines Laboratorium auf offenem Felde, ziemlich entfernt von allen menschlichen Behausungen, anzulegen, wo er sich dann in seiner freien Zeit ständig aufhielt und an seiner Erfindung weiterarbeitete.

Woraus Saltome den neuen Sprengstoff herstellen wollte, verriet er niemand. Nur daß er viel mit dem 1847 von Sobrero entdeckten, überaus gefährlichen Nitroglyzerin arbeitete, erfuhr Dr. Mattison zufällig, was ihm Gelegenheit gab, den Franzosen nochmals zur größten Vorsicht zu ermahnen. Wie recht er mit diesen seinen Warnungen gehabt hatte, zeigte sich bereits kurze Zeit darauf. Im Mai 1852 wurde London von überaus schweren Gewittern heimgesucht, und am 23. Mai schlug dann während der Nacht ein Blitz in Saltomes kleines Laboratorium ein, steckte das Häuschen in Brand, so daß der Franzose, der dort gerade wieder übernachtete, kaum Zeit

fand, in dürftiger Kleidung ins Freie zu flüchten. Als er etwa
zweihundert Meter weit gekommen war — er wußte nur zu
gut, daß jeden Augenblick eine Explosion erfolgen mußte, da
in dem Laboratorium bedeutende Mengen seines neuen
Sprengmittels lagerten — erfolgte eine furchtbare Detonation.
Saltome wurde eine Strecke weit fortgeschleudert, flog gegen
einen Baum und blieb bewußtlos liegen. Die ganze Ortschaft
Greenford geriet in Aufregung. Alle Leute verließen ihre
zum Teil zerstörten Häuser, da man allgemein annahm, daß
es sich um ein plötzliches Erdbeben handelte. Erst am Morgen
vermochte man den ganzen Umfang der Verheerungen, die
die Explosion angerichtet hatte, zu übersehen. Das Laboratorium war vollkommen von der Erde fortgefegt. Die Stelle,
wo es gestanden hatte, kennzeichnete nur noch ein mehrere
Meter tiefes Loch im Boden. Alle dem Laboratorium zunächst-
liegenden Baulichkeiten waren schwer beschädigt, und in ganz
Greenford gab es auch nicht eine einzige unverfehrte Fenster-
scheibe. Erst nach Stunden fand man den noch immer bewußt-
losen Franzosen auf, dem mehrere Rippen eingedrückt waren.
Zwei Monate lang lag Saltome in einem Londoner Kranken-
haus schwer darnieder. Inzwischen hatten die Hausbesitzer
Greenfords gegen ihn Klage auf Schadenersatz angestrengt.
Da er nichts besaß, konnte er die berechtigten Forderungen
der Kläger nicht befriedigen. Außerdem griff auch noch der
Strafrichter ein und erhob gegen ihn Anklage wegen Gefähr-
dung der öffentlichen Sicherheit. Nur der Vermittlung seiner
Gönner hatte Saltome es zu verdanken, daß er nicht ins Ge-
fängnis wandern mußte.
Ein halbes Jahr darauf finden wir den Franzosen im
Besitze eines neuen Laboratoriums, das er sich auf der winzigen,
ganz unbewohnten Insel Mellertin im Kanal errichtet hatte,
und zwar wieder mit Hilfe derselben Londoner Großkaufleute,
die ihn schon früher mit Geld unterstützt hatten und gerade
durch die furchtbaren, von dem Explosivstoff angerichteten Verheerungen zu der Überzeugung gelangt waren, daß Saltomes
Sprengstoff, wenn er erst genügend verbessert wäre, eine große
Zukunft haben müsse. Auf Mellertin hauste der Franzose ein

ganzes Jahr allein, fortwährend und unermüdlich mit den lebensgefährlichen Stoffen experimentierend. Nur bisweilen empfing er den Besuch Dr. Mattisons, der ihm seine Freundschaft bewahrt hatte. Saltome lebte in der anspruchslosesten Weise. Alles Geld, das man ihm spendete, ging für seine Chemikalien und die nötigen Apparate drauf. Am 5. Januar 1854 hat Dr. Mattison den Franzosen dann zum letzten Male gesehen. Saltome war zu ihm nach London gekommen und hatte ihm freudestrahlend mitgeteilt, daß er jetzt am Ziel sei. Er habe einen festen Sprengstoff hergestellt, der das wegen seiner allzu leichten Explosionsfähigkeit für die Praxis unverwendbare Nitroglyzerin noch bedeutend in der Wirkung übertreffe, sich dabei aber nur unter bestimmten Bedingungen entzünden, vollständig gefahrlos handhaben und transportieren lasse. Weiter erklärte der Franzose, daß er seinen neuen Sprengstoff nunmehr einer wissenschaftlichen Kommission zur Begutachtung vorlegen und dann im großen fabrizieren lassen wolle. Er machte auch einige Andeutungen über die Bestandteile des Sprengmittels, ohne Dr. Mattison jedoch völlig in die Einzelheiten einzuweihen.

Vier Tage später hörten Fischer, die abends in der Nähe von Mellertin an der englischen Küste ihre Netze auswarfen, einen lauten Knall. Am nächsten Morgen war von einer menschlichen Behausung auf der kleinen Insel keine Spur mehr zu entdecken. Saltome war mitsamt seinem Laboratorium in die Luft geflogen. Von seinem Leichnam wurde auch nicht der kleinste Fetzen gefunden.

Professor Shellerhouse sagt am Schluß seines Artikels: „Für mich unterliegt es keinem Zweifel, daß Saltome bereits im Jahre 1854 das Geheimnis der Herstellung des später Dynamit genannten Sprengmittels durch Mischung von Nitroglyzerin mit einem dieses völlig aufsaugenden und gebunden haltenden Stoff entdeckt hat und somit der Vorläufer Alfred Nobels gewesen ist, der zwölf Jahre später auf dieselbe Weise das erste Dynamit bereitete. Denn aus den nachgelassenen Aufzeichnungen Dr. Mattisons läßt sich unschwer entnehmen, daß die Andeutungen, die der Franzose diesem gegenüber

hinsichtlich des neuen Explosivstoffes machte, einzig und allein
auf eine in seiner Zusammensetzung dem heutigen Dynamit
ähnliche Mischung hinzielen sollten. Saltomes Name und
sein tragisches Geschick sind schnell vergessen worden. Die Welt
weiß nichts mehr von diesem Manne, der vielleicht einst ebenso
von Reichtümern und Ehren geträumt haben mag wie jeder
einer besonderen Idee nachjagende Erfinder, und dessen end-
liches Los es war, den eigenen Körper durch seine Erfindung
in Atome zu zerstäuben." **W. R.**

Schwärmerinnen für häßliche Männer. — Einer der
auffallendsten Züge im weiblichen Charakter ist die Neigung
mancher Frauen, sich in häßliche Männer zu verlieben; in
allen Zeiten und in allen Ländern finden sich Beweise, daß
diese Neigung vorhanden ist.

So sei an Mirabeau erinnert, einen der Führer der großen
französischen Revolution. Dieser Mann, dessen Gesicht durch
Pockennarben auf das gräßlichste entstellt war, und der dazu
noch eine kleine plumpe Gestalt besaß, übte auf das schöne
Geschlecht einen Zauber aus, der geradezu ans Wunderbare
grenzte. Nach seinem Tode fand man in seiner Wohnung
zahllose Liebesbriefe von Frauen aller Klassen und Stände,
und viele von ihnen erklärten ihm ihre Leidenschaft in den
überschwenglichsten Ausdrücken.

Zurzeit befindet sich eine englische Dame in einem Sanatorium, die an Schwermut infolge unerwiderter Liebe leidet.
Der Gegenstand der Liebe dieser Unglücklichen war ein Sänger,
dessen Anspruch auf Schönheit so gering ist, daß viele ihn für
den häßlichsten Künstler halten, der je die Bühne betreten
hat. Viele Monate hindurch schrieb seine schwärmerische Be-
wunderin ihm glühende Liebesbriefe und erwartete ihn an den
Abenden, an denen er gesungen hatte, an der Ausgangstür
der Bühne. Hier drückte sie ihm Blumen, Juwelen und andere
Geschenke in die Hand. Mit der Zeit wurde ihr Benehmen
so auffallend, daß der Künstler, der bereits verheiratet war,
sich mit ihren Eltern in Verbindung setzte, und diese schickten
die junge Dame in eine Pension. Hier aber sehnte sie sich
unaufhörlich nach dem ihr entrückten Helden, und kurz darauf

mußte sie in das Sanatorium überführt werden, in dem sie noch immer weilt — das Opfer einer hoffnungslosen Leidenschaft für jemand, dessen Häßlichkeit nicht minder groß ist wie sein Talent.

Ein merkwürdiger Fall wird aus Prag berichtet. In dieser Stadt der schönen Mädchen heiratete eines der schönsten einen jungen Kaufmann, dessen Gesicht dem eines Affen äußerst ähnlich war, und der auch noch nicht einmal anderthalb Meter maß. Die junge Dame hatte viele Bewerbungen schöner und reicher Freier zurückgewiesen, und offen gestand sie ein, daß erst dann die Liebe in ihrem Herzen eingezogen wäre, als sie ihren zwerghaften und häßlichen Bewunderer kennen gelernt habe. In ihrem Bekanntenkreise ist das junge Paar als „die Schöne mit dem Affen" bekannt. Und diese Bezeichnung wird ihnen wohl während ihres ganzen Ehelebens anhängen.

Rührend klingt die Geschichte von einem jungen Laden-fräulein in Budapest, das sich in einen Angestellten desselben Hauses verliebte, der von auffallender Häßlichkeit war. Da der junge Mann aber bereits verlobt war, wollte er von der Annäherung seiner Kollegin nichts wissen. Aus Gram hierüber ging diese ins Wasser und hinterließ einen Brief, in dem sie gestand, daß gerade die ausgesprochene Häßlichkeit es gewesen sei, die sie zu dem Gegenstand ihrer Liebe hin-gezogen hätte.   Z. C.

Die Tretmühle als Strafmittel. — Die sogenannte Tret-mühle als ein durch Menschen oder Tiere zu betreibendes Mühlenwerk ist eine alte chinesische Erfindung, die erst unter der Regierung der Königin Elisabeth in England „neu er-funden" wurde. John Pain erbaute nämlich im Jahre 1570 eine Tretmühle, die selbst von schwächlichen Personen in Be-wegung gesetzt werden konnte und von ihm der Regierung zum Gebrauch in den Gefängnissen angeboten wurde. Das Aner-bieten mußte aber wegen Widerstand der Müllerzunft ab-gelehnt werden, womit die Erfindung in Vergessenheit geriet.

Erst im Jahre 1818 gelang es dem Mechaniker Cubitt von Ipswich, für die Zuchthausmühle in Brixton ein Tretrad zu konstruieren, das bei der Gefängnisbehörde solchen Anklang fand, daß es als Straf- und Erziehungsmittel bald in allen englischen Gefängnissen und Zuchthäusern eingeführt wurde, trotzdem seine Herstellung große Kosten verursachte. Die Tretmühlen in Brixton und Coldbathfields kamen nach Schätzung

Tretrad im Zuchthause zu Brixton und eine damit
in Verbindung gesetzte Kornmühle.

des Erfinders selbst mit Einschluß der Baukosten der Mühlgebäude je auf etwa 145 000 Mark zu stehen — eine „Bagatelle", wie die Verteidiger der neuen Strafart versicherten, gegenüber dem Nutzen, den sie brächte, denn „sie wirke noch heilsamer wie Folter und Prügelstrafe und vertreibe alle Landstreicher aus dem Lande".

Nach der Statistik der Tretmühlenfreunde wurden von 100 Sträflingen, die zum ersten Male in die Tretmühle kamen, nur 21 einmal, 3 zweimal und 2 dreimal rückfällig.

Der scheinbare erzieherische Erfolg des englischen Tretrades machte auch in Deutschland die Kriminalisten mobil, die der Ansicht waren, daß man gegen Verbrecher keine anderen Rücksichten zu nehmen habe, als jene selbst gegen Staat und Gesellschaft betätigen. So kam es, daß 1826 Dr. Huckwalder im Hamburger Zuchthaus den Bau eines Tretrades empfehlen und Hitig in seiner „Zeitschrift für die Kriminal-Rechtspflege" nicht verfehlen zu dürfen glaubte, „die Aufmerksamkeit der hohen preußischen Behörden, die bei der Revision der Kriminalgesetze die Verbesserung des Gefangenenwesens besonders bedenken werden, auf die Tretmühlen zu leiten". Dr. Trummer empfahl ebenfalls mit großer Begeisterung die Einführung der Tretmühle in deutsche Zuchthäuser: „Ich bin weit entfernt," schreibt er, „in die Deklamationen einzustimmen, welche gegen die körperliche Züchtigung als Strafart an der Tagesordnung sind, allein daß sie sehr viel Bedenkliches hat, in zahlreichen Fällen gar nicht angewandt werden kann, und daß ihre Abschaffung wünschenswert wäre, falls man nur etwas Zweckmäßiges an ihre Stelle zu setzen wüßte, darüber ist man sich wohl klar. Und es ist nach den bisherigen Erfahrungen mit größter Wahrscheinlichkeit anzunehmen, daß in dem Tretrade ein solches Mittel zu finden ist."

Diese Agitation hatte den Erfolg, daß die „neue Strafart" auch in Deutschland Eingang fand. Zuerst in Hamburg und dann in Bayern und Mecklenburg, wo im Arbeitshaus zu Güstrow bis in die achtziger Jahre des vorigen Jahrhunderts eine von allen Arbeitsscheuen und Vagabunden außerordentlich gefürchtete Tretmühle bestand. Die deutschen Tretmühlen waren nach dem System der Tretmühle von Brixton, die unser Bild zeigt, gebaut. Das Tretrad dieser Mühle war im Gegensatz zu den im geschlossenen Raume untergebrachten deutschen Treträdern, wie überall in England im Freien unter einem Holzschuppen und zwar so untergebracht, daß der Zuchthausdirektor von seinem Amtshause aus die Sträflinge jeder-

zeit kontrollieren konnte. Das Rad selbst glich dem einer gewöhnlichen Wassermühle und wurde dadurch in Bewegung gesetzt,
daß die Sträflinge, nachdem sie längs der Haltstange sich aufgestellt hatten und die Hemmvorrichtung freigegeben war,
die Umwälzung des Rades herbeiführten, indem sie beständig
von einer Stufe auf die andere stiegen. Ihr Gewicht wirkte
auf jedes folgende Trittbrett wie der Wasserstrom auf die
Schaufeln des Mühlrades.

Damit die Arbeit keine Unterbrechung erlitt, wurden die
Tretenden alle vierzig Minuten und zwar so abgelöst, daß
auf ein Signal hin ein Sträfling, wie aus unserem Bilde er-
sichtlich ist, an der einen Seite hinab- und der Ablösende an
der andern hinaufstieg. Die Ruhepause betrug zwanzig Minuten
in der Stunde. Auf dem Dache der Mühle war ein Windfang
mit Balancierkugeln angebracht, der den Zweck hatte, durch
eine von ihm ausgelöste regulierbare Widerstandskraft die
schwankende Schnelligkeit der Bewegung des Tretrades nach
Möglichkeit auszugleichen.

Zu den körperlichen Nachteilen kam bei der Tretmühle
noch das Gefühl der Entwürdigung und Demütigung, das
nach dem Zeugnis der Gefängnisgeistlichen „alle religiöse
Belehrung aufhob, als Hohn erschien und als Strafe ganz
ihren Zweck verfehlte". In einem Bericht über die Tretmühle
von Kronach heißt es: „Jeder Sträfling — 300 Männer und
100 Frauen kamen täglich in die Tretmühle — tritt nur einen
halben Tag, wobei die Zahl Schritte einer deutschen Meile
herauskommt. Der Anblick hat etwas von Dantes Hölle!
Man denke sich ein großes Gewölbe, von einer Lampe erleuchtet,
bei der eine Wache mit geschultertem Säbel steht, dessen Klinge in
der Dunkelheit blitzt; die Züchtlinge in der rastlosen Bewegung
des Steigens, bis eine Glocke ertönt; die Tretenden lassen sich an
eisernen Stäben herab, und neue winden sich hinauf, so daß das
Rad gar nicht aus dem Tempo kommt. Keine Stimme ertönt
in dieser Hölle, in der das Schweigen des Entsetzens herrscht."

Die Beseitigung der neuen Strafart ließ denn auch in
Deutschland nicht lange auf sich warten. In England dagegen
sind die Tretmühlen bis in die neueste Zeit geblieben. W. F.

Eine Zugverspätung von sieben Jahren. — Das „Railway-Magazine" berichtet von einem Zuge, der seinen Bestimmungsort erst nach einer mehr als siebenjährigen Verspätung erreichte. Es war das auf der Gulf- und Interstate-Eisenbahn, die jetzt in das Netz der Atchison-Topeka- und Santa-Fé-Bahn aufgenommen ist. Um 11.30 vormittags am 8. September 1900 fuhr der Zug von Beaumont (Texas) ab. Sein Ziel war Port Bolivar. Die Entfernung zwischen beiden Orten beträgt 71 englische Meilen, und um 1.55 nachmittags sollte der Zug in Port Bolivar eintreffen. Bis High Island, während der ersten 33 Meilen, hielt er auch seine Fahrzeit inne. Hier aber wurde er von Wasserfluten, die aus dem Golf von Mexiko mehr als 38 Meilen landeinwärts geströmt waren, festgehalten und das Gleis überschwemmt. Als das Wasser sich endlich verlief, stand der Zug hoch und trocken auf der Prärie, aber von den Schienen abgesehen, auf denen er hielt, war das Gleis vollständig verschwunden. Nach vielen Stunden bangen Schreckens, die die Passagiere im Zuge verbracht hatten, gelang es ihnen endlich, sich zu retten.

Im Laufe der Zeit wurde die Bahn wieder gebaut und schließlich die neu gelegten Schienen auch mit denen wieder verbunden, auf denen der längst überfällige Zug hielt. Man schlug vor, die altersschwachen Wagen nach ihrem ursprünglichen Bestimmungsorte schleppen zu lassen. Als die Maschinisten aber die verrostete Maschine prüften, erklärten sie, daß sie noch imstande sei, ihre Reise zu vollenden. Sie heizten sie also an, und unter allgemeinem Hurra setzte sie sich, zwar ächzend und krächzend, aber immer noch gebrauchsfähig, in Bewegung. Die Kunde von der Abfahrt wurde nach Port Bolivar telegraphiert, und als dort nach einer mehr als siebenjährigen Verspätung der Zug einlief, waren ein halb Dutzend seiner ursprünglichen Passagiere zu seiner Begrüßung erschienen, und die Nachricht, daß der Zug endlich eingetroffen sei, wurde telegraphisch dem ganzen Lande mitgeteilt.   J. C.

Das Skelett eines künstlichen Riesen besitzt noch heute die Universität Dublin. Über seine Herkunft gibt es in der Bibliothek des genannten Instituts Aufzeichnungen, aus denen folgen-

des hervorgeht. Im Jahre 1728 nahm der Dubliner Professor
der Medizin Berteler einen Knaben an, den Zigeuner tob-
trank in einer Herberge zurückgelassen hatten. An diesem
Kinde versuchte der in seiner Wissenschaft völlig aufgehende
Professor zu beweisen, daß seine in einem Lehrbuch über
den menschlichen Körperbau theoretisch begründete Be-
hauptung, man könne das Körpermaß eines jeden Menschen durch eine geeignete Behandlung außerordentlich ver-
längern, richtig sei. Er fertigte also einen besonderen Streck-
apparat an, in dem das unglückliche Kind den größten
Teil des Tages zubringen mußte. Welch unerhörte Grausam-
keit in diesem Experiment lag, kam dem gelehrten Herrn ebensowenig zum Bewußtsein wie den übrigen Medizinern der Universität, die diesem Versuch gleichfalls das größte Interesse
entgegenbrachten, ohne daß es einem einfiel, gegen diese
Rohheit einzuschreiten.

Infolge dieses Streckverfahrens war der Knabe mit vierzehn
Jahren bereits über 2 Meter groß, dabei natürlich mager wie
ein Gerippe und vollständig entkräftet. Trotzdem setzte der
in seine Idee ganz verrannte Professor seine Behandlungs-
methode weiter fort. Mit achtzehn Jahren maß der junge
Mensch bereits 2,40 Meter, und als der Tod ihn zwei Jahre
später von seinen Qualen erlöste, 2,51 Meter.

Das Gerippe dieses bejammernswerten Wesens zeigt einen
im Verhältnis zu der Gesamtlänge geradezu auffallend kleinen
Kopf. Die Beine sind unnatürlich lang und nehmen fast drei-
viertel des Körpermaßes für sich in Anspruch. Die Arme
erscheinen dagegen allen Streckversuchen widerstanden zu haben.
Sie sind von normaler Länge geblieben, nehmen sich aber an
dem Riesenskelett natürlich wie gar nicht zugehörig aus. Als
Professor Berteler 1753 starb, hinterließ er dies wunderliche
Gebilde der Universität Dublin, unter dessen anatomischen
Präparaten es sich heute noch befindet.

Einen ähnlichen Versuch unternahm im Jahre 1874 in Paris
ein entmenschtes Ehepaar mit seinen beiden Knaben, einem
Zwillingspaar, hier aber zu rein gewinnsüchtigen Zwecken.
Ein gewisser Gérard, der mit seinem Wachsfigurenkabinett die

Märkte und Messen Frankreichs besuchte, war infolge des
Deutsch-französischen Krieges, der allen Handel und Wandel
lahmlegte, vollständig verarmt. Die Not brachte ihn auf
die Idee, seine Kinder künstlich zu Riesen zu machen, damit er sich durch deren spätere Schaustellung ein behagliches
Alter verschaffen könne. Ob er durch einen Zufall über das
Experiment Berkelers etwas erfahren hatte und dadurch auf
diesen scheußlichen Gedanken gekommen war, ließ sich nicht
feststellen. Nachbarn, die das aus der Wohnung Gérards
herausdringende Stöhnen und Wehklagen aufmerksam machte,
benachrichtigten schließlich die Polizei.

Diese fand die beiden armen Geschöpfe an der Decke in
aus Lederriemen hergestellten Traggerüsten hängen, während
an Armen und Beinen schwere Gewichte befestigt waren. Im
Munde trugen die unglücklichen Kinder feste Knebel, die das
Schreien verhindern sollten. Als diese Einzelheiten bekannt
wurden, rottete sich, noch bevor das Ehepaar abgeführt werden
konnte, eine große Menschenmenge vor dem betreffenden Hause
zusammen und empfing die bestialischen Eltern mit einem
Steinhagel, vor dem die wenigen Polizisten schleunigst in den
Hausflur zurückflüchten mußten. Schon nach wenigen Minuten
hatte die Volksjustiz die Strafe an den Übeltätern vollzogen.
Das Ehepaar konnte nur noch als Leichen fortgeschafft werden.

Von den beiden Knaben, die sofort in staatliche Obhut
genommen wurden, erfuhr man dann, daß die Ärmsten dieses
Martyrium der Streckkur bereits über ein Jahr erduldet hatten.
Als die Leidensgeschichte des Zwillingspaares dem Pariser
Rothschild zu Ohren kam, ließ er die Brüder auf seine Kosten
in einer der besten Erziehungsanstalten unterbringen. Léon
Gérard ist noch heute Anwalt in Rouen, der andere, Felix,
hat sich einen nicht unbedeutenden Namen als Afrikaforscher
erworben und war auch im Auftrage der französischen Regierung
Mitglied jener gemischten Kommission, die im Frühjahr 1912
nach Erwerbung des Kongozipfels durch Deutschland die Grenzen
der einzelnen Gebietsteile genau festlegte. W. R.

Mutterliebe. — Von der Jagd heimgekehrt, durchschritt
ich die Gartenallee. Mein Hund lief vor mir her. Plötzlich

verlangsamte er seine Schritte und begann sich anzuschleichen, als ob er die Spur eines Wildes aufgenommen hätte.

Ich blickte die Allee entlang und bemerkte einen jungen Sperling, gelbschnäbelig und mit weichem Federflaum auf dem Kopfe. Er war offenbar aus dem Neste gefallen und hockte unbeweglich am Boden, die kaum gewachsenen Flügelchen hilflos ausspreizend.

Mein Hund näherte sich ihm langsam, als vom nächsten Baume plötzlich ein Sperling mit schwarzer Brust wie ein Stein unmittelbar vor seiner Schnauze herunterstürzte und mit gesträubten Federn, schrill kreischend, zweimal in der Richtung nach seinem zähnefletschenden, weitgeöffneten Rachen sprang.

Sich selbst aufopfernd schützte der Vogel das Kindesleben, aber der ganze kleine Körper zitterte vor Entsetzen, die Stimme war wild und heiser, sie erstarb in der Selbstaufopferung.

Welch entsetzlich machtvolles Wesen mußte in seinen Augen der Hund sein! Und dennoch — er konnte von seiner geschützten Stellung auf dem Zweige nicht untätig dem Untergange seines Kindes zuschauen. Eine Kraft, stärker als sein Wille, riß ihn von dort herunter.

Mein Hund stutzte und zog sich, mit verwunderten Augen auf den winzig kleinen Angreifer blickend und offenbar ratlos, was da wohl zu tun sei, einige Schritte zurück. Vielleicht aber erkannte auch er diese Kraft an, die ja in jedem Geschöpf schlummert, die Kraft der hehrsten Liebe, der Mutterliebe, der kein Opfer zu groß ist, wenn es gilt, dem Kinde zu helfen.

Ich beeilte mich, den Hund zurückzurufen, und entfernte mich tiefbewegt.

Ja, lacht nicht! Tiefbewegt, geradezu erschüttert hatte mich der Anblick dieses kleinen, heroischen Vogels und sein der Mutterliebe entspringendes selbstloses Handeln.

Die Liebe, so sagte ich mir, ist stärker als Tod und Todesfurcht. Nur durch sie, nur durch die Liebe hält und bewegt sich das Leben.   O. v. B.

Der Fönapparat im Haushalt. — Durch seine vielseitige Verwendbarkeit im Haushalt macht wohl kein Gegenstand den Familienmitgliedern mehr Freude als ein „Fön". Be-

sonders ist er in der kalten Jahreszeit angenehm, weil er nach
der Haar- und Kopfwäsche das Haar in wenigen Minuten
trocknet, und dadurch jedermann vor Erkältung schützt. Als
Bettwärmer verwendet, erwärmt er das kalte Bett in wenigen
Minuten gleichmäßig. Zur Beseitigung von Rheuma, Gicht

Der Fönapparat.

und sonstigen Schmerzen ist er ein ausgezeichneter Helfer.
Auch dient er zur Tierwäsche, Handschuh- und Plattentrocknung
und vielen anderen Zwecken. Der Apparat ist in den besseren
Haushaltungsgeschäften zu haben.   E. G.

     Das durchschnittliche Alter des Europäers. — Ein fran-
zösischer Gelehrter hat in der Revue medicale ausgerechnet,
daß das durchschnittliche Alter des Europäers sich auf 39 Jahre
beläuft. Sehr interessant dabei ist die Statistik des durchschnittlichen Lebensalters in den einzelnen Ländern, bei der sich
überraschend große Unterschiede ergeben.

Das Verhältnis stellt sich hier folgendermaßen:

Schweden-Norwegen	50,2	Jahre
Dänemark	48,2	„
Irland	48,1	„
England	45,5	„
Schweiz	44,4	„
Belgien	44,11	„
Holland	44	„
Rußland	43,7	„
Frankreich	43,6	„
Deutschland	39,4	„
Italien	39,2	„
Portugal	36	„
Griechenland	35,4	„
Rumänien	35,11	„
Österreich	34,2	„
Bulgarien	33,7	„
Türkei	33,5	„
Spanien	32,4	„

Zwischen der längsten und kürzesten Lebensdauer, Schweden-Norwegen einerseits und Spanien anderseits, besteht mithin ein Unterschied von 18 Jahren. Man würde jedoch Spanien, wie überhaupt den Ländern mit kurzer durchschnittlicher Lebensdauer, unrecht tun, wenn man die Schuld daran ungünstigen klimatischen Verhältnissen oder sonstigen weniger günstigen Lebensbedingungen zuschreiben wollte. Denn es ist festgestellt, daß in Spanien die Zahl der Hundertjährigen, Achtzig- und Sechzigjährigen denselben Prozentsatz der Gesamtbevölkerung erreicht, wie in den Ländern mit der größten durchschnittlichen Lebensdauer.

Die Ursache liegt vielmehr darin, daß in den Ländern mit geringerer durchschnittlicher Lebensdauer die Sterblichkeit der Kinder erheblich höher ist, woraus man wieder ersehen kann, wie wichtig eine geordnete Säuglingspflege, für die auch in Deutschland von Staats wegen immer noch zu wenig getan wird, für die Allgemeinheit ist.   N. M. W.

Tollwutepidemien. — Im Frühling des Jahres 1822 trat in dem damals noch dänischen, jetzt zur Provinz Schleswig-Holstein gehörigen Dorfe Jägerup eine solche auf. Der Hund des Schäfers erkrankte zuerst und übertrug die Ansteckung auf die übrigen Dorfhunde, von denen im Laufe von drei Wochen fünfundzwanzig Personen, darunter vierzehn Kinder, ferner die meisten auf der Weide befindlichen Rinder und Schafe gebissen wurden. Zunächst schenkte man der Sache jedoch wenig Beachtung. Die tollen Hunde tötete man, wo man ihrer habhaft wurde, und die Bißwunden der Menschen und des Viehs wurden gleichmäßig durch Essigwaschungen behandelt. Erst als die Tollwut bei den Schafen und kurz darauf bei den Rindern zum Ausbruch kam und die Tiere eine nie gekannte Bösartigkeit zeigten, berichtete der Dorfälteste darüber an das zuständige Amt nach Hadersleben. Zwei weitere Wochen vergingen, bevor bei der damaligen langsamen Geschäftsführung in Jägerup ein Regierungskommissar eintraf.

Inzwischen waren bereits acht Personen unter furchtbaren Qualen gestorben und auch ein Teil des gebissenen Viehs auf ebenso schreckliche Weise eingegangen. Niemand von den Dorfbewohnern wagte sich mehr unbewaffnet auf die Felder. Überall trieben sich dumpfbrüllende Rinder und widerwärtig blökende Schafe umher, die jeden Menschen, der ihnen in den Weg kam, beißwütig anfielen. Auch auf die benachbarten Güter, besonders auf die große Besitzung des Barons v. Benson hatte die Epidemie übergegriffen.

Nachdem von dem Regierungskommissar der schreckenerregende Umfang, den die Seuche in so kurzer Zeit angenommen hatte, und damit die Größe der Gefahr für die ganze Gegend erkannt worden war, traf man sofort energische Gegenmaßregeln. In Jägerup mußten sämtliche Tiere, ob sie gebissen waren oder nicht, getötet werden. Bei den Menschen kam leider jede Hilfe zu spät. Von den Gebissenen, deren Zahl mittlerweile auf zweiunddreißig gestiegen war, genasen nur zwei. Auch der Baron v. Benson, zwei seiner Söhne und drei Knechte, die von tollen Hunden auf dem Hofe des Gutes verletzt worden waren, starben.

Monatelang lastete es noch auf der ganzen Gegend wie
ein furchtbarer Alp. Immer wieder zeigten sich bei diesem
oder jenem Tiere die Erscheinungen der Tollwut. Das Dorf
Jägerup war infolge des Verlustes des ganzen Viehbestandes
völlig verarmt, so daß den Bewohnern auf Regierungskosten
neues Vieh geliefert werden mußte.

Fünfzehn Jahre später kam eine ähnliche Epidemie in dem
preußisch-russischen Grenzdorfe Wirballen vor und raffte außer
zahlreichem Vieh, unter dem sich dieses Mal auch verschiedene
Pferde befanden, einundzwanzig Menschen im Laufe von drei
Monaten dahin. Fast gleichzeitig mußten in dem in der Nor-
mandie gelegenen, durch seine Schafzucht berühmten Städtchen
Falaise auf Befehl der Behörden nicht weniger als 1532 Schafe,
die gesamten Herden dreier Züchter, getötet werden, weil ein
großer Teil von der Tollwut befallen war und die Gefahr
nahe lag, daß die Krankheit auch auf die übrigen Herden über-
greifen würde.

Die Epidemie von Falaise zeigte deutlich, daß jedes von
dem Tollwutgift infizierte Tier von einer unwiderstehlichen
Sucht zum Beißen ergriffen wird. So übertrugen die er-
krankten Schafe den wie bei allen tollwütigen Tieren im
Speichel befindlichen Ansteckungsstoff auf ihre Artgenossen,
indem sie unter Verleugnung ihrer sonstigen friedfertigen
Natur diesen mit den Schneidezähnen tiefe Bisse beibrachten.

In neuerer Zeit sind derartige Anhäufungen von Tollwuterkrankungen immer seltener geworden. Es kam wohl noch
hie und da zu einem stärkeren Auftreten der gefürchteten
Krankheit, doch nahm diese nie mehr epidemieartigen Charakter
an. Nur in dem böhmischen Dorfe Zahornitz sollte in dem
Kriegsjahr 1866 eine wie immer so auch hier durch tolle Hunde
hervorgerufene Tollwutseuche unter dem Weidevieh, hauptsächlich den Rindern, schwere Opfer fordern. Menschenleben
hatte man dabei jedoch nicht zu beklagen, da die amtlicherseits
sofort getroffenen Gegenmaßregeln die Bevölkerung genügend
zur Vorsicht mahnten und bewirkten, daß jedes auch nur ver-
dächtige Stück Vieh aus sicherer Entfernung erschossen wurde.

Erwähnt seien hier jedoch noch zwei weitere in Europa vor-

gekommene Tollwutepidemien, die insofern bemerkenswert
sind, als sich bei ihnen die Krankheit fast ausschließlich auf
eine bestimmte Tiergattung beschränkte. In den Monaten
September bis Dezember 1852 mußten in Madrid sämtliche
Katzen getötet werden, da eine erst recht spät als Tollwut
erkannte Krankheit sich immer mehr unter ihnen ausbreitete
und dadurch die Gesundheit der Bewohner der spanischen
Hauptstadt schwer gefährdete. Zu Anfang des Jahres 1853
hätte man in ganz Madrid vergebens eine Katze gesucht. Auch
heute noch darf nach einem damals erlassenen Gesetz nur in
je einem Hause einer Straße eine Katze gehalten werden.
Madrid dürfte daher so ziemlich die katzenärmste europäische
Stadt sein.

Im Winter 1872 brach unter den Wölfen im Gouvernement
Saratow in Südrußland eine Tollwutepidemie aus. Ganze
Ortschaften, besonders das Städtchen Kljudschi, wurden infolgedessen wochenlang von jedem Verkehr abgesperrt. Da
man der Bestien anders nicht Herr werden konnte, wurden
mit Hilfe zahlreicher Kosakenabteilungen überall Treibjagden
abgehalten, so daß das Gouvernement auf Jahre hinaus von
Wölfen gesäubert war. Trotzdem tauchten noch im Jahre 1875
in der Nähe der Gouvernementshauptstadt Saratow fünf
wutkranke Wölfe auf, die zahlreichen Spaziergängern ver-
derblich wurden und eine wahre Panik unter der Einwohner-
schaft hervorriefen.

Bedeutend ärger jedoch als in Europa hat der Orient
unter Tollwuterkrankungen, besonders der von Hunden, zu
leiden, was hauptsächlich auf die mangelnden gesetzlichen
Schutzvorschriften und die Gleichgültigkeit der dortigen Bevölkerung zurückzuführen ist. Nach einer ganz oberflächlichen
Statistik des von der türkischen Regierung 1903 nach Konstantinopel berufenen Tierarztes Doktor Vollert sterben in Klein-
asien allein jährlich sechs- bis siebenhundert Menschen an den
Folgen der Bisse tollwütiger Hunde. Die Berufung des genannten Tierarztes hat ebenfalls eine recht traurige, für den
Schlendrian in der türkischen Verwaltung aber recht bezeich-
nende Vorgeschichte. 1889 nämlich hatte die Tollwut unter

ben berüchtigten Straßenhunden Konstantinopels derart über-
hand genommen, daß auf Stadtkosten überall vergiftete Fleisch-
brocken ausgestreut wurden, um die Zahl der Hunde zu ver-
ringern. Auch zu diesem recht unpraktischen Mittel gegen eine
Weiterverbreitung der Mensch und Tier in gleicher Weise ge-
fährdenden Krankheit entschloß man sich erst auf die energischen
Vorstellungen der Vertreter der europäischen Staaten hin.
Gleichzeitig versprach die Regierung, daß ein Tierarzt angestellt
werden würde, der sich hauptsächlich mit geeigneten Maßregeln
gegen die Tollwut befassen solle. Ganze zwölf Jahre später
wurde jedoch dieser Tierarzt erst in der Person Doktor Vollerts
berufen. Vor einigen Jahren sind bekanntlich sämtliche Straßen-
hunde aus Konstantinopel nach einer felsigen Insel geschafft
worden, wo die Tiere infolge Nahrungsmangels längst eingegangen sein dürften.

Durch die von Pasteur erfundene Schutzimpfung gegen
die Folgen des Bisses wutkranker Tiere hat die Tollwut in den
Kulturländern viel von ihren Schrecken verloren. In Deutschland ist sie unter das Viehseuchengesetz gestellt worden, dessen
strenge Bestimmungen außerdem ein Umsichgreifen der Krankheit so gut wie unmöglich macht.   W. R.

Die Nähmaschinen der Königin Natalie. — Als im Herbst
1885 Serbien einen Krieg mit Bulgarien anfing, war Königin
Natalie bestrebt, ihrerseits zur Linderung der Not unter den
Familien der im Felde Stehenden beizutragen, indem sie
den Soldatenfrauen Beschäftigung gab. Zu diesem Zwecke
kaufte sie vierzig Nähmaschinen, ließ sie in ihrem Palast auf-
stellen und lud in den Zeitungen die Frauen ein, zu ihr zu
kommen und warme Kleidungsstücke für die Kämpfer und
Verbandzeug für die Verwundeten anzufertigen.

Am Tage, da dieser Aufruf veröffentlicht wurde, ließ sich
ein Herr bei ihr melden, der vorgab, er habe ihr eine wichtige
Meldung zu überbringen. Erfreut wurde er vorgelassen und
redete sie mit außerordentlicher Zungenfertigkeit folgendermaßen an: „Gnädigste Königin, gewiß werden Eure Majestät
mein Eindringen verzeihen, wenn ich erkläre, daß ein gewissen-
loser Agent die Güte Eurer Majestät gemißbraucht und ein

Produkt geliefert hat, über das eine andere Nähmaschinen-
firma längst einen glänzenden Sieg davongetragen hat — die
Firma nämlich, die ich zu vertreten die Ehre habe. Um nun den
Schaden gutzumachen, den dadurch Eure Majestät in Ihren wohl-
meinendsten Absichten erlitten hat, habe ich mir erlaubt, die
vierzig wertlosen Maschinen aus dem Palast entfernen und kosten-
los durch vierzig von unseren ganz vorzüglichen Maschinen ersetzen zu lassen, an denen Eure Majestät ebensoviel Freude haben
werden wie die Soldatenfrauen, die daran arbeiten dürfen."

Ehe die Königin sich von der Zungenfertigkeit des Mannes
erholt hatte, war der Agent schon wieder verschwunden, und
als Natalie ans Fenster trat, sah sie die früheren Maschinen im
Schloßhofe stehen und die letzten der neuen Maschinen im
Palasteingang verschwinden.

Während sich die Fürstin noch mit der Erwägung zu trösten
versuchte, daß sie ja auf diese Weise vierzig Nähmaschinen
verehrt bekommen habe, die sie nun ebensovielen armen Soldatenfrauen zum Geschenk machen könne, wurde ihr von einem
Diener gemeldet, ein Mann ersuche sie um eine Audienz, der
ihr einen äußerst wichtigen Auftrag auszurichten habe. Ah,
gewiß ein Bote vom Könige, dachte die Königin Natalie und
ließ den Gemeldeten vor sich kommen.

Aber siehe da — es handelte sich wiederum nur um einen
Nähmaschinenreisenden, der mit noch fließenderer Zungenfertigkeit die soeben ins Schloß getragenen Maschinen für
ebenso wertloses Zeug erklärte wie die ersten, dagegen die von
ihm vertretenen Nonplusultramaschinen für die neueste Er-
rungenschaft des Jahrhunderts, und der, fast ohne Atem zu
holen, mit der Bitte endigte, Majestät möge ihm verzeihen,
wenn er, um sie vor unverdientem Schaden zu bewahren, die
zweiten Maschinen neben die ersten auf den Hof setzen lasse
und seine glorreiche Nonplusultramaschine zu wirklich zweck-
entsprechender Benützung der Monarchin zum Geschenk mache,
wenn sie ihm nur erlaube, seine Firma als Hoflieferantin Ihrer
Majestät zu bezeichnen.

Eine Antwort wartete er nicht ab, war vielmehr verschwunden,
bevor die Königin zu sich selber kam.

Natalie blieb eine Weile sinnend am Fenster stehen, dann ließ sie die achtzig hinausgeworfenen Nähmaschinen sorgsam wieder in den Palast zurückschaffen und konnte nunmehr statt vierzig volle hundertzwanzig Frauen beschäftigen. **C. D.**

Die größte Frucht der Welt. — Vor vielen, vielen Jahren warf das Meer an den westlichen Küsten Indiens merkwürdige Früchte ans Land. Sie waren, ähnlich wie die Kokosnüsse, mit einer Schicht von Fasern umgeben und bestanden in einer Nuß mit einer schwarzen Schale und festem, nur wenig schmackhaftem Kern. Aber im Vergleich zu der Kokosnuß waren diese Früchte riesengroß, und manche von ihnen wogen dreißig bis vierzig Pfund. Niemand konnte sagen, woher die Früchte kamen; man glaubte, sie wären ein Erzeugnis des Meeres, und nannte sie darum Meerkokos.

Die Indier wollten bemerkt haben, daß diesen Nüssen geheimnisvolle Heilkräfte innewohnten; Becher, die man aus der harten Schale schnitt, sollten Wasser und Wein, die man in sie hineingoß, heilkräftig machen. Der Glaube daran fand Verbreitung, die Nuß wurde gesucht und teuer bezahlt. Sie kam auch nach Europa, wo sie den Namen „Wundernuß Salomos" erhielt. Wie hoch sie hier geschätzt wurde, erhellt daraus, daß Rudolf von Habsburg für eine einzige dieser Früchte den fabelhaften Preis von viertausend Goldgulden bezahlte.

Erst spät wurde das Rätsel ihrer Herkunft gelöst. Im Jahre 1769 besuchte der französische Ingenieur Barré die menschenleere Insel Praslin, eine der Geschellen im Indischen Ozean. Und siehe da, hier entdeckte er die Palme, die diese Riesenfrüchte trägt. Lodoicea Sechellarum wurde sie genannt. Sie ist ein mächtiger Baum, der eine Höhe von vierzig Metern erreicht und auch die größten Blätter der Welt, bis zehn Meter lange und fünf Meter breite Wedel, hervorsprießen läßt. Die Stämme sind über und über mit den seltsamen Früchten in allen Entwicklungsstadien bedeckt, von denen die größten ein Gewicht von etwa einem halben Zentner zeigen.

Erfreut über die Entdeckung belud Barré seine Fregatte reichlich mit den Wundernüssen und segelte nach Indien in der Hoffnung, ein glänzendes Geschäft zu machen. Als man aber die Menge der Früchte sah und von ihrer Herkunft erfuhr, schwand der Zauber, der Preis fiel gewaltig und hob sich seitdem nicht mehr. Den Ruf, die größte Frucht der Welt zu sein, hat aber die Nuß behauptet; denn wie gründlich auch die Erde durchforscht wurde, man fand nirgends ihresgleichen.

Die Lodoicea treibt erst nach fünfunddreißig bis vierzig Jahren ihre ersten gelben Blüten, und die Frucht braucht sieben Jahre zur völligen Reife. Wohl hat man die Wunderpalme von der Insel Praslin in andere Länder verpflanzt; sie gedeiht in verschiedenen botanischen Gärten der Tropen, erreicht aber nirgends die majestätische Pracht, durch die sie in ihrer Heimat auffällt. Auch auf einer anderen der Geschellen, der kleinen Insel Curieuse, hat man Bestände der Lodoicea entdeckt. Um ihrer Ausrottung vorzubeugen, sind jetzt die Täler, in denen die schönsten Exemplare stehen, von der englischen Regierung als Kronland erklärt worden. Den gegenwärtigen Einwohnern der Inseln liefert die Palme vielfachen Nutzen. Vorzüglich ist der aus ihren Sprossen bereitete, nach Mandeln schmeckende Palmkohl. Ihr Holz ist schwarz und so fest wie Eisen. Die harte Schale der Frucht wird noch heute mit Vorliebe zu allerlei Trinkgefäßen verarbeitet. v. Z.

Arktische Hunde. — Mit dem großen Spitz, dem sogenannten Pommer, mehr oder weniger verwandt sind sämtliche arktische Hunde, wie der norwegische Elchhund, der russische Laiki, der Eskimohund und der Samojedenhund. Zum Teil sind sie bedeutend stämmiger als der große Spitz. So erinnert der Eskimo- oder Schlittenhund, äußerlich betrachtet, fast mehr an den Schäferhund. Gleichwohl gehört aber auch dieser zu den Spitzen, da diese als eine verkleinerte Form der Schäferhunde zu betrachten sind.

Ganz den Eindruck eines Spitzes macht dagegen der Samojedenhund. Die Samojeden, die sich selbst als Chasowa oder Sasawa, das heißt Menschen bezeichnen, rechnen zur ural-altaischen Gruppe der Mongoloiden und bewohnen Teile des Gouvernements Archangel sowie Sibirien von der Obmündung bis zur Taimyrhalbinsel. Unter den vier Stämmen treiben die ost-

Phot. Central News.

Die Samojedenhunde Rosta und Gasßa mit ihren Jungen.

jatischen Samojeden bie Jagb und ben Fischfang, bie jenif-
seischen Samojeben außerbem noch bie Renntierzucht. Im

Gegensatz zu den nomadisierenden jurakischen und tawgyischen Samojeden, die Zelte aufschlagen, erbauen sich die beiden vorher genannten Stämme Hütten.

Vorzugsweise bei diesen seßhaften Stämmen nun findet sich der Samojedenhund vor. Er ist wie alle Spitze äußerst lebhaft, sehr wachsam und ein unablässiger Beller. Sein weißes Fell ist sehr dicht. Er wird auf der Jagd sowie zur Bewachung der Hütten verwendet. Die Frauen besetzen mit seinem Fell ihre enganschließenden Kleider aus Renntierhaut.

Neuerdings haben sich in England Vereine gebildet, die sich die Zucht des Samojedenhundes angelegen sein lassen. Th. S.

Kaiser und Komiker. — Der Komiker Martinow des kaiserlichen Theaters zu Petersburg, der den Zaren Nikolaus I. zum Verwechseln kopieren konnte, wollte eines Tages sich vom Fürsten Woltruski, dem kaiserlichen Intendanten, einen Urlaub und eine Geldunterstützung zu einer Reise erbitten. Während er im Vorzimmer wartete, trat der Kaiser ein.

„Was machen Sie hier, Martinow?" fragte Nikolaus, als er an ihm vorbeiging.

„Ich wollte dem Fürsten meine Bitte um Urlaub unterbreiten."

„Kommen Sie mit, ich werde Ihr Fürsprecher sein beim Minister."

So trat Nikolaus in Begleitung Martinows in das Kabinett des Fürsten und sagte zu diesem: „Ich habe Ihnen einen Bittsteller mitgebracht. — Ja aber," mit diesen Worten wendete er sich an Martinow, „zuerst müssen Sie mich spielen."

Martinow geriet in Verlegenheit. „Das kann ich so nicht, Majestät, da ich dazu Garderobe brauche."

„Hier haben Sie meinen Helm."

Martinow setzte denselben auf, richtete sich empor, streckte den rechten Fuß vor, hob den Kopf in die Höhe und fragte den Minister, indem er die Stimme des Kaisers täuschend nachahmte: „Durchlaucht, wie sind Sie mit dem Schauspieler Martinow zufrieden?" Dann, ohne die Antwort abzuwarten, setzte er schnell den Helm ab, nahm vor dem Kaiser die Haltung Woltruskis an und antwortete mit der Stimme des letzteren unter tiefer Verbeugung: „Sehr zufrieden, Majestät." Sofort setzte er den Helm wieder auf und fuhr im Tone des Kaisers fort: „Wenn Sie, lieber Fürst, mit Martinow zufrieden sind, so lassen Sie ihm tausend Rubel auszahlen und geben ihm drei Monate Urlaub." Dann fuhr er wieder als Minister fort: „Soll sofort geschehen, Majestät!" —

Der Kaiser lachte unaufhörlich und sagte schließlich: „Wenn Martinow in meinem Namen Ihnen befohlen hat, ihm tausend Rubel zu geben, so müssen wir sie ihm wohl geben. Er ist dessen wert als vollendeter Komiker. — Ich danke Ihnen, Martinow, erholen Sie sich ordentlich und schonen Sie Ihre Gesundheit."   O. v. B.

Opfer der Mode. — Der Kongreß der Vereinigten Staaten von Nordamerika hat es vor einiger Zeit veranlaßt, daß die westlich von der Gruppe der Sandwichinseln gelegenen Laysaninseln als Vogelhort reserviert und dem Ackerbauministerium unterstellt werden. Diese wildzerklüfteten Riffinseln dienen bekanntlich den großen, schwarz- oder braungeflügelten Albatrossen, deren Flügelspannweite 3¹/₂ bis 4¹/₂ Meter beträgt, als Heg- und Nistorte. Der amerikanische Zoologe Professor Bryan, der im Jahre 1904 im Auftrag seiner Regierung die Laysaninseln besuchte, fand sie von Myriaden dem Brutgeschäft obliegender Wildvögel, hauptsächlich Albatrossen, förmlich wie besät. In solchen Massen waren diese interessanten Vögel vorhanden, daß sie, wenn sie aufschwärmten, die Sonne verfinsterten.

Als Bryan im Jahre 1911 diese Inseln wiederum bereiste, fand er diese in der Welt einzigartige Kolonie beinahe vernichtet durch japanische Vogeljäger, die besonders die Albatrosse zu Tausenden und Abertausenden der schwarzen Flügel wegen hinschlachteten, die damals als Hutschmuck gerade in Mode gekommen waren. Von Mai bis Herbst 1909, so stellt Bryan in seinem Bericht fest, seien allein dreihunderttausend dieser herrlichen, jedem Seefahrer ans Herz gewachsenen Vögel, abgeschlachtet worden. „Allenthalben," fährt er dann fort, „sind die Spuren dieser grauenhaften Schlächtereien zu erblicken. In einem verlassenen, von den Vogelmördern besetzten Ge-

bäude der Guanogesellschaft fand ich unzählige Flügel lagern,
die erkennen lassen, wie unsäglich roh sie den armen Vögeln
abgeschnitten wurden, deren abgebleichte Skelette zahllos
auf der Insel herumliegen."

Die amerikanische Regierung geht nun gegen die japanischen
Vogelwilderer ebenso energisch vor, wie gegen die Robben-
wilderer im Norden des Stillen Ozeans, und so ist zu erwarten,
daß die großartige Albatroßkolonie auf den Laysaninseln erhalten bleibt.

Es ist nur zu hoffen, daß in ähnlich energischer Weise unsere
Kolonialregierung dem Massenmord der Paradiesvögel und
der Kolibri in unseren Kolonien steuert, wozu der Umstand
sie geradezu zwingt, daß diese herrlichsten Geschöpfchen Gottes
vielfach von den gefühllosen Jägern mit Angelschnüren gefangen und, damit das Gefieder nichts von seiner glänzenden
Farbenpracht verliere, lebendig abgebalgt werden. W. F.

Ein Vater, dessen Sohn zu wenig Geld verbrauchte. —
Der Herzog von Richelieu besuchte eines Tages seinen einzigen
Sohn, den Grafen von Fronsac, der an der Pariser Universität
studierte. „Hast du Geld nötig?" fragte er ihn im Laufe des
Gesprächs.

„Nein," entgegnete der Sohn. „Ich habe noch zwanzig
Louisdor vom verflossenen Monat."

Darauf ließ sich der Herzog die Börse seines Sohnes, die
das Geld enthielt, geben und überreichte sie dem Diener mit
den Worten: „Da sind zwanzig Louisdor, die schenkt Euch
der Graf von Fronsac, damit Ihr auf seine Gesundheit
trinkt."

Zu seinem Sohne aber sagte er dann ernsten und strengen
Tones: „Du mußt immer eingedenk sein, daß du der Sohn
des Herzogs von Richelieu bist und mußt weit mehr Geld aus-
geben. Merke dir das!"

Wie viele moderne Studenten würden sich wohl einen so
denkenden Vater wünschen!   O. v. B.

Herausgegeben unter verantwortlicher Redaktion von
Theodor Freund in Stuttgart,
in Österreich-Ungarn verantwortlich Dr. Ernst Perles in Wien.